*Um* BEIJO
INESQUECÍVEL

# Julia Quinn

## Um BEIJO INESQUECÍVEL

OS BRIDGERTONS LIVRO 7

Título original: *It's in his kiss*
Copyright © 2005 por Julie Cotler Pottinger
Copyright da tradução © 2016 por Editora Arqueiro Ltda.

Todos os direitos reservados. Nenhuma parte deste livro pode ser utilizada ou reproduzida sob quaisquer meios existentes sem autorização por escrito dos editores.

*tradução*: Claudia Costa Guimarães
*preparo de originais*: Gabriel Machado
*revisão*: Ana Grillo, Milena Vargas, Raphani Margiotta e Rita Godoy
*projeto gráfico e diagramação*: Ana Paula Daudt Brandão
*capa*: Renata Vidal
*imagens de capa*: Lee Avison / Arcangel Images (foto) e GarryKillian / Freepik (padronagem)
*impressão e acabamento*: Geográfica e Editora Ltda.

---

CIP-BRASIL. CATALOGAÇÃO NA PUBLICAÇÃO
SINDICATO NACIONAL DOS EDITORES DE LIVROS, RJ

Q64b

Quinn, Julia
 Um beijo inesquecível / Julia Quinn ; tradução Claudia Costa Guimarães. - 1. ed. - São Paulo : Arqueiro, 2022.
 432 p. ; 15 cm.   (Os Bridgertons ; 7)

 Tradução de: It's in his kiss
 Sequência de: O conde enfeitiçado
 Continua com: A caminho do altar
 ISBN 978-65-5565-292-5

 1. Romance americano. I. Guimarães, Claudia Costa. II. Título. III. Série.

22-76208
CDD: 813
CDU: 82-31(73)

---

Gabriela Faray Ferreira Lopes - Bibliotecária - CRB-7/6643

Todos os direitos reservados, no Brasil, por
Editora Arqueiro Ltda.
Rua Funchal, 538 – conjuntos 52 e 54
Vila Olímpia – 04551-060 – São Paulo – SP
Tel.: (11) 3868-4492 – Fax: (11) 3862-5818
E-mail: atendimento@editoraarqueiro.com.br
www.editoraarqueiro.com.br

Para Steve Axelrod, por cem razões diferentes.
(Mas, especialmente, pelo caviar!)

E também para Paul, apesar de ele achar que
sou o tipo de pessoa que gosta de compartilhar caviar.

# ÁRVORE GENEALÓGICA DA FAMÍLIA BRIDGERTON

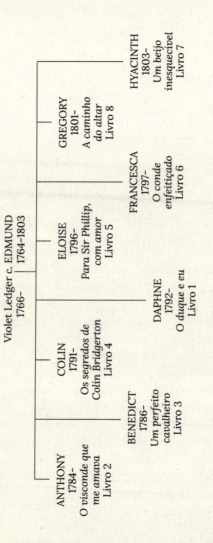

# *Prólogo*

1815, dez anos antes de a nossa história começar de verdade...

Gareth St. Clair tinha quatro princípios básicos para manter o bom humor e a sanidade no relacionamento com o pai.

Um: eles só conversavam se fosse absolutamente necessário.

Dois: as conversas absolutamente necessárias deviam ser as mais breves possíveis.

Três: quando trocassem mais do que um simples cumprimento, era sempre preferível que houvesse uma terceira pessoa presente.

E, por fim, quatro: para que os pontos um, dois e três fossem cumpridos, Gareth devia conseguir acumular o maior número de convites possível para passar as férias escolares com amigos.

Em outras palavras, não em casa.

Em palavras ainda mais precisas, longe do pai.

De modo geral, quando se dava ao trabalho de pensar a respeito – o que não era frequente, agora que transformara as táticas de evasão numa ciência –, Gareth achava que esses princípios lhe serviam bem.

E também serviam bem ao pai, pois Richard St. Clair gostava do filho mais novo tanto quanto o caçula gostava dele. Por isso Gareth ficara tão surpreso ao ser convocado à sua casa quando estava na escola. E o convite fora feito com bastante vigor.

A missiva do pai não continha a menor ambiguidade: Gareth devia se dirigir à Casa Clair imediatamente.

Aquilo fora um tanto irritante. Como faltavam apenas dois meses para que deixasse Eton, a vida estava a todo vapor na escola, uma inebriante mistura de divertimento e estudo, com ocasionais incursões clandestinas ao pub local, sempre tarde da noite e envolvendo vinho e mulheres.

Gareth vivia exatamente como um rapaz de 18 anos desejaria viver. Contanto que permanecesse fora da linha de visão do pai, pensara que a vida aos 19 seria igualmente abençoada. No outono, pretendia ir com todos os amigos mais próximos para Cambridge, onde tinha a intenção de se dedicar com igual fervor aos estudos e à vida social.

Olhando à sua volta, já no vestíbulo da Casa Clair, deixou escapar um longo suspiro que deveria soar impaciente, mas acabou por sair mais nervoso do que qualquer outra coisa. O que o barão – como começara a chamar o pai – queria? Havia muito tempo ele anunciara que não se importava com o caçula e só estava pagando a sua instrução porque isso era o esperado.

Ou seja, mandara o filho para uma boa escola porque não desejava ficar mal aos olhos dos amigos e dos vizinhos.

Quando Gareth e o pai de fato se encontravam, o barão passava o tempo todo afirmando que o garoto era uma decepção, levando Gareth a querer contrariar Richard ainda mais. Afinal, não havia nada tão bom como confirmar as expectativas alheias.

Sentindo-se um estranho na própria casa, Gareth batia o pé no chão enquanto esperava que o mordomo avisasse o pai de sua chegada. Passara tão pouco tempo ali nos últimos nove anos que era difícil ficar apegado ao lugar. Para ele, não era mais do que um monte de pedras que pertenciam ao pai e que acabariam sendo passadas para o irmão mais velho, George. Nada da casa e nada da fortuna dos St. Clairs seria transmitido a Gareth e ele sabia que deveria trilhar o próprio caminho naquele mundo. Supunha que entraria para o Exército depois de Cambridge; a única outra vocação aceitável era o clero e aí ele não se encaixava *nem um pouco*.

Gareth tinha poucas recordações da mãe, que morrera em um acidente quando ele tinha 5 anos, mas se lembrava de ela desalinhar os seus cabelos e de rir por ele nunca levar nada a sério.

– Meu diabinho, é o que você é – costumava dizer. – Não abandone esse seu jeito. O que quer que você faça, não o perca.

Ele não o perdera. E duvidava muito que a Igreja Anglicana desejasse vê-lo entre os seus.

– Senhor Gareth.

Gareth ergueu a vista ao ouvir a voz do mordomo. Como sempre, as frases de Guilfoyle eram sem inflexão, jamais com interrogações.

– Seu pai o receberá agora. Está no escritório.

Gareth assentiu para o mordomo idoso e se dirigiu pelo corredor até o escritório de Richard, que sempre fora o seu aposento menos querido da casa. Era ali que o pai ministrava seus sermões, dizia que ele jamais daria para coisa nenhuma, afirmava gelidamente que nunca deveria ter tido um segundo filho, pois Gareth não era mais do que um desperdício das finanças da família e uma mancha em sua reputação.

Não, pensou Gareth enquanto batia à porta, não havia lembranças felizes naquele lugar.

– Entre!

Gareth empurrou a pesada porta de carvalho e deu um passo para dentro. O pai estava sentado atrás da escrivaninha, rabiscando algo numa folha de papel. Parece estar bem, pensou Gareth, casualmente. O pai sempre parecia estar bem. Tudo seria mais fácil se ele tivesse se transformado em alguém de aparência menos digna, apenas uma casca de homem, de cara avermelhada, mas não, lorde St. Clair estava em boa forma, era forte e dava a impressão de ter 30 anos, e não 50 e tantos.

Tinha a aparência de um homem que um menino como Gareth deveria respeitar. E isso tornava ainda mais cruel a dor da rejeição.

Gareth esperou pacientemente até que o pai erguesse o olhar. Como isso não aconteceu, pigarreou.

Nenhuma reação.

Gareth tossiu.

Nada.

Gareth rangeu os dentes. Esta era a rotina do pai: ignorá-lo por um tempo, para lhe lembrar que não o considerava digno de nota.

Gareth pensou em dizer "senhor", "milorde" e até mesmo "pai", mas ao final apenas relaxou o corpo de encontro ao batente da porta e se pôs a assobiar.

O pai ergueu os olhos imediatamente.

– Pare.

Gareth arqueou a sobrancelha e ficou em silêncio.

– E fique em pé direito. Por Deus – disse o barão, irritado –, quantas vezes eu já lhe disse que assobiar é falta de educação?

Gareth esperou um segundo e perguntou:

– Devo responder ou é uma pergunta retórica?

O rosto do pai ficou avermelhado.

Gareth engoliu em seco. Não devia ter dito aquilo. Sabia que o tom deliberadamente jocoso enfureceria o barão, mas de vez em quando era tão difícil ficar de boca fechada... Passara anos tentando fazer com que o pai gostasse dele, mas, por fim, desistira.

Agora, se pudesse ter a satisfação de deixar o velho tão infeliz quanto ele o deixava, que assim fosse. Cada um encontrava os seus prazeres onde podia.

– Estou surpreso que esteja aqui – comentou o pai.

Gareth pestanejou, aturdido.

– O senhor me mandou vir.

A triste realidade era que jamais havia desafiado o pai. Não de verdade. Cutucava, incitava, acrescentava um toque de insolência a cada uma de suas afirmações e ações, mas nunca se portava de maneira explicitamente desafiadora.

Era um covarde miserável.

Em seus sonhos, ele reagia. Em seus sonhos, dizia ao pai o que achava dele, mas, na vida real, o desafio se limitava a assobios e expressões mal-humoradas.

– Mandei, sim – disse o pai, recostando-se ligeiramente na cadeira. – Porém nunca dou uma ordem esperando que a siga da forma correta. Você raramente o faz.

Gareth permaneceu em silêncio. O barão ficou de pé e andou até uma mesa próxima, onde mantinha um decanter de conhaque.

– Imagino que esteja se perguntando do que se trata.

Gareth assentiu, mas o pai não se deu ao trabalho de olhá-lo, então ele acrescentou:

– Sim, senhor.

O barão sorveu o conhaque com grande satisfação e Gareth aguardou enquanto ele saboreava o líquido âmbar. Por fim, Richard se virou e, com um olhar de frio escrutínio, disse:

– Descobri uma maneira de você ser útil à família St. Clair.

Gareth ergueu a cabeça abruptamente.

– É mesmo... senhor?

O pai tomou outro gole, então baixou o copo.

– Com efeito. – O barão olhou diretamente para Gareth pela primeira vez durante a conversa. – Você vai se casar.

– Senhor? – indagou Gareth, quase engasgando.

– Este verão – confirmou lorde St. Clair.

Gareth agarrou o espaldar da cadeira para se manter em pé. Pelo amor de Deus, ele só tinha 18 anos. Era jovem demais para se casar. E quanto a Cambridge? Será que poderia estudar depois de casado? E onde ficaria a esposa?

*E com quem iria se casar?*

– Trata-se de um ótimo acordo – continuou o barão. – O dote restabelecerá as nossas finanças.

– As nossas finanças, senhor? – sussurrou Gareth.

Lorde St. Clair cravou o olhar no filho como se fincasse garras.

– Estamos hipotecados até a alma – respondeu asperamente. – Mais um ano e perderemos tudo o que não fizer parte da linha de sucessão.

– Mas... como?

– Eton não é uma escola barata – vociferou o barão.

Não, mas certamente não era cara o bastante para levar a família à mendicância, pensou Gareth, desesperado. Aquilo não podia ser *apenas* culpa sua.

– Você pode até estar desapontado – continuou o pai –, mas nunca me esquivei das minhas responsabilidades. Você recebeu a educação de um cavalheiro. Teve um cavalo, roupas e um teto sobre a cabeça. Agora é hora de se comportar como um homem.

– Com quem? – sussurrou Gareth.

– Como?

– Com quem? – repetiu ele, um pouco mais alto.

– Mary Winthrop – revelou o pai, sem muito rodeio.

Gareth sentiu o sangue se esvair do corpo.

– Mary...

– Filha de Wrotham – acrescentou o pai.

Como se Gareth não soubesse.

– Mas Mary...

– Será uma ótima esposa – interrompeu o barão. – Será dócil, e você poderá deixá-la no interior se desejar vadiar pela cidade com os tolos dos seus amigos.

– Mas, pai, Mary...

– Já aceitei em seu nome. Está feito. Os acordos já foram assinados.

Gareth lutava para respirar. Aquilo não podia estar acontecendo. Não deveria ser permitido forçar um homem a se casar.

– Wrotham gostaria que fosse em julho – acrescentou o pai. – Eu disse que não temos objeções.

– Mas... Mary... – falou Gareth, arfante. – Eu não posso me casar com Mary!

Uma das sobrancelhas grossas do pai se arqueou.

– Você pode e vai se casar.

– Mas, pai, ela é... ela é...

– Simplória? – completou o pai e riu. – Quando ela estiver embaixo de você na cama, não vai fazer a menor diferença. De qualquer forma, não precisa ter nenhuma relação com ela agora. – Aproximou-se do filho até estarem desconfortavelmente próximos. – A única coisa que precisa fazer é aparecer na igreja. Compreendeu?

Gareth permaneceu em silêncio, imóvel. Só conseguia respirar.

Conhecia Mary Winthrop desde sempre. Era um ano mais velha do que ele, e as propriedades das duas famílias ficavam uma ao lado da outra havia mais de um século. Tinham brincado juntos na infância, mas logo ficara claro que Mary não era exatamente boa da cabeça. Gareth permanecera como seu defensor sempre que se encontrava na região; fizera sangrar mais de um valentão que a insultara ou quisera se aproveitar de sua natureza doce e despretensiosa.

Mas não podia se *casar* com ela. Mary era como uma criança. Isso devia ser pecado. E, mesmo que não fosse, não podia tolerar a ideia. Como Mary compreenderia o que deveria acontecer entre um homem e sua esposa?

Nunca poderia dormir com ela. Nunca.

Gareth se limitou a fitar o pai, sem palavras. Pela primeira vez na vida, não lhe veio uma resposta fácil, uma réplica insolente.

Não havia palavras. Simplesmente não havia palavras para um momento como aquele.

– Vejo que estamos de acordo – disse o barão, sorrindo diante do silêncio do filho.

– Não! – explodiu Gareth, a sílaba única saiu rasgando tudo por dentro. – Não! Eu não posso!

Os olhos do pai se estreitaram.

– Você vai estar lá nem que eu precise amarrá-lo.

– Não! – Ele teve a sensação de estar engasgando, mas, de alguma forma, conseguiu emitir as palavras. – Pai, Mary é... bem, ela é uma criança. Nunca vai ser mais do que uma criança. O senhor sabe disso. Não posso me casar com ela. Seria pecado.

O barão riu, aliviando a tensão.

– Está tentando me convencer de que logo *você* se converteu?

– Não, mas...

– Não há nada a ser discutido – interrompeu o pai. – Wrotham foi bastante generoso com o dote; sabe bem que só assim pode se livrar daquela idiota.

– Não fale assim dela – sussurrou Gareth.

Não queria se casar com Mary Winthrop, mas a conhecia a vida toda e ela não merecia ser chamada daquela forma.

– É o melhor que você vai conseguir – avisou lorde St. Clair. – O melhor que terá. O acordo com Wrotham é extremamente generoso e vou providenciar para que você receba uma mesada, que o manterá com conforto pelo resto da vida.

– Uma mesada... – ecoou Gareth, sem emoção.

O pai deixou escapar uma risadinha curta.

– Achava que eu confiaria a você uma quantia alta de uma só vez? A *você*?

Gareth engoliu em seco, desconfortável.

– E quanto à faculdade? – sussurrou.

– Você pode continuar a estudar. Na verdade, tem que agradecer à sua noiva por isso. Eu não teria tido a verba necessária para enviá-lo para lá sem o acordo de casamento.

Gareth ficou imóvel, tentando forçar a respiração a se assemelhar a algo remotamente normal. O pai sabia quanto significava para ele frequentar Cambridge. Sobre uma coisa estavam de acordo: um cavalheiro precisava de uma instrução de cavalheiro. Não importava nem um pouco que Gareth desejasse ardentemente a experiência como um todo, tanto social quanto acadêmica, enquanto lorde St. Clair a via apenas como algo que um homem devia realizar para manter as aparências. Aquilo ficara decidido havia anos: Gareth estudaria lá e se formaria.

Mas, agora, parecia que lorde St. Clair sempre soubera que não podia pagar a instrução do filho mais jovem. Quando planejara lhe contar? Enquanto Gareth estivesse fazendo as malas?

– Está feito, Gareth – disse o pai asperamente. – E tem que ser você. George é o herdeiro e não posso permitir que ele macule a linhagem. Além do mais – acrescentou, franzindo os lábios –, eu não o sujeitaria a uma coisa dessas.

– Mas me sujeitará? – sussurrou Gareth.

O pai o odiava, o desprezava tanto assim? Ergueu a vista para encarar o pai, para fitar o rosto que lhe trouxera tanta infelicidade. Nunca houvera um sorriso, uma palavra de encorajamento. Nunca um...

— Por quê? — Gareth ouviu-se dizer; as palavras pareciam ditas por um animal ferido, patético e lamentoso. — Por quê?

O pai limitou-se a ficar parado, segurando a beirada da mesa até os nós dos dedos ficarem brancos. E Gareth nada pôde fazer além de fitá-lo, de alguma forma hipnotizado pela visão mais do que corriqueira das mãos do pai.

— Eu sou seu filho — sussurrou, ainda incapaz de tirar os olhos das mãos do barão. — Seu filho. Como pode fazer isso com o próprio filho?

E então o pai — o mestre das réplicas mordazes, cuja raiva sempre vinha revestida de gelo em vez de fogo — explodiu. Ele abriu os braços de súbito e rugiu como um demônio.

— Por Deus, como é que você ainda não percebeu? Você não é meu filho! Nunca foi meu filho! Você não passa de um bastardo, de um cachorrinho sarnento que a sua mãe arranjou com outro homem enquanto eu estava viajando.

A raiva fluiu como algo quente e represado havia tempo demais e atingiu Gareth como uma onda, redemoinhando à sua volta, apertando-o e sufocando-o até ele mal conseguir respirar.

— Não — disse, balançando a cabeça desesperadamente.

Não que isso nunca tivesse lhe passado pela cabeça, que já não tivesse desejado, mas não podia ser verdade. Ele se *parecia* com o pai. Tinham o mesmo nariz, não tinham? E...

– Eu o alimentei – falou o barão, a voz grave e dura. – Eu o vesti e o apresentei ao mundo como meu filho. Eu o sustentei, quando outro homem o teria atirado na rua. Já passou da hora de você retribuir o favor.

– Não – insistiu Gareth. – Não pode ser. Eu me pareço com o senhor. Eu...

Por um instante, lorde St. Clair permaneceu em silêncio. Então afirmou, amargo:

– Garanto que é apenas uma infeliz coincidência.

– Mas...

– Eu poderia tê-lo rejeitado quando você nasceu – interrompeu lorde St. Clair –, poderia ter mandado sua mãe embora e atirado os dois na rua. Mas eu não o fiz. – Ele se aproximou, ficando com o rosto muito próximo ao de Gareth. – Você foi aceito e é legítimo. – Então, com uma voz furiosa e grave, acrescentou: – Você me deve.

– Não – disse Gareth, a voz finalmente convicta. – Não. Não vou fazer o que está me pedindo.

– Eu cortarei os seus recursos. Você não verá mais um único centavo. Pode esquecer os seus sonhos de Cambridge, o seu...

– Não – repetiu Gareth e dessa vez soou diferente.

Sentiu-se diferente. Aquilo era o fim, deu-se conta. O fim da sua infância, o fim da sua inocência e o começo de...

Só Deus sabia do que era o começo.

– Para mim, basta de você – sibilou o pai... não, ele não era seu pai. – Basta.

– Que assim seja – declarou Gareth e se retirou.

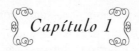

## Capítulo 1

*Dez anos se passaram e conhecemos a nossa heroína que - é preciso dizer - nunca foi considerada uma florzinha tímida e discreta. O cenário é o recital anual das Smythe-Smiths, uns dez minutos antes de o Sr. Mozart começar a se revirar no túmulo.*

– Por que fazemos isso conosco? - perguntou-se Hyacinth Bridgerton em voz alta.

– Porque somos pessoas boas e generosas - respondeu a cunhada, Penelope, já sentada (que Deus as ajudasse) na primeira fila.

– Era para termos aprendido a lição no ano passado - persistiu Hyacinth, olhando para a cadeira que se encontrava ao lado de Penelope com a mesma animação com a qual olharia para um ouriço-do-mar. - Ou, talvez, no ano anterior. Ou, quem sabe, até...

– Hyacinth? - ralhou Penelope.

A Srta. Bridgerton olhou para a cunhada, erguendo a sobrancelha de forma interrogativa.

– Sente-se.

Hyacinth suspirou e se sentou.

O recital das Smythe-Smiths. Por sorte, ocorria apenas uma vez ao ano, pois Hyacinth estava bastante convicta de que eram necessários doze meses para os ouvidos se recuperarem.

Deixou escapar outro suspiro, este mais alto do que o anterior.

– Não tenho certeza de que sou boa ou generosa.

– Eu, tampouco – comentou Penelope. – Mas resolvi ter fé em você, ainda assim.

– Muito engraçado da sua parte – retrucou Hyacinth.

– Eu também achei.

Hyacinth olhou para ela de soslaio.

– É claro que você não teve escolha.

Penelope se virou no assento, estreitando os olhos.

– Como assim?

– Colin se recusou a acompanhá-la, não foi? – indagou Hyacinth, com um olhar matreiro.

Colin era irmão de Hyacinth e se casara com Penelope um ano antes. A cunhada comprimiu os lábios.

– Eu adoro ter razão – disse Hyacinth, triunfante. – É uma felicidade para mim, pois isso acontece com bastante frequência.

Penelope se limitou a olhá-la.

– Você sabe que é intolerável, não sabe?

– É claro. – Hyacinth inclinou o corpo em direção a Penelope com um sorriso diabólico. – Mas você me ama ainda assim, admita.

– Não vou admitir coisa nenhuma até o fim da noite.

– Quando já estivermos surdas?

– Se você tiver se comportado.

Hyacinth riu.

– Você entrou para a família por casamento. Tem que me amar. É uma obrigação contratual.

– Engraçado, mas eu não lembro dessa parte nos votos matrimoniais.

– Engraçado: eu lembro perfeitamente.

Penelope a encarou e riu.

– Não sei como você faz isso, Hyacinth... Apesar de ser irritante, sempre consegue ser encantadora.

– É o meu maior dom – esclareceu Hyacinth de forma recatada.

– Bem, você ganha pontos por ter vindo comigo esta noite – disse Penelope, dando um tapinha em sua mão.

– É claro. Apesar de meus modos insuportáveis, eu sou a essência da bondade e da amabilidade.

E teria que ser mesmo, pensou, contemplando a cena que se desenrolava sobre o pequeno palco improvisado. Mais um ano, mais um recital das Smythe-Smiths. Mais uma oportunidade de aprender de quantas formas é possível estragar uma peça musical perfeitamente boa. Todos os anos, Hyacinth jurava que não voltaria a comparecer, mas, de algum modo, se via outra vez no evento, sorrindo de forma encorajadora para as quatro meninas no palco.

– No ano passado eu pude me sentar lá no fundo, pelo menos – comentou Hyacinth.

– É verdade – concordou Penelope, virando-se para ela, desconfiada. – Como você conseguiu? Felicity, Eloise e eu estávamos todas aqui na frente.

Hyacinth deu de ombros.

– Uma visita bem cronometrada ao lavatório das senhoras. Pensando bem...

– Não ouse tentar isso esta noite – avisou Penelope. – Se me deixar aqui sozinha...

– Não se preocupe – disse Hyacinth, com um suspiro. – Vou ficar aqui até o fim. Mas – acrescentou, apontando o dedo de uma forma que a mãe sem dúvida teria chamado de "muito pouco apropriada" a uma dama – quero que a minha devoção a você seja devidamente observada.

– Por que tenho a impressão de que você está registrando a pontuação de tudo e, quando eu menos esperar, vai saltar na minha frente exigindo algum favor?

Hyacinth pestanejou, aturdida.

– E por que eu haveria de saltar?

– Ah, olhe – disse Penelope, depois de fitar a cunhada como se ela fosse uma lunática –, aí vem Lady Danbury.

– Sra. Bridgerton – cumprimentou, ou melhor, latiu Lady Danbury – e Srta. Bridgerton.

– Boa noite, Lady Danbury – falou Penelope à condessa idosa. – Guardamos um lugar para a senhora bem aqui na frente.

Lady D estreitou os olhos e cutucou Penelope no tornozelo, de leve, com a bengala.

– Você está sempre pensando nos outros, não é mesmo?

– É claro – concordou Penelope, hesitante. – Eu nem sonharia em...

– Rá – fez Lady Danbury.

Aquela era a sílaba favorita da condessa. Essa e *humpf*.

– Passe para o outro assento, Hyacinth – ordenou Lady D. – Vou me sentar entre vocês duas.

Obedientemente, Hyacinth pulou uma cadeira para a esquerda.

– Acabamos de ponderar quais seriam nossos motivos para vir – comentou ela, enquanto Lady Danbury se acomodava em seu lugar. – Eu não encontrei nenhum.

– Não posso falar por você, mas *ela* – Lady D indicou Penelope com a cabeça – está aqui pelo mesmo motivo que eu.

– Pela música? – indagou Hyacinth, talvez um pouco educadamente demais.

Lady Danbury virou-se outra vez para Hyacinth, o rosto se contraindo naquilo que poderia ser considerado um sorriso.

– Sempre gostei de você, Hyacinth Bridgerton.

– Eu também sempre gostei da senhora.

– Imagino que seja porque vai ler para mim de vez em quando.

– Toda semana – lembrou-lhe Hyacinth.

– De vez em quando, toda semana... pfft. – A mão de Lady Danbury cortou o ar com um aceno desdenhoso. – É tudo a mesma coisa quando não se faz um esforço diário.

Hyacinth achou melhor não dizer nada. Lady D certamente encontraria uma forma de distorcer suas palavras, transformando-as numa promessa de visitá-la todas as tardes.

– E, eu devo acrescentar – continuou Lady D, com uma fungada –, você foi extremamente descortês na semana passada, me deixando com a pobre Priscilla pendurada em um precipício.

– O que estão lendo? – perguntou Penelope.

– A *Srta. Butterworth e o barão louco* – respondeu Hyacinth. – E ela não ficou pendurada. Ainda.

– Você leu mais adiante? – questionou Lady D.

– Não – respondeu Hyacinth, revirando os olhos. – Mas não é difícil de prever. A Srta. Butterworth já ficou pendurada em um prédio e em uma árvore.

– E continua viva? – indagou Penelope.

– Eu disse que ela ficou pendurada, não que foi enforcada – murmurou Hyacinth. – Que pena.

– De qualquer forma – insistiu Lady Danbury –, foi muito descortês da sua parte me deixar em suspense.

– Mas a autora terminou o capítulo assim – replicou Hyacinth, impenitente. – Além do mais, a paciência não é uma virtude?

– De forma alguma – disse Lady Danbury, enfática. – Se você pensa assim, é menos mulher do que eu imaginava.

Ninguém entendia por que Hyacinth visitava Lady Danbury toda terça-feira para ler, mas ela apreciava as tardes passadas com a condessa. Lady Danbury era rabugenta e excessivamente franca, e Hyacinth a adorava.

— Vocês duas juntas são uma ameaça — observou Penelope.

— Meu objetivo de vida — anunciou Lady Danbury — é ser uma ameaça para o maior número de pessoas possível, logo considero esse o maior dos elogios, Sra. Bridgerton.

— Por que a senhora só me chama de Sra. Bridgerton quando expressa as opiniões em grande estilo?

— Soa melhor — respondeu Lady D, batendo a bengala no chão.

Hyacinth deu um sorriso torto. Quando ficasse velha, queria ser exatamente como Lady Danbury. Na verdade, gostava mais da condessa idosa do que da maioria das pessoas que conhecia da própria idade. Depois de três temporadas no mercado casamenteiro, Hyacinth estava ficando um pouco cansada das mesmas pessoas, dia após dia. Os bailes, as festas, os pretendentes, que já haviam sido divertidos um dia... Bem, tudo ainda era divertido, ela precisava admitir. Hyacinth certamente não era uma dessas meninas que se queixava da riqueza e do privilégio que era forçada a tolerar.

Mas não era a mesma coisa. Já não prendia a respiração toda vez que entrava num salão de baile. E uma dança era, agora, apenas uma dança, e não mais o mágico rodopio que fora em anos passados.

Ela se deu conta de que o entusiasmo acabara.

Infelizmente, sempre que mencionava isso para a mãe, o comentário era: encontre um marido. Violet

Bridgerton fazia enorme questão de assinalar que isso mudaria tudo.

Havia muito tempo, a mãe deixara a sutileza de lado quando o assunto era a solteirice da quarta e última filha. Tinha se transformado numa cruzada pessoal, pensou Hyacinth soturnamente. Esqueçam Joana D'Arc. Nem praga, peste ou amante pérfido desviariam Violet de Mayfair do objetivo de ver os oito filhos casados e felizes. Restavam apenas dois: Gregory e Hyacinth, embora ele tivesse apenas 24 anos, uma idade considerada aceitável (um tanto injustamente, na opinião da caçula) para um cavalheiro permanecer só.

Mas Hyacinth, com 22 anos? A única coisa que impedia o completo colapso da mãe era o fato de a irmã mais velha, Eloise, só ter ficado noiva na avançada idade dos 28 anos. Em comparação, Hyacinth estava praticamente de fraldas.

Ninguém poderia dizer que a moça era ignorada, mas até ela precisava admitir que estava se aproximando de tal posição. Havia recebido algumas propostas desde o seu *début*, três anos antes, mas não tantas quanto seria de esperar, considerando o seu aspecto físico – não era a menina mais bonita da cidade, mas certamente melhor do que pelo menos metade – e a sua fortuna – não o maior dote do mercado, mas o bastante para que um caçador de fortunas a olhasse com mais atenção.

E as suas relações eram, é claro, não menos do

que impecáveis. O irmão herdara do pai o título de visconde Bridgerton e, apesar de não ser a mais alta honraria do país, a família era imensamente popular e influente. E, como se isso não fosse o bastante, a irmã Daphne era a duquesa de Hastings, e a irmã Francesca, a condessa de Kilmartin.

Se um homem quisesse se alinhar às famílias mais poderosas da Grã-Bretanha, podia arranjar coisa bem pior do que Hyacinth Bridgerton.

Mas se alguém se desse ao trabalho de refletir sobre o número de propostas que Hyacinth recebera – o que ela não gostava de admitir ter feito –, a situação começava a parecer bastante ruim, de fato.

Três propostas na primeira temporada.

Duas na segunda.

Uma no ano anterior.

E, até o presente momento, nenhuma nesta.

A única explicação possível era que ela estivesse ficando menos popular. E se alguém, por acaso, fosse tolo o bastante para alegar isso, Hyacinth tomaria o partido oposto, apesar dos fatos e da lógica que se apresentavam.

E era bem provável que vencesse a discussão. Raramente havia um homem – ou mulher – mais espirituoso, articulado ou bom de debate do que Hyacinth Bridgerton. Num raro momento de autorreflexão, imaginou que isso pudesse ter a ver com o motivo pelo qual o número de propostas vinha caindo num ritmo tão alarmante.

Não importava, pensou, observando as Smythe-Smiths andarem em círculos pelo pequeno tablado montado na parte frontal do salão. Não que ela devesse ter aceitado qualquer uma das seis propostas: três vieram de caça-dotes, duas foram feitas por tolos e uma por um homem extremamente enfadonho.

Era melhor permanecer solteira do que se acorrentar a alguém que a entediaria a ponto de levá-la às lágrimas. A própria mãe, casamenteira inveterada, não tinha como refutar tal argumento.

Quanto à atual temporada sem propostas... Bem, se os cavalheiros da Grã-Bretanha não conseguiam apreciar o valor de uma mulher inteligente, dona da própria opinião, isso era problema deles, não seu.

Lady Danbury bateu a bengala no chão, errando o pé direito de Hyacinth por pouco.

– Por acaso vocês viram o meu neto? – perguntou.

– Qual neto? – indagou Hyacinth.

– Qual neto?! – ecoou Lady D, impaciente. – Qual neto?! O único de que eu gosto, ora.

Hyacinth nem mesmo se deu ao trabalho de ocultar o choque.

– O Sr. St. Clair vem esta noite?

– Eu sei, eu sei – cacarejou Lady D. – Eu mesma mal consigo acreditar. Fico esperando que um feixe de luz divina se irradie através do teto.

Penelope franziu o nariz.

– Acho que isso é uma blasfêmia, mas não estou certa.

– Não é – assegurou Hyacinth, sem nem mesmo olhá-la. – E por que ele vem?

Lady Danbury sorriu lentamente. Como uma cobra.

– Por que está tão interessada?

– Estou *sempre* interessada em intrigas – respondeu Hyacinth, bem francamente. – Sobre qualquer um. A senhora já deveria saber disso.

– Muito bem – começou Lady D, um tanto rabugenta após ser frustrada. – Ele vem porque eu o chantageei.

Hyacinth e Penelope a encararam com as sobrancelhas arqueadas.

– Está certo – admitiu Lady Danbury –, se não foi por chantagem, pelo menos foi porque sentiu uma boa dose de culpa.

– É claro – murmurou Penelope, no momento exato em que Hyacinth disse:

– Isso faz muito mais sentido.

Lady D suspirou.

– É possível que eu tenha lhe dito que não estava me sentindo bem.

– É *possível*? – indagou Hyacinth.

– Eu disse, sim.

– Deve ter caprichado, para ele vir.

O senso dramático de Lady Danbury era admirável, em especial quando ela conseguia manipular os que a cercavam. Era um talento que Hyacinth também cultivava.

– Acho que nunca o vi num recital – comentou Penelope.

– Humpf – resmungou Lady D. – Estou certa de que não há libertinas o suficiente para o gosto dele.

Dita por qualquer outra pessoa, teria sido uma afirmação chocante. Mas aquela era Lady Danbury, e Hyacinth (assim como o resto da alta sociedade) havia muito se acostumara com as suas frases surpreendentes.

Além do mais, era preciso considerar o homem em questão.

O neto de Lady Danbury não era outro senão o notório Gareth St. Clair. Provavelmente ele não ficara com a reputação tão depravada só por sua culpa, refletiu Hyacinth. Havia muitos outros homens que se comportavam com igual falta de decoro, e um bom número que era impressionante, mas Gareth St. Clair era o único capaz de combinar os dois elementos com tanto sucesso.

Mas a sua reputação era abominável.

Ele estava na idade de se casar, mas nunca, nem uma vez, fora visitar uma jovem decente em sua casa. Hyacinth estava bastante certa disso, pois, se alguma vez ele tivesse apenas insinuado interesse por alguém, a notícia logo teria corrido à boca pequena. Além do mais, Lady Danbury lhe contaria, já que amava um mexerico ainda mais do que ela.

Havia, ainda, a questão do pai dele, lorde St. Clair. Os dois tinham uma conhecida desavença, mas ninguém sabia o motivo. Pessoalmente, Hyacinth achava que não comentar os problemas familiares em público era um ponto favorável a Gareth – em especial depois de ter conhecido o pai dele e de tê-lo achado extremamente grosseiro, logo acreditava que o jovem St. Clair não tinha culpa.

A situação acrescentava um ar de mistério ao homem, que já era carismático. Na opinião de Hyacinth, isso o transformava num desafio para as senhoras da alta sociedade. Ninguém parecia saber ao certo como encará-lo. Por um lado, as mães desviavam as filhas de seu caminho; com certeza uma ligação com Gareth St. Clair não faria bem à reputação de uma moça. Por outro, seu irmão morrera tragicamente jovem quase um ano antes e, agora, ele era o herdeiro do baronato. Portanto, transformara-se numa figura mais romântica e cobiçável. No mês anterior, Hyacinth vira uma moça desmaiar – ou pelo menos fingir desmaiar – quando ele se dignara a aparecer no Baile Bevelstoke.

Fora estarrecedor.

Hyacinth havia *tentado* dizer à tola infantil que ele estava ali apenas porque a avó o forçara a ir e, é claro, porque o pai estava viajando. Afinal, todos sabiam que ele só se associava com cantoras de ópera e atrizes – sem dúvida não se relacionaria com nenhuma das senhoras que talvez conhecesse no Baile Bevelstoke. Mas a menina não pôde ser dissuadida de seu estado para lá de emotivo e, por fim, acabara por despencar sobre um canapé vizinho, formando um amontoado suspeitosamente gracioso.

Hyacinth fora a primeira a encontrar um vinagrete e enfiá-lo debaixo do seu nariz. Sinceramente, determinados comportamentos não podiam ser tolerados.

Enquanto reanimava a jovem, Hyacinth o pegara espiando-a com aquele seu olhar vagamente zombeteiro e ela não pudera se livrar da sensação de que ele a achava divertida. Da mesma forma que ela achava divertidos crianças pequenas e cachorros grandes.

Não se sentira especialmente lisonjeada com a atenção dele, por mais breve que tivesse sido.

– Humpf – grunhiu.

Hyacinth se virou para encarar Lady Danbury, que ainda observava o salão em busca do neto.

– Ele não deve ter chegado – comentou Hyacinth e acrescentou bem baixinho: – Ninguém desmaiou ainda.

– Hein? O que foi?

– Eu disse que ele não deve ter chegado.

Lady D estreitou os olhos.

– Eu ouvi essa parte.

– Foi só o que eu disse.

– Mentirosa.

Hyacinth olhou para Penelope.

– Ela me trata de maneira abominável, sabia?

Penelope deu de ombros.

– Alguém precisa se encarregar disso.

Lady Danbury abriu um largo sorriso e se voltou para Penelope.

– Pois sim, eu preciso perguntar... – Ela olhou para

o palco, esticando o pescoço e semicerrando os olhos para enxergar melhor o quarteto. – É a mesma menina no violoncelo este ano?

Penelope assentiu tristemente. Hyacinth olhou para elas.

– Do que é que vocês estão falando?

– Se você não sabe – disse Lady Danbury de forma imponente –, então é porque não vem prestando atenção. Você deveria se envergonhar.

Hyacinth ficou de queixo caído.

– Bem... – começou ela, já que a alternativa era permanecer em silêncio e ela não gostava nem um pouco de fazer isso.

Nada era mais irritante do que ser excluída de uma piada. Exceto, talvez, ser repreendida por algo que nem ao menos compreendia. Virou-se outra vez para o palco e examinou a violoncelista com mais cuidado. Como não viu nada de extraordinário, encarou as suas companheiras e abriu a boca para falar, mas elas já estavam profundamente envolvidas numa conversa que não a incluía.

Odiava quando isso acontecia.

– Humpf. – Hyacinth se recostou na cadeira e repetiu: – Humpf.

– Você bufa exatamente como a minha avó – ela ouviu uma voz divertida por cima de seu ombro.

Hyacinth ergueu a vista. Lá estava ele, Gareth St. Clair, chegando bem naquele seu momento de frustração. E, é claro, o único lugar vazio era ao lado dela.

– Não é mesmo? – indagou Lady Danbury, fitando o neto enquanto batia a bengala no chão. – Ela vem substituindo você como a minha maior alegria e orgulho.

– Diga-me, Srta. Bridgerton – indagou o Sr. St. Clair, encurvando o canto dos lábios num zombeteiro meio sorriso –, por acaso a minha avó a está reconstruindo à própria imagem e semelhança?

Hyacinth achou profundamente irritante não ter uma réplica pronta para St. Clair.

– Mude de lugar outra vez, Hyacinth – bradou Lady D. – Preciso me sentar ao lado de Gareth.

Hyacinth se virou para dizer algo, mas Lady Danbury a interrompeu:

– Alguém precisa se certificar de que ele se comporte.

Hyacinth bufou ruidosamente e passou para o assento seguinte.

– Pronto, meu garoto – disse Lady D, dando um tapinha na cadeira vazia com óbvia satisfação. – Sente-se e divirta-se.

Ele a olhou por um longo instante antes de dizer por fim:

– Vai ficar me devendo esta, vovó.

– Rá! Sem mim, você não existiria.

– Um argumento difícil de refutar – murmurou Hyacinth.

St. Clair a encarou, provavelmente apenas porque isso lhe permitia desviar o olhar da avó. Hyacinth sorriu afavelmente para ele, satisfeita consigo mesma por não ter esboçado a menor reação.

Ele sempre a fizera pensar num leão feroz e predador, cheio de uma energia inquieta. Além disso, os cabelos eram de um castanho-dourado, curiosamente pairando entre o castanho-claro e o louro-escuro, e estavam sempre desalinhados. Gareth gostava de desafiar a convenção ao mantê-los longos apenas o bastante para amarrá-los num pequeno rabo, na nuca. Ele era alto, mas não tanto, com a elegância e a força de um atleta e um rosto que não chegava a ser perfeito, mas que era belo.

E os olhos eram azuis. Muito azuis. Desconfortavelmente azuis.

*Desconfortavelmente azuis?* Ela balançou a cabeça de leve. Aquele devia ser o pensamento mais idiota que já lhe passara pela cabeça. Os seus próprios olhos eram azuis e, sem dúvida, não havia nada de desconfortável nisso.

– E o que a traz aqui, Srta. Bridgerton? – perguntou ele. – Não sabia que era uma amante inveterada de música.

– Se ela amasse música – disse Lady D –, já teria fugido para a França.

– Ela realmente detesta ser excluída de qualquer conversa, não é mesmo? – murmurou Gareth sem se virar. – Ai!

– Bengala? – indagou Hyacinth com doçura.

– Ela é uma ameaça à sociedade – resmungou ele.

Hyacinth observou com interesse enquanto Gareth estendia a mão para trás e, sem nem mesmo virar a cabeça, puxava a bengala das mãos da avó.

– Pegue – disse ele, entregando-lhe a bengala. – Tome conta, está bem? Ela não vai precisar disso enquanto estiver sentada.

Hyacinth ficou de queixo caído. Nem mesmo ela jamais ousara mexer na bengala de Lady Danbury.

– Vejo que, enfim, consegui impressioná-la – comentou Gareth, recostando-se na cadeira com a expressão de quem está bastante satisfeito consigo mesmo.

– De fato – admitiu Hyacinth antes que pudesse se conter. – Quero dizer, não. Isto é, não seja tolo. Eu certamente não estava *não* impressionada por você.

– Mas que gratificante – murmurou ele.

– Quis dizer – emendou ela, rangendo os dentes com as próprias frases sem sentido – que eu não havia parado para pensar nisso.

Ele se deu umas batidinhas no lado esquerdo do peito.

– Fui ferido – disse, petulante. – E bem no coração.

Hyacinth trincou os dentes. A única coisa pior do que ser alvo de troça era não saber ao certo se você está sendo alvo de troça. Podia interpretar todo o resto de Londres como o texto de um livro. Mas, quando se tratava de Gareth St. Clair, não fazia a menor ideia. Espiou se Penelope os ouvia – não que isso tivesse importância –, mas Pen estava ocupada em aplacar Lady Danbury, que ainda sofria com a perda da bengala.

Hyacinth se remexeu no assento, sentindo-se desconfortavelmente espremida. Lorde Somershall – nem de longe a pessoa mais delgada do lugar – encontrava-se à sua esquerda, transbordando sobre a cadeira dela. Logo, teve que chegar um pouco para a direita, ficando, é claro, ainda mais próxima de St. Clair, que inegavelmente irradiava calor.

Meu Deus, será que o homem havia mergulhado em bolsas de água quente antes de sair de casa?

Hyacinth pegou o livreto do programa com o máximo de discrição possível e o usou para se abanar.

– Há algo errado, Srta. Bridgerton? – indagou ele, entortando a cabeça enquanto a olhava com curiosa diversão.

– É claro que não. É só que está um pouco quente aqui dentro, não acha?

Gareth a olhou por um segundo a mais do que ela teria gostado, então se virou para Lady Danbury.

– A senhora está com calor, vovó? – perguntou, solícito.

– Nem um pouco – veio a resposta, áspera.

Ele se virou de volta para Hyacinth com um leve dar de ombros.

– Deve ser você – murmurou.

– Deve ser – retrucou ela de má vontade, olhando para a frente com determinação.

Talvez ainda houvesse tempo de escapar para o lavatório de senhoras. Se fizesse isso, Penelope ia querer vê-la morta e esquartejada, mas será que contava como abandono, se havia duas pessoas sentadas entre elas? Além disso, com certeza poderia usar lorde Somershall como desculpa. Ele não parava de se remexer no assento e se chocar com ela de uma forma que Hyacinth não estava inteiramente convencida de ser acidental.

Hyacinth se deslocou um pouco para a direita. Dois centímetros ou nem isso. A última coisa que queria era ficar imprensada em St. Clair. Bem, a penúltima coisa, de qualquer forma. A corpulência de lorde Somershall era, decididamente, pior.

– Há algo errado, Srta. Bridgerton? – indagou St. Clair.

Ela balançou a cabeça, já firmando as mãos na cadeira, preparando-se para ficar de pé. Não podia...

*Clap.*

*Clap clap clap.*

Hyacinth quase gemeu. Era uma das Smythe-Smiths avisando que o concerto estava prestes a começar. Perdera a oportunidade. Agora já não havia forma de partir educadamente.

Pelo menos podia encontrar algum consolo no fato de que não era a única alma infeliz. Enquanto as senhoritas Smythe-Smiths erguiam os arcos para atacar os instrumentos, ouviu St. Clair soltar um gemido bem baixinho, seguido de um sofrido "Que Deus nos ajude".

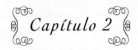

## Capítulo 2

*Trinta minutos depois e em algum lugar não muito longe dali, um pequeno cão uiva de agonia. Infelizmente, ninguém consegue ouvi-lo acima do alarido...*

Havia apenas uma pessoa no mundo por quem Gareth ficaria sentado educadamente, ouvindo péssima música. Essa pessoa era a vovó Danbury.

– Nunca mais – sussurrou em seu ouvido, enquanto algo que talvez pudesse ser Mozart agredia seus canais auditivos. Isso depois de algo que talvez tivesse sido Haydn, que se seguira a algo que talvez tivesse sido Handel.

– Você não está sentado educadamente – retrucou ela aos sussurros.

– Podíamos ter nos sentado nos fundos.

– E perder todo o divertimento?

Ele não conseguia entender como alguém podia chamar um recital das Smythe-Smiths de divertimento, mas a avó sentia o que só podia ser chamado de amor mórbido por aquele evento anual.

Como de costume, havia quatro meninas Smythe-Smiths sentadas num pequeno tablado, duas com violinos, uma com um violoncelo e uma ao piano, e o barulho que faziam era tão dissonante que Gareth quase ficou impressionado.

Quase.

– Ainda bem que eu amo a senhora – disse por cima do ombro.

– Rá – veio a resposta, não menos truculenta, apesar do tom sussurrado. – Ainda bem que *eu* amo você.

Então – graças a Deus –, o concerto terminou e as meninas já meneavam a cabeça e faziam reverências. Três delas se mostravam bastante satisfeitas, mas a do violoncelo parecia querer se atirar pela janela.

Gareth se virou ao ouvir a avó suspirar. Ela balançava a cabeça e se mostrava atipicamente solidária.

As Smythe-Smiths eram famosas em Londres e cada apresentação delas era, de forma inexplicável, ainda pior do que a anterior. Quando ninguém achava que fosse possível distorcer Mozart ainda mais, um novo grupo de primas Smythe-Smiths surgia em cena e provava o contrário.

Mas eram boas meninas – ou pelo menos foi o que lhe disseram – e a avó, em um de seus raros ataques de desavergonhada gentileza, insistia que alguém se sentasse na primeira fila e aplaudisse, pois "três delas não saberiam diferenciar um elefante de uma flauta, mas uma sempre está pronta para morrer de infelicidade".

Assim, vovó Danbury, que não achava nada de mais dizer a um conde que ele tinha o bom senso de um mosquito, acreditava ser de importância vital aplaudir essa única Smythe-Smith em cada geração desentoada.

Todos ficaram de pé para aplaudir, mas Gareth suspeitou que a avó o fez apenas para poder pegar a bengala, que Hyacinth lhe entregou sem o menor protesto.

– Traidora – murmurou ele.

– Os dedos do pé são seus – retrucou ela.

Gareth não conteve um sorriso. Jamais conhecera alguém como Hyacinth Bridgerton. Era vagamente divertida, vagamente irritante, mas não se podia deixar de admirar quanto era espirituosa.

Hyacinth Bridgerton, refletiu ele, tinha uma reputação interessante e única dentre as socialites de Londres. Era a caçula dos irmãos Bridgertons, batizados em ordem alfabética, de A a H. Na teoria, pelo menos para aqueles que se importavam com tais coisas, considerada um bom partido em termos matrimoniais. Jamais se vira envolvida, nem mesmo tangencialmente, em escândalos, e a família e as relações eram incomparáveis. Muito bonita, mas não de uma beleza exótica, com cabelos castanho-avermelhados cheios e olhos azuis que pouco faziam para ocultar a astúcia. O mais importante, talvez, pensou Gareth com um toque de cinismo, era o boato de que o irmão mais velho, lorde Bridgerton, aumentara o seu dote no ano anterior, depois que Hyacinth completara a terceira temporada em Londres sem uma proposta de casamento aceitável.

Mas, quando ele perguntara a seu respeito – não por estar interessado, é claro; na verdade, queria saber mais sobre a jovem que parecia gostar de passar longos períodos com a sua avó –, todos os amigos tinham estremecido.

– Hyacinth Bridgerton? Certamente não é para se casar. Você deve estar louco.

Outro a chamara de apavorante.

Na realidade, ninguém parecia desgostar dela – havia certo encanto que fazia com que todos a vissem com bons olhos –, mas achava-se que era melhor encará-la em pequenas doses.

– Nenhum homem gosta de mulheres mais inteligentes que ele – um dos amigos mais sagazes comentara. – E Hyacinth Bridgerton não é do tipo que se faça de tola.

Gareth havia pensado em mais de uma ocasião que ela era uma versão mais jovem de sua avó. Apesar de não haver ninguém que ele adorasse mais do que a vovó Danbury, achava que o mundo só precisava de um exemplar.

– Não está feliz de ter vindo? – indagou a senhora em questão, elevando a voz acima dos aplausos.

Nenhuma plateia aplaudia tão alto quanto a das Smythe-Smiths: estava sempre muito grata porque o concerto terminara.

– Nunca mais – respondeu Gareth com firmeza.

– É claro que não – disse a avó, com a dose exata de condescendência necessária para demonstrar estar mentindo impiedosamente.

Ele a olhou bem nos olhos.

– Vai ter que encontrar outra pessoa para acompanhá-la no ano que vem.

– Eu nunca sonharia em lhe pedir outra vez.

– A senhora está mentindo.

– Que coisa terrível de se dizer para a sua amada avó. – Ela aproximou o rosto dele. – Como sabia?

Ele olhou para a bengala.

– A senhora não agitou essa coisa no ar uma única vez desde que induziu a Srta. Bridgerton a devolvê-la.

– Bobagem. A Srta. Bridgerton é esperta demais para se deixar ser induzida, não é mesmo, Hyacinth?

A moça inclinou o corpo para a frente de maneira a poder enxergar a condessa.

– Perdão?

– Apenas diga que sim – aconselhou vovó Danbury. – Isso vai irritá-lo.

– Então, sim, é claro – disse ela, sorrindo.

– Quero que você saiba – continuou a avó, como se aquela digressão ridícula não tivesse ocorrido – que eu sou a essência da discrição quando se trata da minha bengala.

Gareth a fuzilou com os olhos.

– É de admirar que eu ainda tenha os pés.

– É de admirar que você ainda tenha as orelhas, querido menino – replicou ela, com altivo desdém.

– Olha que eu lhe tomo essa coisa outra vez.

– Não toma, não. Vou sair com Penelope para pegar um copo de limonada. Faça companhia a Hyacinth.

Ele a viu se afastar, então se virou outra vez para Hyacinth, que observava o salão com os olhos semicerrados.

– Está à procura de quem? – indagou ele.

– De ninguém em especial. Apenas analisando o entorno.

Ele a olhou com curiosidade.

– Você sempre fala como um detetive?

– Apenas quando me convém – disse ela, dando de ombros. – Gosto de saber o que está acontecendo.

– E tem alguma coisa *acontecendo*?

– Não. – Ela estreitou os olhos mais uma vez ao observar duas pessoas numa discussão acalorada no canto extremo. – Mas nunca se sabe.

Ele lutou contra o impulso de balançar a cabeça. Ela era a *mais estranha* das mulheres. Olhou para o palco.

– Estamos seguros?

Ela o fitou com os olhos azuis repletos de uma incomum franqueza.

– Está perguntando se terminou?

– Sim.

Hyacinth franziu a testa e, naquele momento, Gareth se deu conta de que ela tinha um leve salpico de sardas no nariz.

– Acho que sim. Que eu saiba, nunca fazem intervalo.

– Graças a Deus – disse ele com sinceridade. – Por que fazem isso?

– As Smythe-Smiths, você quer dizer?

– Exato.

Por um momento, ela permaneceu em silêncio, então balançou a cabeça.

– Eu não sei. Fico pensando... – Hyacinth se interrompeu. – Não importa.

– Fale – encorajou ele, bastante surpreso com a própria curiosidade.

– Não é nada. Fico pensando que, a esta altura, já era para alguém ter dito alguma coisa a elas. Mas, na verdade... – Ela olhou ao redor. – A plateia diminuiu nos últimos anos. Apenas os mais bondosos continuam.

– E você se inclui entre esses, Srta. Bridgerton?

Ela o fitou com aqueles olhos intensamente azuis.

– Eu não teria pensado em me descrever dessa forma, mas suponho que seja, sim. Sua avó também, embora ela o fosse negar até a morte.

Gareth riu ao ver a avó cutucar a perna do duque de Ashbourne com a bengala.

– De fato, é o que ela faria, não é mesmo?

A avó materna era, desde a morte do irmão de Gareth, George, a única pessoa que restara no mundo que ele amava de verdade. Depois que o pai o expulsara, ele fora à Casa Danbury, em Surrey, e lhe contara o que havia acontecido. Exceto que era um bastardo, é claro.

Gareth achava que Lady Danbury teria se colocado de pé e dado vivas se soubesse que ele não era um verdadeiro St. Clair. Nunca gostara do genro e costumava se referir a ele como "aquele idiota pomposo". Mas a verdade teria revelado que a sua mãe – filha mais nova de Lady Danbury – era adúltera e ele não desejara desonrá-la dessa forma.

E, por mais estranho que fosse, o pai – engraçado como ainda o chamava assim, mesmo depois de tantos anos – nunca o denunciara publicamente. De início, isso não surpreendera Gareth: lorde St. Clair era orgulhoso e não apreciaria ser exposto como um homem traído. Além disso, provavelmente ainda esperava controlar Gareth e dobrá-lo à sua vontade. Talvez, até mesmo, conseguir que ele se casasse com Mary Winthrop, restaurando a saúde financeira da família.

Mas George contraíra alguma espécie de doença extenuante aos 27 anos e, aos 30, já estava morto.

Sem deixar filhos.

Assim, Gareth se tornara o herdeiro dos St. Clairs. E isso o mantivera em suspense. Nos últimos onze meses, parecia não ter feito nada além de esperar. Mais cedo ou mais tarde, o pai anunciaria para quem quisesse ouvir que Gareth não era seu filho. O terceiro passatempo preferido do barão (depois de caçar e de criar cães de caça) era traçar a árvore genealógica dos St. Clairs até os Plantagenetas e ele não aprovaria que o título fosse passado para um bastardo de linhagem desconhecida.

Gareth tinha quase certeza de que o barão o deserdaria após arrastá-lo, junto com uma matilha de testemunhas, até a Comissão de Privilégios na Câmara dos Lordes. Seria um incidente incômodo e detestável e era pouco provável que funcionasse. O barão era casado com a mãe de Gareth quando ela dera à luz e isso tornava Gareth legítimo aos olhos da lei, mesmo levando em conta a linhagem.

Mas isso geraria um enorme escândalo e, muito possivelmente, arruinaria Gareth aos olhos da sociedade. Havia um bom número de aristocratas andando por aí com o sangue e o nome de dois homens diferentes, mas a alta sociedade não gostava de falar a respeito. Pelo menos, não em público.

Porém, até ali, o pai não dissera uma palavra sequer.

Na metade do tempo, Gareth se perguntava se o barão mantinha silêncio apenas para torturá-lo.

Olhou para a outra extremidade da sala, para a avó, que aceitava um copo de limonada das mãos de Penelope Bridgerton – de alguma forma coagida a fazer todas as suas vontades. Agatha, mais conhecida como Lady Danbury, costumava ser descrita como rabugenta, e isso vindo de gente que tinha certa afeição por ela. Era uma leoa na alta sociedade, intrépida nas palavras e disposta a zombar dos mais augustos personagens e até mesmo, ocasionalmente, de si mesma. No entanto, apesar da acidez, tinha uma notória lealdade àqueles que amava, e Gareth sabia que se encontrava no topo dessa lista.

Quando lhe dissera que o pai o expulsara, ela ficara lívida, mas jamais tentara usar o poder de condessa para forçar lorde St. Clair a aceitar o filho de volta.

– Rá! – exclamara a avó. – Prefiro sustentar você eu mesma.

E foi o que fez. Pagou as despesas de Gareth em Cambridge e, quando ele se formou (não como o primeiro da turma, embora tivesse passado com boas notas), lhe informou que a mãe lhe deixara uma pequena herança. Gareth jamais soubera que a mãe tinha dinheiro próprio, mas Lady Danbury se limitara a retorcer os lábios e dizer:

– Você acha mesmo que eu deixaria aquele idiota ter total controle sobre o dinheiro dela? Fui eu quem escreveu o acordo nupcial, sabia?

Gareth não duvidou disso nem por um instante.

A herança lhe proporcionara uma pequena renda, que financiava um apartamento não muito grande e permitia que Gareth se sustentasse. Não com luxo, mas bem o suficiente para não se sentir um completo vagabundo – algo que, ficou surpreso em constatar, importava mais para ele do que poderia ter imaginado.

Esse atípico senso de responsabilidade provavelmente era algo bom, pois, quando assumisse o título dos St. Clairs, herdaria uma montanha de dívidas.

Era óbvio que o barão mentira ao dizer a Gareth que perderiam tudo o que não fazia parte do título se ele não se casasse com Mary Winthrop. Ainda assim, estava claro que, na melhor das hipóteses, a fortuna se tornara escassa. Além do mais, lorde St. Clair não parecia gerenciar as finanças da família melhor do que quando tentara forçar Gareth a se casar. Na verdade, parecia estar levando as propriedades à falência.

Portanto, Gareth imaginava que o barão *não* tivesse a intenção de denunciá-lo: a vingança perfeita era deixar o falso filho cheio de dívidas.

E Gareth sabia – com cada fibra do seu ser – que o pai não lhe desejava a menor felicidade. Gareth não se importava com a maior parte das atividades da alta sociedade, mas Londres não era tão grande assim do ponto de vista social e nem sempre conseguia evitar o pai por completo. E lorde St. Clair nunca fazia o menor esforço para esconder a sua inimizade.

Gareth também não era muito bom em manter os sentimentos para si. Sempre parecia retornar aos velhos modos, fazendo algo propositalmente provocador só para deixar o barão com raiva. Na última vez, Gareth havia rido alto demais e, em seguida, dançara próximo demais com uma viúva notoriamente alegre.

O rosto de lorde St. Clair se avermelhara muito e, em seguida, ele sibilara algo sobre Gareth não ser melhor do que o que devia ser. Gareth não sabia ao que o pai estivera se referindo, mas, de qualquer forma, o barão estava bêbado. Porém isso o deixara com uma poderosa certeza...

Ainda haveria um desenlace. Quando Gareth menos esperasse ou, talvez, agora que andava tão desconfiado, exatamente quando mais esperava. Assim que tentasse mudar de vida, seguir em frente...

Esse seria o momento de o barão dar a cartada. Gareth tinha certeza disso.

E o seu mundo todo desabaria.

– Sr. St. Clair?

Gareth piscou e se virou para Hyacinth Bridgerton, que, ele se deu conta com algum constrangimento, vinha ignorando.

– Sinto muito – murmurou, abrindo o sorriso lento e fácil que parecia funcionar tão bem quando precisava apaziguar alguma mulher. – Me perdi em pensamentos. – Diante da expressão de dúvida dela, acrescentou: – De vez em quando eu penso.

Ela sorriu, claramente a contragosto, mas ele contou aquilo como um êxito. O dia em que não conseguisse fazer uma mulher sorrir seria o dia em que desistiria da vida e se exilaria.

– Sob circunstâncias normais – continuou ele, já que a ocasião parecia pedir uma conversa educada –, eu lhe perguntaria se apreciou o recital, mas de alguma forma isso me parece cruel.

Ela se remexeu um pouco na cadeira, o que era interessante, pois a maioria das moças era treinada desde muito cedo a se manter perfeitamente imóvel. Gareth se pegou gostando ainda mais dela por sua energia inquieta; ele próprio por vezes tamborilava sobre a mesa sem se dar conta.

Examinou o rosto de Hyacinth, aguardando uma resposta, mas ela apenas o encarou, desconfortável. Por fim, inclinou-se adiante e sussurrou:

– Sr. St. Clair?

Ele próprio havia chegado o corpo para a frente, arqueando a sobrancelha para ela em expressão conspiratória.

– Srta. Bridgerton?

– Poderíamos dar uma volta pelo salão?

Ele hesitou e a viu indicar algo atrás de si com um mínimo meneio de cabeça. Lorde Somershall se remexia de leve na cadeira e suas formas abundantes imprensavam Hyacinth.

– É claro – concordou Gareth, galante, pondo-se de pé e oferecendo-lhe o braço. – Afinal, preciso salvar lorde Somershall – acrescentou, tão logo haviam se afastado alguns passos.

Hyacinth virou o rosto para ele bruscamente.

– Perdão?

– Se eu fosse homem de fazer apostas, apostaria quatro a um a seu favor.

Durante meio segundo, ela pareceu confusa, então o rosto se abriu num sorriso de satisfação.

– Está querendo dizer que não é homem de fazer apostas?

Gareth riu.

– Não tenho condições de ser – disse, com bastante franqueza.

– Isso não parece deter a maioria dos homens – replicou ela, insolente.

– Ou das mulheres – completou ele, inclinando a cabeça.

– *Touché* – murmurou Hyacinth, varrendo o salão com os olhos. – Somos seres de apostas, não é mesmo?

– E você, Srta. Bridgerton? Gosta de apostar?

– É claro – respondeu ela, surpreendendo-o com a sinceridade. – Mas só quando sei que vou ganhar.

Ele riu.

– Estranhamente, acredito – disse Gareth, conduzindo-a em direção à mesa de iguarias.

– Ah, e deve mesmo – falou ela, alegremente. – Pergunte a qualquer um que me conhece.

– Ferido outra vez – comentou ele, oferecendo-lhe o seu sorriso mais encantador. – Pensei que eu a conhecesse.

Hyacinth abriu a boca, então mostrou-se chocada por não ter uma resposta. Gareth se apiedou dela e lhe entregou um copo de limonada.

– Beba – murmurou. – Você parece estar com sede.

Ela o fuzilou com os olhos por cima da beirada do copo, mas Gareth apenas riu, o que, é claro, só a fez redobrar os esforços de incinerá-lo.

Havia algo de muito divertido em Hyacinth Bridgerton. Era esperta – muito esperta –, com um ar de quem estava acostumada a ser sempre a pessoa mais inteligente do aposento. Não era desagradável, mas bastante encantadora à sua própria maneira, e ele imaginava que ela tivesse aprendido a dizer o que pensava de forma a ser ouvida pela família – era, afinal, a mais nova de oito.

Isso significava que Gareth gostava de vê-la sem palavras. Era divertido confundi-la. Não sabia por que não fazia questão de confundi-la com mais frequência.

Observou-a pousar o copo.

– Diga-me, Sr. St. Clair – começou ela –, o que foi que a sua avó lhe disse para convencê-lo a vir esta noite?

– Não acredita que eu tenha vindo por livre e espontânea vontade?

Ela ergueu uma das sobrancelhas. Aquilo o impressionou. Jamais conhecera uma mulher que conseguisse fazer aquilo.

– Muito bem – confessou Gareth –, ela agitou muito as mãos, depois disse algo sobre uma visita ao médico e, em seguida, acredito que tenha suspirado.

– Só uma vez?

Ele arqueou a sobrancelha.

– Sou mais forte do que isso, Srta. Bridgerton. Ela levou meia hora para me convencer.

Hyacinth assentiu.

– Você é realmente bom.

Ele se inclinou para a frente e sorriu.

– Em muitas coisas – murmurou.

Ela ruborizou, o que lhe deu imenso prazer, mas logo disse:

– Preveniram-me a respeito de homens como você.

– Espero mesmo que sim.

Hyacinth riu.

– Não acredito que apresente metade do perigo que gostaria que achassem.

– E por que diz isso?

Ela não respondeu de imediato. Mordendo o lábio inferior, ponderou as palavras.

— É gentil demais com a sua avó — disse, por fim.

— Alguns diriam que ela é gentil demais comigo.

— Ora, muita gente diz isso — concordou Hyacinth, dando de ombros.

Ele engasgou com a limonada.

— Você não tem nada de recatada, não é mesmo?

Hyacinth olhou para a outra extremidade do salão, para Penelope e para Lady Danbury, antes de se virar outra vez para ele.

— Eu vivo tentando, mas não, pelo visto, não. Imagino que seja por isso que continuo solteira.

Ele sorriu.

— É claro que não.

— Ah, mas é, sim — insistiu ela, muito embora claramente Gareth estivesse zombando. — Os homens precisam ser laçados para se casarem, quer se deem conta disso ou não. E eu pareço ser completamente desprovida dessa capacidade.

Ele abriu um sorriso torto.

— Está querendo dizer que não joga sujo e que não é sonsa?

— De maneira nenhuma. Só não sou é sutil.

— Não é — murmurou ele, e Hyacinth não conseguiu decidir se a sua concordância a incomodava ou não. — Mas, diga-me, pois estou profundamente curioso: por que acredita que os homens precisem ser laçados para se casarem?

— Você iria até o altar por livre e espontânea vontade?

— Não, mas...

– Viu só? Eu tenho razão.

De alguma forma, isso a fez se sentir muito melhor.

– Mas que vergonha, Srta. Bridgerton. Não é muito simpático não permitir que eu termine a minha fala.

Ela inclinou a cabeça.

– Tinha alguma coisa interessante a dizer?

Ele sorriu e Hyacinth sentiu aquele sorriso se irradiar até os dedos dos pés.

– Eu sou sempre interessante.

– Agora você só está tentando me assustar.

Hyacinth não sabia de onde vinha aquela louca sensação de ousadia. Não era tímida nem tão recatada quanto deveria estar sendo, porém tampouco era imprudente. E Gareth St. Clair não era o tipo de homem com o qual se devia gracejar. Estava ciente de que brincava com fogo, mas de alguma forma não conseguia parar. Sentia como se cada frase que deixava os lábios dele fosse um desafio e ela precisasse fazer uso de toda a inteligência só para manter o mesmo ritmo.

Se aquilo era uma competição, queria ganhar. E esse seria seu erro fatal.

– Srta. Bridgerton, o diabo em pessoa não conseguiria assustá-la.

Ela se obrigou a olhar nos olhos dele.

– Isso não é um elogio, certo?

Gareth levou a mão dela aos próprios lábios, roçando-lhe um beijo suave como pluma sobre os nós dos dedos.

– Vai ter que descobrir isso por conta própria.

Para qualquer um que estivesse observando, ele fora a própria essência do decoro, mas Hyacinth captara o brilho ousado em seus olhos e sentiu o ar lhe faltar, assim como formigamentos percorrendo sua pele. Os lábios se entreabriram, mas ela não disse uma única palavra.

Então ele se endireitou, como se nada tivesse acontecido, e disse:

– Avise-me da sua decisão.

Ela se limitou a encará-lo.

– Sobre o elogio – acrescentou ele. – Sem dúvida você vai me falar depois, para eu saber como me sinto a seu respeito – disse ele com ironia.

Aquilo a deixou boquiaberta.

Ele deu um sorriso. Amplo.

– Você até ficou sem fala. Eu mereço um elogio.

– Você...

– Não, não – disse Gareth, erguendo a mão e apontando para ela como se o que realmente quisesse fazer fosse levar o dedo aos seus lábios e calá-la. – Não estrague este momento. É raro demais.

Ela poderia ter dito algo. *Deveria* ter dito algo. Mas a única coisa que conseguiu fazer foi ficar parada feito uma idiota ou, pelo menos, feito alguém que pouco se assemelhava a ela mesma.

– Até a próxima, Srta. Bridgerton – sussurrou ele.

E, então, partiu.

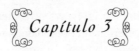

# Capítulo 3

*Três dias depois, o nosso herói descobre que ninguém consegue, de fato, escapar do passado.*

— Há uma mulher aqui que deseja vê-lo, senhor.

Gareth desviou o olhar da escrivaninha, um enorme mastodonte de mogno que ocupava quase metade do pequeno escritório.

— Disse *uma mulher*?

O novo camareiro fez que sim.

— Ela diz ser esposa do seu irmão.

— Caroline? — Agora Gareth estava atento de verdade. — Mande-a entrar. Imediatamente.

Ele ficou de pé, aguardando a chegada da cunhada ao escritório. Fazia meses que não via Caroline; na verdade, a vira apenas uma vez desde o enterro de George. E aquele não fora um evento dos mais alegres. Gareth passara o tempo todo evitando o pai, adicionando estresse à imensa tristeza da perda.

Lorde St. Clair ordenara a George que cessasse qualquer relação fraterna com Gareth, mas o irmão nunca o excluíra de sua vida. Em todo o resto, George obedecera o pai, mas não nisso. E Gareth o amara ainda mais por isso. O barão não quisera que o filho bastardo comparecesse à cerimônia, mas quando Gareth abrira caminho igreja adentro, nem mesmo ele se dispusera a causar um escândalo e expulsá-lo.

– Gareth?

Ele se virou, sem se dar conta de que estivera olhando pela janela.

– Caroline – disse afetuosamente, atravessando o cômodo para cumprimentar a cunhada. – Como tem passado?

Ela deu de ombros, num gesto de desamparo. No casamento dela houvera amor de fato e Gareth jamais vira nada de tão devastador quanto os olhos de Caroline no enterro do marido.

– Eu sei – falou Gareth baixinho.

Ele também sentia falta de George. Haviam sido uma dupla improvável: George, sóbrio e sério, e Gareth, sempre desregrado. Mas foram amigos além de irmãos, e Gareth gostava de acreditar que haviam se completado. Ultimamente, vinha pensando que devia tentar levar uma vida mais tranquila, e buscava tomar as lembranças do irmão como guia para as próprias atitudes.

– Estive remexendo nas coisas dele – começou Caroline – e encontrei algo que acredito pertencer a você.

Gareth observou, com curiosidade, enquanto ela enfiava a mão na bolsa e sacava um pequeno livro.

– Não o reconheço – disse ele.

– Não – falou Caroline, entregando-o. – Não teria como reconhecer. Pertenceu à mãe do seu pai.

À mãe do seu pai. Gareth não conseguiu reprimir uma careta. Caroline não sabia que ele não era um verdadeiro St. Clair. Gareth jamais soubera se George sabia da verdade. Ao menos nunca dissera nada.

O livro era pequeno, encadernado em couro marrom. Havia uma minúscula tira do verso à frente, onde podia ser presa com um botão. Gareth a desabotoou cautelosamente e abriu o volume, tomando todo o cuidado com o papel envelhecido.

— É um diário — percebeu ele, surpreso. Então abriu um sorriso: estava escrito em italiano. — O que diz?

— Não sei — revelou Caroline. — Eu nem sabia da sua existência até encontrá-lo na escrivaninha de George no começo da semana. Ele nunca falou a respeito.

Gareth olhou para o diário, para a elegante caligrafia que formava palavras incompreensíveis. A avó paterna pertencia a uma nobre linhagem italiana. Sempre divertira Gareth o fato de o pai ser metade italiano; o barão era irritantemente orgulhoso dos ancestrais St. Clairs e gostava de se gabar de que estavam na Inglaterra desde a invasão normanda. Na verdade, Gareth não se lembrava de ele ter mencionado alguma vez as raízes italianas.

— Havia um bilhete de George me instruindo a entregá-lo a você.

Gareth voltou a olhar para o livro com o coração pesado. Era mais um sinal de que George jamais soubera que não eram irmãos por completo. Gareth não tinha parentesco de sangue com Isabella Marinzoli St. Clair, logo não tinha direito ao tal diário.

– Você terá que encontrar alguém para traduzi-lo – comentou Caroline, esboçando um sorriso. – Estou curiosa para saber o que diz. George sempre falava da sua avó com grande afeto.

Gareth assentiu. Ele próprio se lembrava dela com carinho, embora não tivessem convivido muito. Lorde St. Clair não se dava bem com a mãe, então Isabella não os visitara com frequência. Mas ela sempre mimara seus *due ragazzi*, como gostava de chamar os dois netos, e Gareth se lembrava de ter se sentido muito triste quando soube da sua morte, aos 7 anos. Se a afeição tivesse metade da importância do parentesco, supunha que o diário encontraria um lar melhor em suas mãos do que nas de qualquer outra pessoa.

– Vou ver o que posso fazer – garantiu Gareth. – Não deve ser tão difícil assim encontrar alguém que traduza do italiano.

– Eu não o confiaria a qualquer um – opinou Caroline. – Afinal, é o diário da sua avó. Os pensamentos pessoais dela.

Caroline tinha razão. Isabella merecia que alguém discreto traduzisse as suas memórias. E sabia exatamente por onde começar a busca.

– Vou levá-lo para a vovó Danbury – contou Gareth, erguendo e baixando a mão como se testasse o peso do diário. – Ela saberá o que fazer.

E saberia mesmo. A avó materna gostava de dizer que tinha solução para tudo, e o mais irritante era que, com frequência, ela estava certa.

– Me conte, por favor, o que descobrir – pediu Caroline, dirigindo-se à porta.

– É claro – murmurou ele, muito embora ela já tivesse saído.

Baixou os olhos para o livro. 10 *Settembre*, 1793...

Gareth sacudiu a cabeça e sorriu. É claro que a sua herança da fortuna dos St. Clairs seria um diário que ele nem mesmo podia ler.

Que ironia.

*Enquanto isso, numa sala de estar não muito longe dali...*

– Hein? – guinchou Lady Danbury. – Você não está falando alto o bastante!

Hyacinth deixou que o livro se fechasse, mantendo apenas o indicador dentro para marcar a página. Lady Danbury gostava de fingir surdez quando lhe era conveniente, e isso geralmente ocorria nas partes mais apimentadas dos escabrosos romances dos quais a condessa tanto gostava.

– Eu disse – falou Hyacinth, encarando a condessa – que a nossa heroína respirava com dificuldade, não, deixe-me verificar, a moça estava *ofegante* e *sem ar*. – Ela ergueu os olhos. – Ofegante *e* sem ar?

– Pfft – desdenhou Lady Danbury, com um aceno da mão.

Hyacinth olhou a capa do livro.

— Será que o inglês é a primeira língua da autora?

— Continue a ler — ordenou Lady D.

— Muito bem, deixe-me ver: *A Srta. Bubblehead correu como o vento ao ver lorde Savagewood vindo em sua direção.*

Lady Danbury estreitou os olhos.

— O nome dela nunca significaria "tola".

— Deveria — murmurou Hyacinth.

— Bem, isso lá é verdade, mas não fomos nós que escrevemos a história, certo?

Hyacinth pigarreou e voltou a ler:

— *Ele se aproximava cada vez mais e a Srta. Butterhead...*

— Hyacinth!

— *Butterworth* — rosnou a moça — ... ou qualquer que seja o nome dela... *correu para os penhascos.* Fim do capítulo.

— Penhascos? Ainda? Ela não estava correndo para os penhascos no fim do capítulo anterior?

— Talvez o caminho seja longo.

Lady Danbury semicerrou os olhos.

— Não acredito em você.

Hyacinth deu de ombros.

— Sem dúvida eu não me furtaria a mentir só para não precisar ler os próximos parágrafos da vida incrivelmente perigosa de Priscilla Butterworth. Mas, por acaso, estou dizendo a verdade. — Como Lady D não se pronunciou, Hyacinth estendeu o livro em sua direção. — Quer verificar por conta própria?

– Não, não – respondeu a condessa, fazendo uma grande demonstração da sua aceitação. – Eu acredito em você, até porque não tenho escolha.

Hyacinth a fuzilou com os olhos.

– Ficou cega agora, além de surda?

– Não. – Lady D suspirou, deixando que uma das mãos pairasse um instante até pousar sobre a testa, com a palma para fora. – Só estou praticando a minha alta dramaticidade.

Hyacinth soltou uma gargalhada.

– Não estou brincando – replicou Lady Danbury, a voz retornando ao áspero tenor de sempre. – Estou pensando em fazer uma mudança na minha vida. Eu seria melhor no palco do que a maioria das tolas que se autodenominam atrizes.

– Infelizmente não parece haver uma grande demanda de papéis para condessas idosas.

– Se qualquer outra pessoa me dissesse isso – falou Lady D, batendo a bengala no chão, muito embora estivesse sentada numa cadeira perfeitamente adequada –, eu tomaria como insulto.

– Mas não vindo de mim? – indagou Hyacinth, tentando soar desapontada.

Lady Danbury riu.

– Sabe por que eu gosto tanto de você, Hyacinth Bridgerton?

A Srta. Bridgerton se inclinou para a frente.

– Estou ansiosa por saber.

O rosto de Lady D se abriu num sorriso cheio de rugas.

– Porque você, minha querida menina, é exatamente como eu.

– Sabe, Lady Danbury, se a senhora dissesse isso para qualquer outra pessoa, ela tomaria como insulto.

O corpo magro de Lady D chacoalhou com as risadas.

– Mas você, não?

– Eu, não.

– Que bom. – Lady Danbury abriu um sorriso de avó que lhe era pouco característico, então consultou o relógio no console da lareira. – Temos tempo para outro capítulo, creio eu.

– Nós combinamos que seria um capítulo por terça-feira – replicou Hyacinth, em grande parte só para aborrecê-la.

A boca de Lady D formou uma linha de rabugice.

– Muito bem, então – disse, olhando para Hyacinth com uma expressão maliciosa –, vamos conversar sobre outra coisa.

*Ah, minha nossa.*

– Diga-me, Hyacinth – começou Lady D, inclinando-se à frente –, como andam as suas perspectivas ultimamente?

– A senhora está parecendo a minha mãe – comentou Hyacinth com doçura.

– Um enorme elogio. Gosto da sua mãe, e olha que gosto de muito pouca gente.

– Direi isso a ela.

– Ora, ela já sabe e você está evitando a pergunta.

– As minhas perspectivas – respondeu Hyacinth –, como a senhora chamou tão delicadamente, são as mesmas de sempre.

– Aí está o problema: minha cara menina, você precisa de um marido.

– Tem certeza de que a minha mãe não está escondida atrás das cortinas, lhe passando as falas?

– Viu só? – disse Lady Danbury com um enorme sorriso. – Eu seria, sim, boa no palco.

Hyacinth se limitou a encará-la.

– A senhora enlouqueceu, sabia?

– Apenas estou velha o bastante para dizer de imediato o que penso. Quando chegar à minha idade, você vai adorar, prometo.

– Eu já faço isso.

– Verdade. Provavelmente é por isso que continua solteira.

– Se houvesse algum homem inteligente e solteiro em Londres – disse Hyacinth com um suspiro exasperado –, garanto que me encantaria por ele. – Ela deixou que a cabeça pendesse de lado, num gesto sarcástico. – Sem dúvida a senhora não gostaria de me ver casada com um tolo.

– É claro que não, mas...

– E *pare* de mencionar o seu neto como se eu não fosse inteligente para saber o que a senhora está aprontando.

Lady D bufou.

– Eu não disse uma palavra.

— Mas estava pronta para dizer.

— Bem, ele é perfeitamente amável — murmurou Lady Danbury, sem nem tentar negar nada — e mais do que bem-apessoado.

Hyacinth mordeu o lábio inferior, tentando não recordar seu incômodo no recital das Smythe-Smiths, simplesmente pelo fato de St. Clair estar ao seu lado. Esse era o problema com ele, deu-se conta. Não se sentia ela mesma quando ele estava por perto. E isso era muito desconcertante.

— Você não parece discordar — observou Lady D.

— A respeito do belo rosto do seu neto? É claro que não — respondeu Hyacinth, já que havia pouco motivo para discussão. Quando se tratava de certas pessoas, a beleza era um fato, não uma opinião.

— Além disso — continuou Lady Danbury em grande estilo —, fico feliz em dizer que ele herdou o cérebro do *meu* lado da família, o que... eu devo acrescentar com grande pesar... não é o caso dos meus outros descendentes.

Hyacinth ergueu os olhos para o teto, tentando se esquivar de qualquer comentário. O primogênito de Lady Danbury ficara famoso por prender a cabeça entre as grades do portão principal do Palácio de Windsor.

— Ora, pode falar — grunhiu Lady D. — Pelo menos dois de meus filhos são imbecis, e só Deus sabe como são os filhos *deles*. Eu fujo quando eles vêm para a cidade.

— Eu nunca diria...

– Bem, mas estava pensando e tem toda a razão. É o que me coube por ter me casado com lorde Danbury, mesmo sabendo que ele não tinha miolos. Mas Gareth é um tesouro e você é uma tola de não...

– Seu neto – interrompeu Hyacinth – não está nem um pouco interessado em mim ou em qualquer moça casadoura, aliás.

– Bem, isso é um problema, e juro que não consigo entender por que aquele menino evita a sua espécie.

– Minha *espécie*?

– Jovem, mulher e alguém com quem ele teria de se casar caso se engraçasse.

Hyacinth sentiu as faces queimarem. Normalmente, aquele era o gênero de conversa que ela adorava ter – bem mais divertido ser imprópria do que dentro do limite do razoável –, mas dessa vez a única coisa que se viu capaz de dizer foi:

– Não creio que a senhora devesse discutir esse tipo de coisa comigo.

– Ora – reclamou Lady D com um aceno desdenhoso –, desde quando você ficou tão afetadinha?

Hyacinth abriu a boca, mas, por sorte, Lady Danbury não pareceu desejar uma resposta.

– Ele é malandro, é verdade – continuou a condessa. – Mas não é nada que você não possa superar.

– Eu não vou...

– É só puxar um pouquinho o vestido para baixo da próxima vez que o vir – interrompeu Lady D, agitando a mão impacientemente diante do rosto dela. – Os homens perdem qualquer razão diante de um decote farto. Você o terá...

— Lady Danbury!

Hyacinth cruzou os braços. Tinha o próprio orgulho e não ia correr atrás de um libertino que, claramente, não se interessava nem um pouco em se casar. Podia viver sem esse tipo de humilhação pública.

Além do mais, era necessária uma grande dose de imaginação para descrever o seu decote como farto. Hyacinth sabia que não tinha o corpo de um menino, graças a Deus, mas tampouco possuía atributos que levariam qualquer homem a olhar duas vezes para a região localizada abaixo do seu pescoço.

— Muito bem, então — disse Lady Danbury, soando muitíssimo mal-humorada. — Não direi mais uma palavra sequer.

— Nunca mais?

— Até.

— Até quando? — indagou Hyacinth, desconfiada.

— Não sei — respondeu Lady D, num tom ainda irritado.

Hyacinth teve a sensação de que isso significava dali a cinco minutos. A condessa ficou em silêncio por um momento, mas os lábios estavam franzidos, indicando que a mente bolava algo bastante tortuoso.

— Você sabe no que estou pensando? — perguntou ela.

— Em geral sei.

Lady D fechou a cara.

– Você fala demais.

Hyacinth se limitou a sorrir e comeu outro biscoito.

– Estou pensando – continuou Lady D, aparentemente não mais tão ressentida – que deveríamos escrever um livro.

Hyacinth conseguiu não se engasgar com a comida.

– Como disse?

– Preciso de um desafio – declarou Lady D. – Desafios deixam a mente afiada. – Faríamos algo bem melhor do que A *Srta. Butterworth e o barão rouco*.

– *Barão louco* – corrigiu Hyacinth automaticamente.

– Isso mesmo. Com certeza podemos fazer algo bem melhor.

– Sem dúvida, mas isso traz à tona a inevitável pergunta: por que iríamos querer fazer isso?

– Porque *podemos*.

Hyacinth pesou a possibilidade de uma parceria criativa com Lady Danbury, de passar horas e mais horas...

– Não – disse com bastante firmeza –, não podemos.

– É claro que podemos – insistiu Lady D, batendo a bengala no chão apenas pela segunda vez durante a conversa, certamente um novo recorde em termos de comedimento. – Eu vou tendo as ideias e você vai pensando em formas de colocar tudo em palavras.

– Não me parece ser uma divisão de trabalho muito justa.

– E por que deveria ser?

Hyacinth abriu a boca para responder, mas decidiu que não havia motivo para fazer isso. Lady Danbury franziu a testa por um momento, então, por fim, acrescentou:

– Bem, pense na minha proposta. Vamos formar uma excelente equipe.

– Estremeço só de pensar – disse uma voz vinda da porta – no que você está tentando forçar a pobre Srta. Bridgerton a fazer.

– Gareth! – exclamou Lady Danbury com óbvio deleite. – Que simpático da sua parte *finalmente* vir me visitar.

Hyacinth se virou. Gareth St. Clair acabava de entrar na sala, mostrando-se alarmantemente belo em seus elegantes trajes vespertinos. Um feixe de luz do sol penetrava pela janela, transformando os cabelos dele em ouro polido.

Sua presença ali era surpreendente. Havia um ano que Hyacinth fazia suas visitas, toda terça-feira, e aquela era apenas a segunda vez que seus caminhos cruzavam. Começara a achar que ele a evitava.

Por que estava ali agora? A conversa durante o recital fora a primeira que passara das mais básicas cortesias e, de repente, ele aparecia na sala de estar da avó, bem no meio da visita semanal.

– Finalmente? – repetiu St. Clair, em um tom de divertimento. – Não é possível que tenha se esquecido da minha visita de sexta-feira passada. – Ele se voltou para Hyacinth, assumindo uma convincente expressão de preocupação. – Acha que ela está começando a perder a memória, Srta. Bridgerton? Quantos anos ela tem mesmo? Noventa...

A bengala de Lady D desceu direto sobre os dedos do pé dele.

– Nem de perto, caro rapaz – rosnou ela. – Se você preza o seu corpo, não haverá de me blasfemar dessa maneira.

– Evangelho segundo Agatha Danbury – murmurou Hyacinth.

St. Clair lhe deu um breve sorriso. Ela foi pega de surpresa, porque não achara que ele tivesse ouvido a sua observação e porque, de súbito, viu ali uma aparência de menino inocente – e sabia muito bem que ele não era nada disso.

Embora...

Hyacinth lutou contra o impulso de sacudir a cabeça. Sempre havia um *embora*. Apesar dos "finalmentes" de Lady D, Gareth St. Clair era um visitante frequente da Casa Danbury. Assim, Hyacinth se questionava se ele era mesmo o cafajeste que a sociedade considerava. Nenhum demônio seria tão dedicado à avó. Ela dissera isso no recital, mas ele mudara de assunto com grande habilidade.

St. Clair era um quebra-cabeça. E Hyacinth odiava quebra-cabeças.

Bem, não, na verdade os adorava.

Contanto, é claro, que conseguisse solucioná-los.

O quebra-cabeça em questão atravessou o salão, inclinando-se para dar um beijo na bochecha da avó.

Hyacinth se pegou fitando a sua nuca, o rabicho de cabelo que roçava o colarinho do casaco verde-oliva.

Sabia que ele não tinha muito dinheiro para alfaiates e coisas do tipo, e que nunca pedia nada à avó, mas, meu Deus, aquele casaco lhe caía com perfeição.

– Srta. Bridgerton – disse ele, acomodando-se no sofá e apoiando o tornozelo preguiçosamente sobre o joelho oposto. – Hoje deve ser terça-feira.

– De fato, deve ser.

– E como vai Priscilla Butterworth?

Hyacinth arqueou as sobrancelhas, surpresa que ele soubesse qual livro estavam lendo.

– Está correndo em direção aos penhascos. Temo pela segurança dela, se quer saber. Ou melhor, eu temeria se não houvesse ainda onze capítulos a serem lidos.

– Que pena. O livro teria uma reviravolta muito mais interessante se ela fosse morta.

– Você já o leu, então? – indagou Hyacinth educadamente.

Por um instante, achou que St. Clair só a encararia com uma expressão de quem diz "Você só pode estar brincando", mas ele também acrescentou:

– Minha avó gosta de recontar a história quando a vejo, às quartas. Algo que *sempre* faço – frisou, estreitando os olhos para a avó. – E na maioria das sextas e dos domingos, também.

– Mas não no domingo passado – retrucou Lady D.

– Eu fui à igreja – disse ele, muito sério.

Hyacinth engasgou com o biscoito.

– Não viu que um raio atingiu o campanário? – perguntou St. Clair.

Ela se recuperou tomando um gole de chá, então sorriu com doçura.

– Eu estava ouvindo o sermão com enorme devoção.

– Na semana passada o padre falou, falou e não disse nada – opinou Lady D. – Acho que ele está ficando velho.

Gareth abriu a boca, mas antes que pudesse dizer qualquer coisa, a bengala da avó fez um arco horizontal impressionantemente firme.

– Não faça qualquer comentário que comece com as palavras "vindo de você..." – avisou ela.

– Eu nem mesmo pensaria numa coisa dessas – afirmou ele, com enorme recato.

– É claro que pensaria. Você não seria meu neto se não pensasse. – Ela se virou para Hyacinth. – Não concorda?

Hyacinth entrelaçou as mãos sobre o colo e disse:

– É claro que não há resposta certa para essa pergunta.

– Garota esperta – comentou Lady D em tom de aprovação.

– Aprendi com a mestre.

Lady Danbury ficou radiante.

– Insolência à parte – continuou, decidida, gesticulando na direção de Gareth como se ele fosse algum tipo de espécime selvagem –, ele é realmente um neto excepcional. Eu não poderia ter pedido neto melhor.

Divertindo-se, Gareth observou Hyacinth murmurar algo que deveria comunicar a sua concordância sem, de fato, fazê-lo.

– É claro que ele não tem muita concorrência – acrescentou vovó Danbury com um aceno desdenhoso. – Meus outros netos só têm três cérebros para compartilhar entre si.

Não era a mais gentil demonstração de apoio, visto que tinha doze netos vivos.

– Já ouvi dizer que alguns animais comem os filhotes – sussurrou Gareth para ninguém em especial.

– Considerando que hoje é *terça-feira* – continuou a avó, ignorando o comentário por completo –, o que o traz aqui?

Gareth enfiou a mão no bolso que trazia o livro. Estivera tão intrigado com a sua existência, desde que Caroline o entregara, que se esquecera por completo do encontro semanal da avó com Hyacinth Bridgerton. Se estivesse raciocinando direito, teria esperado até o fim da tarde, depois de sua partida.

Mas, agora, lá estava ele e precisava justificar a sua presença. Senão – que Deus o ajudasse –, a avó suporia que Gareth estava ali *por causa* da Srta. Bridgerton e ele levaria meses para dissuadi-la.

– O que foi, menino? – indagou a avó com seus modos inimitáveis. – Desembuche.

Gareth se virou para Hyacinth, sentindo certo prazer quando ela se contorceu sob seu intenso escrutínio.

– Por que você visita a minha avó?

Ela deu de ombros.

– Porque gosto dela.

Em seguida, Hyacinth se inclinou para a frente.

– Por que *você* a visita?

– Porque é minha...

Ele se deteve. Não a visitava só por ser sua avó. Lady Danbury representava várias coisas: megera, juíza e nêmesis eram algumas das que lhe vinham à mente – mas nunca um dever.

– Também gosto dela – emendou lentamente, sem que os olhos jamais deixassem os de Hyacinth.

Ela não piscou.

– Que bom.

Então se limitaram a encarar um ao outro, como se estivessem presos em alguma competição bizarra.

– Não tenho qualquer queixa com relação a este rumo da conversa – declarou Lady Danbury bem alto –, mas de que diabos vocês estão falando?

Hyacinth se recostou na cadeira e olhou para Lady Danbury como se nada tivesse acontecido.

– Não tenho a menor ideia – disse com displicência, passando a bebericar o chá. Ao pousar a xícara de novo sobre o pires, acrescentou: – Ele me fez uma pergunta.

Gareth a observou com curiosidade. Não era lá muito fácil fazer amizade com a avó e, se Hyacinth

Bridgerton alegremente sacrificava as suas tardes de terça-feira para estar com ela, isso era sem dúvida um ponto a seu favor.

Além disso, mesmo não gostando de quase ninguém, a avó fazia enormes elogios à Srta. Bridgerton toda vez que se apresentava uma oportunidade. Em parte porque, é claro, estava tentando juntar os dois – a avó nunca fora conhecida pelo tato ou pela sutileza.

Ainda assim, com os anos, Gareth aprendera que a avó era uma excelente julgadora de caráter. Além do mais, o diário estava escrito em italiano. Mesmo se contivesse algum segredo indiscreto, a Srta. Bridgerton jamais viria a saber.

Decidido, enfiou a mão no bolso e sacou o livro.

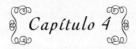

# Capítulo 4

*Momento no qual a vida de Hyacinth, por fim, fica quase tão excitante quanto a de Priscilla Butterworth. Com exceção dos penhascos, é claro...*

Hyacinth observou com interesse a hesitação de St. Clair. Ele a encarou, os olhos de um azul translúcido se estreitando um pouco antes de se voltar para a avó. Hyacinth procurou não se mostrar interessada demais; obviamente, St. Clair tentava decidir se devia mencionar o assunto em sua presença, e ela suspeitava que qualquer interferência o faria permanecer calado.

Aparentemente, ela devia ter passado no teste, pois, após um breve momento de silêncio, ele enfiou a mão no bolso e sacou o que parecia ser um livro encadernado em couro.

– O que é isso? – perguntou Lady Danbury, tomando-o nas mãos.

– É o diário da vovó St. Clair. Caroline o trouxe para mim esta tarde. Ela o encontrou em meio aos pertences de George.

– Está em italiano.

– Sim, eu percebi.

– O que eu quis dizer foi: por que você o trouxe para *mim*? – questionou ela com um pouco de impaciência.

St. Clair lhe deu um preguiçoso meio sorriso.

– Você vive dizendo que sabe tudo ou, senão tudo, que conhece todo mundo.

– A senhora me disse isso mais cedo, hoje à tarde – acrescentou Hyacinth, querendo ser útil.

Ela recebeu ao mesmo tempo o "obrigado" condescendente de St. Clair e o olhar fuzilante de Lady Danbury.

Hyacinth se contorceu, mas não devido ao olhar da condessa – era invulnerável a ele. Odiou o fato de que St. Clair a achasse merecedora da sua condescendência.

– Eu esperava – continuou ele para a avó – que a senhora conhecesse um tradutor de boa reputação.

– De italiano?

– Imagino que seja a língua exigida.

– Humpf. – Lady D começou a bater com a bengala no chão, lembrando o tamborilar de uma pessoa normal. – Italiano? Não é tão comum quanto o francês que, é claro, qualquer pessoa decente poderia...

– Eu sei ler italiano – interrompeu Hyacinth.

Dois pares de olhos azuis idênticos se viraram em sua direção.

– Você está brincando – declarou St. Clair, um mero meio segundo depois de a avó ladrar: "Sabe?"

– A senhora não sabe tudo a meu respeito – replicou Hyacinth com veemência.

– Bem, sim, é claro – vociferou Lady D –, mas *italiano*?

– Tive uma governanta italiana quando era pequena – explicou Hyacinth, dando de ombros. – Ela se divertia me ensinando. Eu não sou fluente, mas se me derem uma ou duas páginas, consigo compreender o sentido geral.

– Aqui há bem mais do que uma ou duas páginas – retrucou St. Clair, indicando com a cabeça o diário, que ainda estava nas mãos da avó.

– Deu para reparar – disse Hyacinth, um tanto irritada. – Mas eu não leria mais do que duas páginas de cada vez. E ela não escreveu no estilo dos antigos romanos, escreveu?

– Isso seria latim – declarou St. Clair, arrastando as sílabas.

Hyacinth trincou os dentes.

– Que seja.

– Pelo amor de Deus, menino – interrompeu Lady Danbury –, dê o livro a ela.

St. Clair resolveu não comentar que a avó ainda estava com ele. Hyacinth achou que essa era uma grande demonstração de autocontrole. Ele se levantou, tirou o delgado volume das mãos da condessa e se virou para Hyacinth. Hesitou então. Só por um instante. Ela nem teria notado se não estivesse olhando diretamente para o rosto dele.

St. Clair levou o livro até ela, depois estendeu-o em sua direção com um suave "Srta. Bridgerton". Hyacinth o aceitou, estremecendo diante da estranha sensação de ter feito algo de muito mais poderoso do que apenas tomar um livro nas mãos.

– Está com frio, Srta. Bridgerton? – murmurou St. Clair.

Ela fez que não, usando o livro como barreira para evitar olhá-lo.

– As páginas estão um pouco quebradiças – declarou, virando uma com todo o cuidado.

– O que diz aí?

Hyacinth rangeu os dentes. Ela não suportava agir sob pressão, ainda mais que St. Clair estava praticamente fungando no seu cangote.

– Deixe-a respirar! – bradou Lady D.

Ele se afastou, mas não o bastante para que Hyacinth se sentisse mais à vontade.

– E então?

Hyacinth meneava a cabeça para a frente e para trás enquanto decifrava o significado.

– Ela escreveu sobre o casamento, que estava prestes a acontecer. Acho que era para ela se casar com o seu avô em... – Hyacinth mordeu o lábio, examinando a página em busca das palavras apropriadas – três semanas. Pelo que entendi, a cerimônia foi na Itália.

St. Clair assentiu.

– E...?

– E...

Hyacinth franziu o nariz, como sempre fazia quando se concentrava com intensidade. Não era uma expressão muito atraente, mas a alternativa era não pensar, o que ela não achava nada agradável.

– O que foi que ela disse? – encorajou Lady Danbury.

– *Orrendo orrendo...* – murmurou Hyacinth. – Ah, certo. – Ergueu os olhos. – Ela não estava muito feliz.

– E quem estaria? – questionou Lady D. – O homem era um ogro... Peço perdão àqueles presentes que compartilham o seu sangue.

St. Clair a ignorou.

– O que mais?

– Eu lhe disse que não sou fluente – esbravejou Hyacinth. – Preciso de tempo para entender.

– Leve-o para casa – sugeriu Lady Danbury. – Você vai vê-lo amanhã à noite mesmo.

– Vou? – indagou Hyacinth no mesmo instante em que St. Clair perguntou: "Vai?"

– Você vai comigo ao sarau de poesias dos Pleinsworths – respondeu Lady D ao neto. – Ou se esqueceu?

Hyacinth se recostou na cadeira, deleitando-se com a aflição de St. Clair, que abria e fechava a boca, como um peixe. Um peixe com traços de deus grego, mas, ainda assim, um peixe.

– Eu... Quer dizer, eu não...

– Você pode e vai – sentenciou Lady D. – Você prometeu.

Ele a encarou com uma expressão implacável.

– Eu não posso imaginar...

– Bem, se não prometeu, devia ter prometido. Se me ama de verdade...

Hyacinth tossiu para abafar a risada, então tentou não dar um sorriso insolente ao ser fuzilada por St. Clair.

— Quando eu morrer — começou ele —, meu epitáfio certamente dirá: "Ele amou a avó quando ninguém a amou."

— E o que há de errado com isso? — indagou Lady Danbury.

— Estarei lá — afirmou ele, suspirando.

— Leve lã para os ouvidos — aconselhou Hyacinth.

Ele se mostrou horrorizado.

— Não é possível ser pior do que o recital de ontem.

Hyacinth não conseguiu evitar que um dos cantos da boca se erguesse.

— Lady Pleinsworth *foi* uma Smythe-Smith.

Do outro lado da sala, Lady Danbury soltou uma risadinha divertida.

— É melhor eu ir para casa — disse Hyacinth, pondo-se de pé. — Tentarei traduzir o primeiro registro antes de vê-lo amanhã à noite, Sr. St. Clair.

— Fico muito grato, Srta. Bridgerton.

Hyacinth meneou a cabeça e atravessou a sala, tentando ignorar a estranha euforia que crescia em seu peito. Por Deus, era só um livro.

E ele era só um homem.

Era irritante aquela estranha compulsão de impressioná-lo. Queria fazer algo para provar quanto era inteligente e espirituosa, algo que o forçaria a olhá-la com uma expressão além do leve divertimento.

– Permita-me acompanhá-la até a porta – disse St. Clair, colocando-se ao seu lado.

Hyacinth se virou, então sentiu a respiração falhar: ele estava próximo demais.

– Eu... ah...

Eram os olhos dele, deu-se conta. Tão azuis e translúcidos que ela deveria poder ler os seus pensamentos, mas, em vez disso, achava que *ele* pudesse ler os seus.

– Sim? – murmurou St. Clair, pousando a mão dela sobre o próprio braço.

– Não é nada.

– Ora, Srta. Bridgerton – começou ele, conduzindo-a em direção ao hall. – Não creio já tê-la visto sem palavras. A não ser no outro dia.

Ele inclinou a cabeça um pouco para o lado. Ela o encarou, estreitando os olhos.

– No recital – lembrou ele –, foi encantador. – St. Clair sorriu de forma muito irritante. – Não foi encantador?

Hyacinth comprimiu os lábios com força.

– Você mal me conhece.

– Sua reputação a precede.

– Assim como a sua.

– *Touché*, Srta. Bridgerton – disse ele, embora ela não se sentisse vitoriosa.

Hyacinth viu a ama aguardando à porta, então se desvencilhou e atravessou o vestíbulo.

– Até amanhã, Sr. St. Clair.

Enquanto a porta se fechava às suas costas, pôde jurar que o ouvira responder "*Arrivederci*".

*Hyacinth chega em casa. A mãe está à sua espera. Isso não é nada bom.*

– Charlotte Stokehurst vai se casar – anunciou Violet Bridgerton.
– Hoje? – indagou Hyacinth, tirando as luvas.
A mãe a olhou de cara feia.
– Ela ficou noiva. A mãe me contou esta manhã.
Hyacinth olhou ao redor.
– Você estava à minha espera no hall?
– Noiva do conde de Renton – acrescentou Violet.
– Renton.
– Temos chá? Andei até em casa e estou com sede.
– Renton! – exclamou Violet, olhando à sua volta, pronta para erguer as mãos em sinal de desespero. – Você me ouviu?
– Renton – repetiu Hyacinth, prestativa. – Ele tem tornozelos gordos.
– Ele... – Violet se deteve. – Por que andou olhando para os tornozelos dele?
– Impossível não notá-los. – Hyacinth entregou a bolsa, que continha o diário italiano, para uma das amas. – Poderia levar isto ao meu quarto, por favor?
Violet esperou até a ama se afastar.

— O chá está esperando na sala de estar e não há nada de errado com os tornozelos de Renton.

Hyacinth deu de ombros.

— Para quem gosta do tipo rechonchudo.

— Hyacinth!

Ela deixou escapar um suspiro cansado e seguiu a mãe até a sala de estar.

— Mãe, você tem seis filhos casados e todos estão bastante satisfeitos com as escolhas que fizeram. Por que tem que *me* forçar a fazer uma aliança inadequada?

Violet se sentou e preparou uma xícara de chá para a filha.

— Eu não estou fazendo isso, Hyacinth, mas será que você não podia ao menos procurar?

— Mãe, eu...

— Ou fingir, por mim?

Hyacinth não pôde deixar de sorrir.

Violet estendeu-lhe a xícara, então a recolheu outra vez e acrescentou mais uma colher de açúcar. Hyacinth era a única da família que tomava chá com açúcar; gostava dele extradoce.

— Obrigada — agradeceu Hyacinth, provando a bebida.

Não estava tão quente quanto gostava, mas bebeu mesmo assim.

— Hyacinth — continuou a mãe, naquele tom de voz que sempre a fazia se sentir um pouco culpada, embora não devesse —, você sabe que eu só quero vê-la feliz.

– Eu sei.

Era esse o problema. De fato, a mãe só queria vê-la feliz. Se Violet a estivesse obrigando a casar por status ou ganho financeiro, teria sido muito mais fácil ignorá-la. Mas não, a mãe a amava e realmente queria vê-la feliz, não apenas casada. Assim, Hyacinth fazia o possível para manter o bom humor em meio a todos os suspiros da mãe.

– Eu jamais gostaria de vê-la casada com uma pessoa de cuja companhia não gostasse – prosseguiu Violet.

– Eu sei.

– E se você nunca conhecesse a pessoa certa, eu ficaria perfeitamente satisfeita com sua solteirice.

Hyacinth a olhou com suspeita.

– Está bem – corrigiu-se Violet –, não *perfeitamente* satisfeita, mas você sabe que eu nunca a pressionaria a se casar com alguém que fosse inadequado.

– Eu sei – repetiu Hyacinth.

– Mas, querida, você nunca vai encontrar ninguém se não procurar.

– Eu procuro, sim! Saí quase todas as noites esta semana. Eu fui até ao recital das Smythe-Smiths ontem à noite, ao qual, aliás – frisou ela –, a senhora não compareceu.

Violet tossiu.

– Estou com um pouco de tosse, eu acho.

Hyacinth não disse nada, mas seu olhar era bem claro.

– Eu soube que você se sentou ao lado de Gareth St. Clair – comentou Violet após um silêncio apropriado.

– A senhora tem espiões em todos os lugares? – grunhiu Hyacinth.

– Quase. Torna a vida muito mais fácil.

– Para a senhora, talvez.

– Gostou dele?

Gostar dele? Que pergunta estranha. Será que gostava de Gareth St. Clair? Será que gostava de ele sempre parecer rir dela, até mesmo depois de sua concordância em traduzir o diário? Será que gostava de nunca saber ao certo o que ele estava pensando? Será que gostava de se sentir inquieta ao lado dele, e não exatamente ela mesma?

– E então? – insistiu a mãe.

– Um pouco – esquivou-se Hyacinth.

Violet ficou em silêncio, mas seus olhos ganharam um brilho que a aterrorizou até a alma.

– *Não* – avisou Hyacinth.

– Ele seria um ótimo partido.

Hyacinth fitou a mãe como se ela tivesse agora uma cabeça a mais.

– A senhora enlouqueceu? Conhece a reputação dele tão bem quanto eu.

Violet dispensou o comentário na mesma hora.

– A reputação dele não importará depois que estiverem casados.

– Importará, sim, se ele continuar a se associar com cantoras de ópera e afins.

– Ele não faria isso – replicou Violet com um aceno desdenhoso.

– E como a senhora pode saber?

Violet hesitou.

– Não sei, acho que é só um pressentimento.

– Mãe – disse Hyacinth com uma expressão de grande solicitude –, a senhora sabe que eu a amo imensamente...

– Quando uma frase começa desse jeito, nunca vem nada de bom.

– ... mas me perdoe se eu me recusar a me casar com alguém com base em um pressentimento seu.

Violet bebericou o chá com uma indiferença impressionante.

– É quase tão seguro quanto um pressentimento que *você* poderia ter. Se me permitir ser sincera, meus pressentimentos com relação a essas coisas tendem a ser bastante precisos. – Diante da expressão seca de Hyacinth, ela acrescentou: – Eu ainda não me enganei.

Bem, isso era verdade, Hyacinth precisava admitir. Só para si mesma, é claro. Se o fizesse em voz alta, a mãe acharia que tinha carta branca para perseguir St. Clair até ele sair correndo aos gritos de tão assustado.

– Mãe – começou Hyacinth, fazendo uma pausa um pouco mais longa do que o normal e tentando ganhar tempo para organizar as ideias –, eu não vou correr atrás do Sr. St. Clair. Ele não é, de forma alguma, o tipo certo de homem para mim.

– Não sei ao certo se você reconheceria o tipo certo de homem para você se ele chegasse à nossa porta montado num elefante.

– Imagino que o elefante seria uma indicação bastante precisa de que eu não deveria escolhê-lo.

– *Hyacinth*.

– Além disso – acrescentou ela, pensando em como St. Clair sempre a olhava de um jeito vagamente condescendente –, não acho que ele goste muito de mim.

– Bobagem – replicou Violet, com todo o ultraje de uma mãe protetora. – Todo mundo gosta de você.

Hyacinth pensou nisso por um instante.

– Não. Não acho que todo mundo goste.

– Hyacinth, eu sou sua mãe e sei...

– Mãe, você é a última pessoa a quem qualquer um diria não gostar de mim.

– Ainda assim...

– Mãe – interrompeu Hyacinth, pousando a xícara firmemente sobre o pires –, não importa. Eu não ligo de não ser unanimidade. Se eu quisesse que todo mundo gostasse de mim, teria que ser boazinha e encantadora, sem graça e enfadonha o tempo todo, e isso não seria nada divertido, certo?

– Você está parecendo Lady Danbury.

– Eu gosto de Lady Danbury.

– Eu também gosto dela, mas isso não significa que a queira como filha...

– Mãe...

– Você não vai tentar conquistar o Sr. St. Clair porque ele a assusta.

Hyacinth chegou a perder o fôlego.

– Isso não é verdade.

– É claro que é – rebateu Violet, mostrando-se enormemente satisfeita consigo mesma. – Não sei por que isso não me ocorreu antes. E ele não é o único.

– Não sei do que a senhora está falando.

– Por que você ainda não se casou?

Hyacinth pestanejou, aturdida diante da pergunta brusca.

– Como?

– Por que você ainda não se casou? – repetiu Violet. – Vai querer se casar algum dia?

– É claro que sim.

Ela já queria. Mais do que seria capaz de admitir, provavelmente até mais do que se dera conta até aquele exato momento. Olhou para a mãe e viu uma matriarca, uma mulher que amava a família com uma ferocidade que levava às lágrimas. Naquele instante, Hyacinth percebeu que desejava amar com aquela ferocidade. Queria filhos. Queria uma família.

Mas isso não significava que estava disposta a se casar com o primeiro homem que aparecesse. Hyacinth era pragmática: ficaria satisfeita em se casar com alguém que não amasse, contanto que ele combinasse com ela em todos os outros aspectos. Mas, minha nossa, seria demais pedir um cavalheiro com um pouquinho de inteligência?

– Mãe – disse ela, amansando o tom, sabendo que Violet tinha boas intenções –, eu quero, sim, me casar. Juro que quero. E, claramente, venho procurando alguém.

Violet ergueu as sobrancelhas.

– Claramente?

– Eu recebi seis propostas – respondeu Hyacinth, talvez um pouco na defensiva. – A culpa não é minha se nenhum era adequado.

– É verdade.

Hyacinth ficou de queixo caído diante do tom usado pela mãe.

– O que quer dizer com isso?

– É *claro* que nenhum daqueles homens era adequado: metade estava atrás da sua fortuna e a outra metade... bem, você os teria reduzido às lágrimas em uma semana.

– Quanta delicadeza com a sua filha mais nova – murmurou Hyacinth. – Assim você me arruína.

Violet bufou.

– Ora, por favor, Hyacinth, você sabe o que eu quero dizer e sabe que tenho razão. Nenhum daqueles homens era um bom partido para você. Você precisa de alguém que realmente seja o seu par.

– É exatamente o que eu venho tentando lhe dizer.

– Mas a minha pergunta é: por que os homens errados é que pedem a sua mão?

Hyacinth ensaiou uma resposta, mas não soube o que dizer.

– Você diz que deseja encontrar um homem que combine com você e eu até acredito nisso. Mas a verdade é, Hyacinth, que cada vez que você conhece alguém que consegue se manter firme, você o afasta.

– Não afasto, não – reclamou Hyacinth, não soando muito convincente.

– Bem, você certamente não os encoraja. – Violet se inclinou à frente, fitando-a com um olhar tanto de preocupação quanto de admoestação. – Você sabe que a amo muito, Hyacinth, mas o fato é que você gosta de estar em posição de vantagem em qualquer conversa.

– E quem não gosta? – murmurou Hyacinth.

– Um homem que combine com você não permitirá ser manipulado da maneira que você achar conveniente.

– Mas não é isso que eu quero – protestou Hyacinth.

Violet deixou escapar um suspiro. Mas era um som nostálgico, repleto de carinho e amor.

– Queria lhe explicar como me senti no dia em que você nasceu.

– Mãe? – indagou Hyacinth baixinho.

A mudança de assunto foi súbita e, de alguma maneira, ela soube que o que quer que a mãe lhe dissesse importaria mais do que qualquer coisa que chegaria a ouvir na vida.

– Foi logo depois da morte do seu pai. E eu estava tão triste... Nem posso expressar quanto estava triste. Existe um tipo de tristeza que consome a gente. Que nos puxa para baixo. E a gente não consegue...

– Violet se deteve e os lábios tremeram, os cantos se franzindo enquanto ela engolia em seco, tentando não chorar. – Bem, não consegue fazer nada. Não dá para explicar; só sentindo mesmo.

Hyacinth assentiu, mesmo sabendo que nunca compreenderia de verdade.

– Naquele último mês inteiro, eu simplesmente não sabia como me sentir – continuou Violet, com a voz ainda mais baixa. – Eu não sabia como me sentir com relação a você. Eu já tinha sete bebês; era de se esperar que eu fosse uma especialista. Mas, de repente, tudo era novo. Você não ia ter um pai e eu fiquei tão assustada... Eu precisaria ser tudo para você. Suponho que também precisaria ser tudo para os seus irmãos, mas, de alguma forma, era diferente. Com você...

Hyacinth percebeu que não conseguia tirar os olhos do rosto da mãe.

– Eu fiquei assustada – repetiu Violet –, apavorada de falhar com você de alguma maneira.

– Não falhou – sussurrou Hyacinth.

Violet sorriu, melancólica.

– Eu sei. Olhe só para você.

Hyacinth sentiu os lábios tremerem e não teve certeza se ia rir ou chorar.

– Mas não é isso que quero lhe dizer – continuou Violet, com um olhar ligeiramente decidido. – Quando você nasceu e a colocaram nos meus braços... foi estranho porque, por algum motivo, eu estava tão convencida de que você seria igual ao seu pai... Estava certa de que daria de cara com o rosto dele e que isso seria um sinal dos céus.

A respiração de Hyacinth falhou e ela se perguntou por que a mãe nunca havia lhe contado aquela história. E por que ela nunca havia pedido que contasse sobre seu nascimento.

– Mas não era – prosseguiu Violet. – Você se parecia um bocado comigo. E, então, minha nossa, eu me lembro como se fosse ontem... Você olhou nos meus olhos e piscou. Duas vezes.

– Duas vezes? – repetiu Hyacinth, querendo saber por que aquilo era tão importante.

– Duas vezes. – Violet a encarou, curvando os lábios num sorrisinho engraçado. – Eu só me lembro disso porque a sua expressão foi tão *decidida*. Foi muito esquisito. Você me olhou como se dissesse "Eu sei exatamente o que estou fazendo".

Uma pequena lufada de ar escapou dos lábios de Hyacinth e ela se deu conta de que era uma risada. Uma pequena risada, do tipo que pega de surpresa.

– E, então, você deixou escapar um *lamento* – contou Violet, balançando a cabeça. – Meu Deus, achei que você fosse quebrar o vidro das janelas. E eu sorri. Foi a primeira vez, desde a morte do seu pai, que eu sorri.

Violet respirou fundo, então pegou o chá. Hyacinth observou a mãe se recompor, querendo, desesperadamente, lhe pedir que continuasse. Mas, de alguma forma, sabia que o momento pedia silêncio.

Por um minuto inteiro, Hyacinth esperou. Por fim, a mãe disse baixinho:

– Desse momento em diante, você se tornou muito querida para mim. Eu amo todos os meus filhos, mas você... – Ela ergueu a vista e olhou nos olhos de Hyacinth. – Você me salvou.

Hyacinth sentiu um aperto no peito. Não conseguia se mexer direito, não conseguia respirar direito. Só fitar o rosto da mãe, ouvir as suas palavras e se sentir tão, tão grata por ser sua filha.

– De certa forma, eu a protegi um pouco demais – admitiu Violet, os lábios formando o mais minúsculo dos sorrisos – e, ao mesmo tempo, fui permissiva demais. Você era tão exuberante, tão segura de quem era e de como se encaixava no mundo à sua volta... Era uma força da natureza e eu não queria cortar as suas asas.

– Obrigada – sussurrou Hyacinth, mas as palavras saíram tão baixinho que ela não soube se as dissera mesmo em voz alta.

– Mas, às vezes, eu me pergunto se isso não a deixou pouco consciente das pessoas à sua volta.

Subitamente, Hyacinth se sentiu péssima.

– Não, não – corrigiu-se Violet depressa ao ver a expressão de choque de Hyacinth. – Você é gentil e carinhosa e muito mais atenciosa do que qualquer um se dê conta. Mas... minha nossa, eu não sei como explicar isso... – Ela respirou fundo, franzindo o nariz enquanto buscava as palavras certas. – É que você já está muito acostumada a se sentir confortável consigo mesma e com o que diz.

– O que há de errado nisso? – perguntou Hyacinth, não de maneira defensiva, mas apenas baixinho.

– Nada. Eu só gostaria que outras pessoas tivessem esse talento.

Violet juntou as mãos e começou a acariciar a palma da mão direita com o polegar esquerdo. Era um gesto que Hyacinth observara a mãe fazer incontáveis vezes, sempre perdida em pensamentos.

– Mas o que eu acho que acontece – continuou Violet – é que, quando você *não* se sente assim, quando algo a deixa desconfortável, bem, você não parece saber como lidar. E foge. Ou decide que não vale a pena. – Encarou a filha com um olhar direto e, talvez, só um pouco resignado demais. – Por isso eu temo que você nunca encontre o homem certo. Ou melhor, que você o encontre, mas não saiba que o encontrou. Que você não se permita saber.

Hyacinth fitou a mãe, sentindo-se tensa, muito pequena, muito insegura. Como fora que aquilo havia acontecido? Como fora que entrara ali, esperando a mesma conversa de sempre sobre maridos e casamentos, sobre a ausência deles, apenas para se ver desnudada e aberta até já não estar mais certa de quem era?

– Vou pensar nisso – garantiu à mãe.

– É só o que lhe peço.

E era só o que podia prometer.

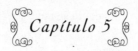

# Capítulo 5

*Na noite seguinte, na sala de visitas da estimável Lady Pleinsworth. Por algum estranho motivo, há galhos presos ao piano. E uma garotinha exibe um chifre na cabeça.*

– As pessoas vão achar que você está me cortejando – comentou Hyacinth quando St. Clair caminhou diretamente em sua direção sem nem ao menos olhar em volta da sala primeiro.

– Bobagem – replicou ele, sentando-se na cadeira vazia ao lado dela. – Todos sabem que eu não cortejo mulheres respeitáveis. Além do mais, acho que seria bom para a sua reputação.

– E eu achava que a modéstia fosse uma virtude superestimada.

Ele lhe lançou um sorriso afável.

– Não desejo lhe dar munição, mas o triste fato é que a maioria dos homens são ovelhas. Onde um vai, seguem os demais. E você não disse que gostaria de se casar?

– Não com alguém que o tome como carneiro-guia.

Ele abriu um sorriso diabólico que devia usar para seduzir legiões de mulheres. Então olhou ao redor, como se pretendesse fazer algo de dissimulado, e chegou o corpo para a frente.

Hyacinth não conseguiu se conter e também se inclinou.

– Sim? – murmurou ela.

– Estou quase balindo.

Hyacinth tentou reprimir a risada, mas foi um erro, pois acabou soltando um deselegantíssimo borrifo de perdigotos.

– Que sorte que você não estava bebendo leite – comentou Gareth, recostando-se na cadeira. Maldito, ele continuava sendo a compostura em pessoa.

Hyacinth tentou fuzilá-lo com os olhos, mas estava quase certa de que não conseguia esconder o divertimento.

– Poderia ter saído pelo nariz – disse ele, dando de ombros.

– Será que ninguém nunca lhe disse que esse não é o tipo de coisa que se diz para impressionar uma mulher? – indagou ela, tão logo recuperou a fala.

– Não estou tentando impressioná-la – respondeu ele, olhando para a frente do salão. – Minha nossa! – exclamou, piscando os olhos, surpreso. – O que é *aquilo*?

Hyacinth seguiu o olhar dele. Várias Pleinsworths caminhavam de um lado para o outro; uma delas parecia estar vestida de pastora.

– Mas que interessante coincidência – murmurou Gareth.

– Talvez seja o momento de começarmos a balir.

– Pensei que íamos assistir a um recital de poesia.

Hyacinth fez uma careta e balançou a cabeça.

– Uma inesperada mudança no programa, sinto dizer.

– De pentâmetro iâmbico a peça de pastorinha? Parece-me um pouco forçado.

Hyacinth olhou para ele com expressão de pesar.

– Ainda acho que vá haver pentâmetro iâmbico.

Ele ficou de queixo caído.

– Pastorinhas recitando poesia?

Ela fez que sim, mostrando o livreto do programa que descansava em seu colo.

– Trata-se de uma composição original – disse, como se isso explicasse tudo. – De Harriet Pleinsworth. A *Pastorinha, o Unicórnio e Henrique* VIII.

– Todos eles? De uma vez só?

– Não estou brincando.

– É claro que não. Nem mesmo você conseguiria inventar uma coisa dessas.

Hyacinth decidiu tomar isso como um elogio.

– Por que foi que eu não recebi um desses? – indagou Gareth, pegando o programa.

– Creio que decidiram que não deviam entregá-lo aos cavalheiros – opinou Hyacinth, olhando ao redor. – Na verdade, é preciso admirar a presciência de Lady Pleinsworth: você certamente sairia correndo se soubesse o que o aguarda.

Gareth se remexeu no assento.

– Já trancaram as portas?

– Não, mas a sua avó já chegou.

Hyacinth teve a impressão de que ele gemeu.

– Não parece estar vindo nesta direção – acrescentou Hyacinth, observando Lady Danbury se acomodar numa cadeira do corredor a várias fileiras de distância.

– É claro que não – murmurou Gareth, e Hyacinth soube que ele estava pensando a mesma coisa que ela.

*Casamenteira.*

Bem, Lady Danbury nunca fora sutil com relação àquele assunto.

Hyacinth começou a se virar para a frente, então parou ao avistar a mãe, para quem vinha guardando um assento vazio à sua direita. Violet fingiu – bem mal, na opinião de Hyacinth – não vê-la e se sentou ao lado de Lady Danbury.

– Ok...

Violet também não era conhecida pela sutileza, mas, depois da conversa da tarde anterior, Hyacinth achara que a mãe não seria *tão* óbvia.

Teria sido simpático reservar alguns dias para refletir sobre tudo aquilo.

Hyacinth já havia passado os dois últimos dias ponderando sobre a conversa com a mãe. Tentou pensar em todas as pessoas que conhecera nos anos que passara no Mercado Casamenteiro. Em geral, fora agradável. Ela dissera o que queria, fizera os outros rirem e gostara de ser admirada por sua espirituosidade.

Mas não se sentira completamente à vontade com algumas pessoas – não muitas. Durante a primeira temporada, ficara muda na companhia de um cavalheiro. Ele era inteligente e bem-apessoado e, quando a olhara, Hyacinth tinha achado que suas pernas iam falhar. E, havia apenas um ano, o irmão, Gregory, a apresentara a um dos amigos de escola que havia sido seco e sarcástico e mais do que páreo para ela. Hyacinth dissera a si mesma que não gostara dele e, depois, falara à mãe que o homem lhe parecera ser do tipo que não teria piedade com os animais. Mas a verdade era que...

Bem, ela não sabia qual era a verdade. Não sabia tudo, por mais que tentasse dar a impressão contrária.

Mas havia evitado esses homens. Alegara que não gostara deles, mas talvez não fosse isso. Talvez, simplesmente, não tivesse gostado de si mesma quando estava com eles.

Ergueu a vista. St. Clair estava recostado na cadeira com uma expressão entre entediada e divertida, de um tipo sofisticado e polido que homens de toda a Londres tentavam imitar. St. Clair a fazia melhor do que a maioria.

– Você está um tanto séria para uma noite de pentâmetro bovino – observou ele.

Hyacinth olhou para o palco, surpresa.

– Também haverá vacas?

Ele lhe devolveu o pequeno folheto e suspirou.

– Estou me preparando para o pior.

Hyacinth sorriu. Ele realmente *era* engraçado. E inteligente. E muito, muito bonito, embora isso jamais tivesse sido colocado em questão.

Ela se deu conta de que Gareth era tudo aquilo o que sempre dissera para si mesma que procurava num marido.

Meu bom Deus.

– Você está bem? – indagou ele, empertigando-se subitamente.

– Estou, sim. Por quê?

– Você parecia... – Ele pigarreou. – Bem, parecia... ahn... Desculpe-me, não posso dizer isso a uma mulher.

– Nem mesmo a uma que *não* está tentando impressionar? – gracejou Hyacinth, mas sua voz saiu levemente forçada.

Ele a encarou por um momento, então disse:

– Muito bem. Você parecia estar prestes a vomitar.

– Eu nunca vomito – disse ela, olhando resolutamente para a frente. Gareth St. Clair *não* era tudo o que ela sempre quisera num marido. Não podia ser. – E tampouco desmaio. Nunca.

– *Agora* você parece zangada.

– Não estou – rebateu ela e ficou bastante orgulhosa com o quanto soou radiante.

Ele era dono de uma péssima reputação, recordou-se. Será que realmente queria se associar com um homem que se relacionara com tantas mulheres? E, ao contrário da maioria das solteironas, Hyacinth sabia o que significava "se relacionar". Não em primeira mão, é claro, mas conseguira arrancar os detalhes básicos das irmãs mais velhas e casadas. Daphne, Eloise e Francesca lhe garantiam que tudo era muito prazeroso com o tipo certo de marido, e Hyacinth acreditava que o tipo correto de marido fosse um que permanecesse fiel à esposa.

St. Clair, por outro lado, mantivera relações com *centenas* de mulheres.

É claro que tal comportamento não podia ser saudável.

E mesmo que "centenas" fosse um exagero e o verdadeiro número fosse bem mais modesto, como poderia competir? Sabia, sem sombra de dúvida, que a última amante dele fora ninguém menos do que Maria Bartolomeo, uma soprano italiana famosa tanto pela beleza quanto pela voz. Nem mesmo Violet poderia afirmar que Hyacinth chegava perto de ser tão linda assim.

Devia ser horroroso passar a própria noite de núpcias sofrendo com comparações.

– Acho que está começando. – Ouviu St. Clair suspirar.

Os lacaios cruzavam o salão, soprando velas para obscurecer o ambiente. Hyacinth vislumbrou o perfil de St. Clair. Um candelabro fora deixado aceso por cima de seu ombro e, sob as luzes oscilantes, parecia haver mechas de ouro em seus cabelos. O rabo de cavalo fora amarrado de forma casual, o único do tipo naquele aposento.

Não sabia por quê, mas gostou disso.

— Seria muito ruim — ela o ouviu sussurrar — se eu corresse em direção à porta?

— Neste instante? — indagou Hyacinth, tentando ignorar o formigamento que sentia quando ele se aproximava. — Muito ruim.

Gareth se recostou com um suspiro melancólico, então se concentrou no palco, com toda a aparência de um cavalheiro polido, mesmo que levemente enfadado.

Mas, apenas um minuto depois, Hyacinth ouviu. Baixinho e só para os seus ouvidos:

— Bééé.

— Béééééééé.

*Noventa minutos de entorpecer o cérebro mais tarde e, infelizmente, o nosso herói estava correto com relação aos bois.*

— Já bebeu vinho do Porto, Srta. Bridgerton? — indagou Gareth, mantendo os olhos no palco enquanto se levantava e aplaudia as Pleinsworths.

— É claro que não, mas sempre quis provar. Por quê?

— Porque nós dois merecemos uma bebida.

Ela abafou uma risada.

— Bem, o unicórnio estava bastante simpático.

Ele bufou. O unicórnio não poderia ter mais do que 10 anos. Isso não constituiria problema se Henrique

VIII não tivesse insistido em dar uma cavalgada que não constava do roteiro.

– Fico surpreso de não terem precisado chamar um médico – murmurou Gareth.

Hyacinth se retraiu.

– Ela realmente pareceu mancar um pouco.

– Tive que me esforçar para não relinchar de dor no lugar dela. Minha nossa, quem... Ah, Lady Pleinsworth! – exclamou Gareth, estampando um sorriso no rosto com admirável rapidez. – Que prazer vê-la.

– Sr. St. Clair – disse Lady Pleinsworth efusivamente. – Estou encantada que tenha podido comparecer.

– Eu não teria perdido.

– E Srta. Bridgerton – continuou ela, claramente buscando um bom mexerico. – É a você que preciso agradecer pela vinda do Sr. St. Clair?

– Temo dizer que a culpa é da avó – respondeu Hyacinth. – Ela o ameaçou com a bengala.

Lady Pleinsworth não pareceu saber ao certo como reagir, então se virou outra vez para Gareth, pigarreando algumas vezes antes de perguntar:

– Já foi apresentado às minhas filhas?

Gareth conseguiu não fazer uma careta; era exatamente esse o motivo pelo qual tentava evitar tais ocasiões.

– É... não, não creio que já tenha tido esse prazer.

– A pastora – falou Lady Pleinsworth, prestativa.

Gareth assentiu.

– E o unicórnio? – indagou ele, com um sorriso.

— Sim — respondeu ela, piscando os olhos, confusa e, provavelmente, angustiada —, mas ela é um pouco jovem.

— Estou certa de que o Sr. St. Clair ficaria encantado em conhecer Harriet — interveio Hyacinth antes de se virar para Gareth com um explicativo "A pastora".

— É claro — concordou ele. — Sim, encantado.

Hyacinth se virou para Lady Pleinsworth com um sorriso excessivamente inocente.

— O Sr. St. Clair é especialista em tudo o que diz respeito aos ovinos.

— Onde está a *minha* bengala quando preciso dela? — murmurou ele.

— Como disse? — indagou Lady Pleinsworth, inclinando-se para a frente.

— Eu ficaria honrado em conhecer a sua filha — esclareceu ele, já que parecia ser a única coisa aceitável a ser dita naquele momento.

— Maravilhoso! — exclamou Lady Pleinsworth, batendo palmas. — Sei que ela vai ficar muito contente em conhecê-lo.

Então, dizendo algo sobre ter que falar com os outros convidados, retirou-se.

— Não fique tão amuado — falou Hyacinth, tão logo os dois se viram a sós outra vez. — Você é um partido e tanto.

Ele a olhou como se a avaliasse.

— É normal se dizerem essas coisas assim, de maneira tão direta?

Ela deu de ombros.

– Não a homens que se esteja tentando impressionar.

– *Touché*, Srta. Bridgerton.

Ela suspirou, feliz.

– Minhas três palavras favoritas.

Disso ele não tinha a menor dúvida.

– Conte-me, Srta. Bridgerton: já começou a ler o diário da minha avó?

Ela fez que sim.

– Estou surpresa que não tenha perguntado antes.

– Eu estava distraído pela pastora. Mas lhe peço, por favor, que não mencione isso à mãe dela. Certamente compreenderia da maneira errada.

– As mães sempre o fazem – concordou ela, olhando à sua volta.

– O que está procurando?

– Hmmm? Ah, nada. Só olhando.

– Olhando o quê?

Ela o encarou com os olhos arregalados e atordoantemente azuis.

– Nada em especial. Não gosta de saber tudo o que está acontecendo?

– Só o que tem a ver comigo.

– É mesmo? – Ela fez uma pausa. – Eu gosto de saber de tudo.

– Já notei. Bom, o que descobriu sobre o diário?

– Ah, sim – disse ela, radiante.

De fato, Hyacinth Bridgerton irradiava uma luz quando tinha a oportunidade de falar com autoridade. E o mais estranho era que Gareth achava aquilo um tanto encantador.

– Li apenas doze páginas, sinto dizer – confessou ela. – Minha mãe precisou da minha assistência com a correspondência esta tarde e eu não tive o tempo que gostaria para me empenhar na tarefa. Não lhe contei a respeito, aliás. Não sabia ao certo se era segredo.

Gareth pensou no pai, que provavelmente ia querer o diário só por estar em posse do filho.

– É segredo, sim. Pelo menos até eu declarar que não é.

Ela assentiu.

– Talvez seja melhor não dizer nada até você saber o que ela escreveu.

– O que foi que você descobriu?

– Bem...

Ela fez uma careta.

– O que foi? – perguntou ele.

Os cantos da boca de Hyacinth se curvaram para baixo, naquela expressão típica de uma pessoa que não quer dar más notícias.

– Receio que não haja forma educada de dizer isto.

– Raramente existe, quando o assunto é a minha família.

Ela o olhou com curiosidade.

– Ela não queria se casar com o seu avô.

– Sim, você mencionou isso naquela tarde.

– Não, eu quero dizer que ela *realmente* não queria se casar com ele.

– Mulher esperta – murmurou ele. – Os homens da minha família são idiotas obstinados.

Ela sorriu. Discretamente.

– Você, inclusive?

Ele devia ter previsto isso.

– Não conseguiu resistir, não é mesmo?

– Você teria conseguido?

– Imagino que não. O que mais ela disse?

– Não muito. Tinha apenas 17 anos no começo do diário. Os pais a obrigaram a se casar e ela escreveu três páginas sobre quanto estava contrariada.

– Contrariada?

Ela se encolheu.

– Bem, um pouco mais do que contrariada, devo dizer, mas...

– Fiquemos com "contrariada".

– Isso, é melhor.

– Como eles se conheceram? Ela contou?

– Não. Parece ter começado o diário depois de serem apresentados. Ainda que ela tenha mencionado uma festa na casa do tio. Talvez tenha sido lá.

Gareth assentiu, pensativo.

– Meu avô fez uma grande viagem. Eles se conheceram e se casaram na Itália, mas foi só isso que me contaram.

– Bem, não acho que ele a tenha desonrado, se é isso que quer saber. Imagino que ela teria mencionado uma coisa *dessas* no diário.

Gareth não pôde resistir a uma pequena provocação.

– Você teria mencionado?

– Como disse?

– Você escreveria no seu diário se alguém a tivesse desonrado?

Ela ruborizou, o que o deixou encantado.

– Eu não escrevo um diário.

Ah, como ele estava adorando aquilo.

– Mas se escrevesse...

– Mas eu *não escrevo*.

– Covarde – disse ele, baixinho.

– Você escreveria todos os seus segredos num diário? – retrucou ela.

– É claro que não. Se alguém o encontrasse, não seria muito justo para com as pessoas que mencionei.

– Pessoas? – provocou ela.

Ele abriu um sorrisinho.

– Mulheres.

Ela voltou a ruborizar, embora com menos intensidade dessa vez, a ponto de deixá-lo em dúvida. O rubor a coloriu de rosa, mesclando-se às sardas do nariz. Àquela altura, a maioria das mulheres teria expressado o seu ultraje, ou pelo menos fingido fazê-lo, mas não Hyacinth. Ele a viu franzir os lábios ligeiramente – talvez para ocultar a vergonha, talvez para conter uma réplica.

Gareth se deu conta de que estava se divertindo. Era difícil acreditar, considerando que se encontrava ao lado de um piano coberto de galhos e que precisaria passar o resto da noite evitando a pastora e sua mãe ambiciosa, mas estava se divertindo.

— Você é realmente tão mau como dizem? — indagou Hyacinth.

Ele se sobressaltou. Não esperava por aquilo.

— Não — admitiu Gareth —, mas não conte a ninguém.

— Eu não achei que fosse — disse ela, pensativa.

Algo no tom dela o assustou. Não queria Hyacinth Bridgerton pensando tanto a respeito dele. Tinha a mais estranha sensação de que, se ela o fizesse, talvez o enxergasse por inteiro e com enorme transparência.

E não sabia ao certo o que ela encontraria.

— A sua avó está vindo para cá — avisou Hyacinth.

— É verdade — disse ele, satisfeito com a distração. — Devemos tentar escapar?

— Já é tarde demais — respondeu ela, retorcendo os lábios. — E traz a minha mãe a reboque.

— Gareth! — a voz estridente da avó se fez ouvir.

— Vovó — falou ele, beijando-lhe galantemente a mão quando ela chegou ao seu lado. — É sempre um prazer vê-la.

— É claro que é — replicou ela, insolente.

Gareth se virou para encarar uma versão mais velha, e de cabelos um pouco mais claros, de Hyacinth.

— Lady Bridgerton.

— Sr. St. Clair — cumprimentou Violet afetuosamente. — Faz um século.

— Não costumo comparecer a tais recitais.

— Sim, a sua avó me contou que precisou forçá-lo a vir.

Ele se voltou para a avó com as sobrancelhas erguidas.

— A senhora vai acabar com a minha reputação.

— Isso você já fez por conta própria, meu caro menino.

— Acho que o que ele quis dizer — interveio Hyacinth — foi que provavelmente não será tido como arrojado e perigoso se o mundo souber quanto é louco pela senhora.

Um silêncio levemente desconfortável caiu sobre o grupo quando Hyacinth se deu conta de que todos haviam compreendido o que ele quisera dizer. Gareth se apiedou dela e falou:

— Tenho outro compromisso esta noite, então sinto dizer que preciso ir embora.

Lady Bridgerton sorriu.

— Veremos o senhor na terça-feira, no entanto, não é mesmo?

— Na terça-feira? — indagou ele, dando-se conta de que o sorriso de Lady Bridgerton não era nem um pouco inocente, como aparentava ser.

— Meu filho e a esposa vão dar um grande baile. Estou certa de que recebeu um convite.

Gareth também estava certo de que recebera, mas em geral os atirava para o lado sem nem mesmo olhá-los.

— Eu lhe prometo — continuou Lady Bridgerton — que não haverá unicórnios.

Fisgado. E por uma mestre, acima de tudo.

– Nesse caso – começou ele educadamente –, como poderia recusar?

– Excelente. Sem dúvida Hyacinth ficará encantada em vê-lo.

– Eu mal consigo me conter de alegria – murmurou Hyacinth.

– Hyacinth! – exclamou a mãe e se virou para Gareth. – Ela não quis dizer isso.

Ele se voltou para Hyacinth.

– Estou desolado.

– Por eu não conseguir me conter de alegria ou por conseguir?

– Qualquer um dos dois. – Gareth se virou para o grupo como um todo. – Senhoras...

– Não se esqueça da pastora – provocou Hyacinth, o sorriso doce e só um pouco travesso. – Você *prometeu* à mãe dela.

Maldição, ele havia se esquecido. Olhou para o outro lado do salão. A pequena pastora começava a apontar o cajado em sua direção e Gareth teve a desconfortável sensação de que, se chegasse perto o bastante, ela talvez o passasse pelo pescoço dele e o puxasse para si.

– Vocês duas não são amigas? – perguntou a Hyacinth.

– Ah, não. Eu mal a conheço.

– Não gostaria de conhecê-la? – disse ele, rangendo os dentes.

Hyacinth bateu o dedo no queixo, pensativa.

– Eu... Não, não. – Ela sorriu suavemente. – Mas fico observando daqui, de longe.

– Traidora – murmurou Gareth, passando por ela em direção à pastora.

E, pelo resto da noite, não conseguiu esquecer o perfume dela.

Ou, talvez, o som suave da sua risada.

Ou, talvez, nenhuma das duas coisas. Talvez ela, apenas.

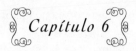

## Capítulo 6

*Na terça-feira seguinte, no salão de baile da Casa Bridgerton, as velas estão acesas, a música enche o ar e a noite parece ter sido feita para o romance.*

*Mas não para Hyacinth, que está aprendendo que os amigos podem ser tão irritantes quanto os familiares.*

*Certas vezes, até mais.*

— Sabe com quem eu acho que você deveria se casar? Com Gareth St. Clair.

Hyacinth olhou para Felicity Albansdale, sua amiga mais próxima, com uma expressão que oscilava entre a incredulidade e o alarme. Ela não estava *mesmo* preparada para afirmar que deveria se casar com Gareth St. Clair, mas, por outro lado, começava a se perguntar se não era o caso de considerar a ideia.

Será que ela era tão transparente assim?

— Você só pode estar louca — retrucou Hyacinth, pois não estava disposta a contar a quem quer que fosse que talvez estivesse desenvolvendo um fraco pelo homem.

Não gostava de fazer nada sem excelência, e tinha a crescente sensação de que não sabia perseguir um homem com qualquer coisa que lembrasse graça ou dignidade.

— De forma alguma — replicou Felicity, olhando o cavalheiro em questão do outro lado do salão. — Ele seria perfeito para você.

Considerando que Hyacinth passara os últimos dias sem pensar em nada além de Gareth, na avó dele e no diário de sua outra avó, não teve escolha senão dizer:

— Bobagem, eu mal conheço o homem.

— Ninguém conhece. Ele é um enigma.

— Bem, eu não chegaria a *tanto* — murmurou Hyacinth.

*Enigma* soava romântico demais e...

— É claro que ele é — insistiu Felicity, intrometendo-se nos seus pensamentos. — O que sabemos sobre ele? Nada. Logo...

— Logo nada — cortou Hyacinth. — E eu certamente não vou me casar com ele.

— Bem, você tem que se casar com alguém.

— É isso o que acontece quando as pessoas se casam... — queixou-se Hyacinth, enojada. — A única coisa que querem é ver o resto do mundo casado.

Felicity, que se casara com Geoffrey Albansdale seis meses antes, apenas deu de ombros.

— É um objetivo nobre.

Hyacinth voltou a olhar para Gareth, que dançava com a muito bela, muito loura e muito miúda Jane Hotchkiss. Parecia prestar atenção em cada palavra dita por ela.

— Eu *não* vou me interessar por Gareth St. Clair — insistiu Hyacinth, voltando-se para Felicity ainda mais decidida.

— A dama protesta demais, penso eu — disse Felicity com leveza, citando *Hamlet*.

Hyacinth trincou os dentes.

— A dama protestou *duas vezes*.

— Se você parar para pensar...

— O que eu não hei de fazer — interrompeu Hyacinth.

— ... vai ver que ele é o par perfeito para você.

— E por que diz isso? — indagou Hyacinth, mesmo sabendo que a pergunta só encorajaria a amiga.

Felicity a olhou bem nos olhos.

— Ele é a única pessoa na qual eu consigo pensar que você não conseguiria esgotar.

Hyacinth a encarou por um longo momento, sentindo-se inexplicavelmente ofendida.

— Não sei se devo me sentir lisonjeada.

— Hyacinth! Você sabe que não quis insultá-la. Pelo amor de Deus, o que você tem?

— Não é nada — murmurou.

Porém, entre aquela conversa e a que tivera na semana anterior com a mãe, começava a se perguntar como exatamente o mundo a via. Porque ela não estava muito convicta de que correspondia à forma como ela mesma se via.

— Não quero que você mude — continuou Felicity, tomando a mão de Hyacinth num gesto de amizade. – Minha nossa, de modo nenhum. É só que você precisa de alguém que consiga acompanhá-la. Até você precisa confessar que a maioria das pessoas não consegue.

– Sinto muito – desculpou-se Hyacinth, balançando a cabeça. – Minha reação foi exagerada. Eu só... não venho me sentindo eu mesma nos últimos dias.

E era verdade. Disfarçava bem, ou pelo menos achava que sim, mas andava um pouco perturbada. Tinha sido aquela conversa com a mãe. Não, tinha sido aquela conversa com St. Clair.

Não, era tudo. Tudo ao mesmo tempo. E ficara com a sensação de já não saber mais quem ela era, o que se tornava intolerável.

– Provavelmente é um resfriado – sugeriu Felicity, olhando outra vez para o salão de baile. – Todo mundo parece estar com um esta semana.

Hyacinth não a contradisse. Seria bom se fosse apenas um resfriado.

– Sei que são amigos – continuou Felicity. – Soube que se sentaram juntos no recital das Smythe-Smiths e no sarau de poesia dos Pleinsworths.

– Foi uma peça – explicou Hyacinth, sem pensar muito. – Mudaram no último instante.

– Pior ainda. Achei que você conseguiria se safar de pelo menos um dos dois.

– Não foram tão terríveis assim.

– Porque estava sentada ao lado do Sr. St. Clair – disse Felicity com um sorriso malicioso.

– Você é terrível – comentou Hyacinth, recusando-se a encará-la.

Se a encarasse, Felicity veria a verdade em seus olhos. Hyacinth era uma boa mentirosa, mas não tanto assim, ainda mais com a amiga.

E o pior de tudo era que podia se reconhecer nas palavras de Felicity. Quantas vezes havia caçado dela, exatamente da mesma forma, antes do casamento? Uma dúzia? Mais?

– Você devia dançar com ele – sugeriu Felicity.

Hyacinth manteve os olhos na pista de dança do salão.

– Não posso fazer nada se ele não me convidar.

– É claro que vai convidar. Basta ficar do outro lado do salão, onde ele a verá com facilidade.

– *Não vou correr atrás dele.*

O sorriso de Felicity se espalhou pelo rosto.

– Você gosta dele, sim! Ah, que adorável! Eu nunca vi...

– Eu não gosto dele – interrompeu Hyacinth. Então, dando-se conta de quanto aquilo soava juvenil e de que Felicity jamais acreditaria nela, acrescentou: – Apenas acho que deveria ver se *talvez* gosto dele.

– Bem, isso é mais do que você já disse a respeito de qualquer outro cavalheiro. Você não precisa correr atrás do Sr. St. Clair. Ele não ousaria ignorá-la. Você é irmã do anfitrião e, além do mais, não acha que a avó daria uma bronca se ele não a convidasse para dançar?

– Obrigada por me fazer sentir como um troféu.

Felicity riu.

— Eu nunca a vi assim e devo confessar que estou me divertindo tremendamente.

— Fico contente que uma de nós esteja — resmungou Hyacinth, embora as palavras tenham se perdido em meio ao grito entrecortado de Felicity.

— O que foi? — perguntou, alarmada.

Felicity meneou a cabeça para a esquerda, indicando o outro lado do salão.

— O pai dele.

Hyacinth se virou bruscamente, sem nem tentar ocultar o interesse. Minha nossa, lorde St. Clair estava presente. Londres inteira sabia que pai e filho não se falavam, mas, ainda assim, eram expedidos convites de festas para ambos. Eles pareciam ter um impressionante talento para não aparecerem onde o outro pudesse estar, portanto as anfitriãs costumavam ser poupadas da vergonha de ter os dois no mesmo evento.

No entanto, algo obviamente dera errado aquela noite.

Será que Gareth sabia da presença do pai? Hyacinth olhou para a pista de dança. Ele estava rindo de alguma coisa que a Srta. Hotchkiss dizia. Não, ele não sabia. Hyacinth o testemunhara com o pai uma vez. Vira tudo do outro lado do aposento, mas percebera muito bem sua expressão tensa. E a forma como os dois haviam se dirigido tempestuosamente até a saída mais próxima.

Hyacinth observou lorde St. Clair olhar ao redor. Ele viu o filho e suas feições se endureceram.

– O que é que você vai fazer? – sussurrou Felicity.

*Fazer?* Os lábios de Hyacinth se entreabriram enquanto ela olhava de Gareth para o pai. Sem saber que estava sendo observado, lorde St. Clair girou sobre os calcanhares e saiu, provavelmente em direção ao salão de carteado.

Mas não havia a menor garantia de que não retornaria.

– Você vai fazer alguma coisa, não vai? – insistiu Felicity. – Tem que fazer.

Hyacinth estava bastante certa de que *isso* não era verdade. Nunca fizera nada antes. Mas agora era diferente. Gareth era... Bem, ela supunha que era seu amigo, de uma maneira estranha e perturbadora. E de fato precisava conversar com ele. Passara a manhã inteira e a maior parte da tarde no quarto, traduzindo o diário da avó dele. Sem dúvida Gareth iria querer saber o que ela havia descoberto.

E, caso conseguisse impedir uma briga nesse meio-tempo... Ela sempre ficava feliz em ser a heroína do dia, mesmo se ninguém além de Felicity soubesse.

– Vou convidá-lo para dançar – anunciou Hyacinth.

– Vai? – indagou a amiga, arregalando os olhos.

Hyacinth era famosa por sua originalidade, mas nem mesmo ela jamais ousara convidar um cavalheiro para dançar.

– Não vou fazer uma grande cena – assegurou Hyacinth. – Ninguém vai saber, só o Sr. St. Clair. E você.

– E quem mais estiver ao lado dele, por acaso. E para quem mais *essa* pessoa contar e quem quer que...

– Sabe o que é bom em amizades longas como a nossa? – interrompeu Hyacinth.

Felicity balançou a cabeça.

– Você não ficará ofendida para sempre quando eu lhe der as costas e me afastar.

E foi o que fez Hyacinth.

Mas a dramaticidade da saída foi consideravelmente atenuada quando ela ouviu Felicity dar uma risadinha e dizer: "Boa sorte!"

*Trinta segundos depois. Não é preciso muito tempo para atravessar um salão de baile, afinal de contas.*

Gareth sempre gostara de Jane Hotchkiss. A irmã dela era casada com o primo dele, logo os dois se viam de vez em quando na casa de vovó Danbury. E o mais importante: podia convidá-la para dançar sem ela se perguntar se havia alguma intenção matrimonial por trás do convite.

Por outro lado, ela o conhecia muito bem. Ou, pelo menos, bem o bastante para saber quando ele estava agindo em completo desacordo com o normal.

– O que está procurando? – perguntou Jane quando a quadrilha que dançavam foi chegando ao fim.

– Nada.

– Muito bem – disse ela, com as sobrancelhas louro-claras juntando-se numa leve expressão de exasperação. – Por *quem* está procurando, então? Não me diga "ninguém" porque você esticou o pescoço o tempo todo durante o número de dança.

Ele a encarou.

– Jane, sua imaginação não tem limites.

– Agora você está mentindo.

Ela estava certa, é claro. Gareth estivera à procura de Hyacinth Bridgerton desde que passara pela porta, vinte minutos antes. Pensava tê-la visto antes de tropeçar com Jane, mas na verdade era uma de suas muitas irmãs. Todas as Bridgertons se pareciam diabolicamente. Vistas do outro lado do salão, eram indistinguíveis.

Enquanto a orquestra tocava as últimas notas do número de dança, Gareth tomou o braço de Jane e a conduziu à lateral do salão.

– Eu nunca mentiria para você, Jane – garantiu, lançando-lhe um vistoso meio sorriso.

– É claro que mentiria. De qualquer maneira, está claro como água. Seus olhos o delatam: eles só ficam sérios quando você está mentindo.

– Isso não pode ser...

– É verdade – insistiu ela. – Confie em mim. Ah, boa noite, Srta. Bridgerton.

Gareth se virou bruscamente e deu de cara com Hyacinth, uma aparição sobrenatural trajada em seda azul. Estava especialmente encantadora naquela noite. Fizera algo diferente nos cabelos. Não sabia ao certo o quê; era raro perceber minúcias como essa. Mas tinha sido alterado de alguma forma. Devia estar emoldurando o rosto dela de uma maneira distinta, pois algo a seu respeito não lhe pareceu exatamente igual.

Talvez fossem os olhos, que lhe pareceram decididos, até mesmo para Hyacinth.

– Srta. Hotchkiss – disse Hyacinth, com um educado meneio de cabeça. – É um prazer revê-la.

Jane sorriu afetuosamente.

– Lady Bridgerton sempre dá festas tão agradáveis... Transmita a ela minha estima.

– Eu o farei. Kate está logo ali, ao lado do champanhe – avisou Hyacinth, referindo-se à cunhada, a atual Lady Bridgerton. – Caso queira lhe falar pessoalmente.

Gareth se pegou arqueando as sobrancelhas. Hyacinth estava aprontando algo e queria lhe falar a sós.

– Compreendo – murmurou Jane. – É melhor eu ir lhe falar, então. Desejo aos dois uma noite agradável.

– Moça esperta – comentou Hyacinth, logo que se viram sozinhos.

– Você não foi nem um pouco sutil – disse Gareth.

– Não, mas eu raramente sou. Não é uma habilidade que se possa adquirir; é preciso nascer com ela, sinto dizer.

Ele sorriu.

– Agora que você me tem com exclusividade, o que deseja fazer comigo?

– Não deseja saber sobre o diário da sua avó?

– É claro.

– Podemos dançar? – sugeriu ela.

– Você está *me* convidando? – Ele bem que gostou daquilo.

Hyacinth fechou a cara.

– Ah, eis a verdadeira Srta. Bridgerton – troçou ele. – Revelando-se como uma carrancuda...

– Gostaria de dançar comigo? – disse ela de má vontade, e Gareth se deu conta de que tomar aquela atitude não era fácil para ela.

Hyacinth Bridgerton, que nunca dava a impressão de ter conflitos internos, estava com medo de convidá-lo para dançar.

Que divertido.

– Eu ficaria encantado – respondeu ele de imediato. – Posso conduzi-la à pista de dança ou será esse um privilégio reservado para quem fez o convite?

– Pode me conduzir – disse ela, com toda a altivez de uma rainha.

Mas, quando chegaram à pista, Hyacinth se mostrou um pouco menos confiante. Embora escondesse bastante bem sua insegurança, os olhos adejavam pelo salão.

– Por quem está procurando? – indagou Gareth, divertindo-se ao se dar conta de que estava repetindo a pergunta de Jane a ele.

– Ninguém – respondeu Hyacinth rapidamente e voltou a olhá-lo tão de supetão que quase o deixou tonto. – O que há de tão engraçado?

– Nada. Mas sem dúvida você estava à procura de alguém, embora eu deva parabenizá-la pela habilidade de dissimulação.

– Porque eu não estava – retorquiu ela, fazendo uma elegante reverência enquanto a orquestra entoava os primeiros acordes de uma valsa.

– Você é uma boa mentirosa, Hyacinth Bridgerton – murmurou ele, tomando-a nos braços –, mas não tão boa quanto pensa ser.

A música começou a tomar o ar, uma melodia suave e delicada em compasso ternário. Gareth sempre gostara de dançar, em especial com uma parceira atraente, mas com o primeiro passo – não, para ser justo, provavelmente com o sexto –, ficou aparente que aquela não seria uma valsa comum.

Hyacinth Bridgerton, ele se divertiu em descobrir, era uma dançarina desajeitada.

Gareth não pôde se furtar de sorrir.

Não soube dizer por que achou aquilo tão engraçado. Talvez por ela ser tão hábil em tudo o mais que fazia. Ouvira dizer que, recentemente, Hyacinth desafiara um rapaz a uma corrida de cavalos no Hyde Park e que vencera. E tinha bastante certeza de que, se ela um dia encontrasse alguém disposto a ensiná-la a lutar esgrima, logo estaria espetando os adversários no coração.

Mas quando o assunto era dança...

Devia ter imaginado que ela tentaria conduzir.

– Diga-me, Srta. Bridgerton – disse ele, na esperança de que um pouco de conversa talvez a distraísse, pois sempre lhe parecera que se dançava de forma mais graciosa quando não se pensava tanto a respeito. – Aonde já chegou no diário?

– Só consegui ler outras dez páginas desde a nossa última conversa. Pode não parecer muito...

– Parece-me um bocado – garantiu ele, colocando um pouco mais de pressão na base de sua coluna. Um pouco mais e talvez conseguisse forçá-la a... se virar...

Para a esquerda.

Ufa.

Era, sem dúvida, a valsa mais cansativa que já dançara.

– Bem, eu não sou fluente – afirmou ela. – Como lhe falei. Logo, está me tomando muito mais tempo do que uma leitura comum.

– Não precisa se desculpar – disse ele, puxando-a para a direita.

Ela pisou no pé de Gareth, o que ele normalmente teria considerado um ato de retaliação, mas sob as atuais circunstâncias, achou que fosse um acidente.

– Desculpe-me – murmurou ela, com as faces rosadas. – Não costumo ser tão desajeitada.

Ele mordeu o lábio. Não podia rir dela. Partiria o seu coração. Hyacinth Bridgerton não gostava de fazer nada sem qualidade. E Gareth suspeitava que ela não soubesse que era uma dançarina deplorável, pois considerava a pisada de pé uma aberração.

Agora entendia por que ela sentia necessidade de lhe lembrar continuamente que não era fluente em italiano. Precisava lhe dar um bom motivo para sua lentidão na leitura.

– Tive que fazer uma lista de palavras desconhecidas. Vou mandá-la por correio para a minha antiga governanta. Ela ainda mora em Kent e sei que ficará satisfeita em traduzi-las para mim. Mas, ainda assim...

Hyacinth grunhiu ao ser girada para a esquerda, um tanto contra a vontade.

– ... ainda assim – continuou, obstinada –, consigo decifrar o sentido geral. É impressionante o que se consegue deduzir com apenas três quartos do total.

– Tenho certeza de que sim – comentou ele, em grande parte porque algum tipo de concordância pareceu adequada. Então perguntou: – Por que não compra um dicionário de italiano? Eu arco com a despesa.

– Eu tenho um, mas não acho que seja muito bom. Metade das palavras está faltando.

– Metade?

– Bem, algumas. Mas esse não é o problema.

Ele pestanejou, esperando que ela continuasse.

E continuou. É claro.

– Não creio que o italiano seja a língua nativa do autor.

– Do autor do dicionário?

– Sim. Não é muito idiomático.

Ela fez uma pausa, aparentemente perdida em pensamentos estranhos. Então deu de ombros – perdendo um passo da valsa, mas sem nem notar – e seguiu dizendo:

– Na verdade, não importa. Estou progredindo bem, mesmo que um pouco devagar. Ela já chegou à Inglaterra.

– Em apenas dez páginas?

– Vinte e duas, no total, mas ela não escreve todos os dias. Na verdade, com frequência, salta várias semanas de uma só vez. Dedicou apenas um parágrafo à travessia por mar, expressando seu deleite com o fato de o marido estar mareado.

– Deve-se encontrar a felicidade quando se é possível – murmurou Gareth.

Hyacinth fez que sim.

– E, também, ela, ahn... não mencionou a noite de núpcias.

– Creio que podemos considerar isso uma pequena bênção.

A única noite de núpcias sobre a qual gostaria de saber menos do que a da vovó St. Clair era a da vovó Danbury.

Meu bom Deus, isso seria demais para ele.

– Por que a expressão de dor? – perguntou Hyacinth.

Ele se limitou a balançar a cabeça.

– Há determinadas coisas que uma pessoa não deve saber sobre os avós.

Hyacinth sorriu.

Gareth ficou sem ar por um instante, então se pegou sorrindo de volta. Havia algo de contagioso nos sorrisos de Hyacinth, algo que forçava os seus acompanhantes a pararem o que estavam fazendo, até mesmo o que estavam pensando para, simplesmente, retribuírem.

Quando Hyacinth sorria – se dava um sorriso de verdade, não um daqueles meios sorrisos falsos de quando tentava ser espertinha –, seu rosto se transformava. Os olhos se iluminavam, as faces ficavam coradas e...

Ela ficava linda.

Engraçado que ele nunca tinha notado isso antes. Engraçado que ninguém tivesse notado. Gareth estava em Londres desde o *début* de Hyacinth, alguns anos antes, e embora jamais tivesse ouvido qualquer um falar coisas pouco lisonjeiras sobre a sua aparência, tampouco ouvira alguém dizer que era linda.

Talvez todos estivessem sempre tão ocupados em tentar acompanhar o que ela dizia que não paravam para olhar o seu rosto.

– Sr. St. Clair? Sr. St. Clair?

Gareth baixou os olhos. Ela o encarava com uma expressão impaciente e ele imaginou quantas vezes já teria dito seu nome.

– Considerando as circunstâncias – disse ele –, devia me chamar pelo primeiro nome.

Ela fez que sim, em sinal de aprovação.

– Boa ideia. O senhor devia fazer o mesmo.

— Hyacinth. Um nome que lhe cai bem.

— Era a flor preferida do meu pai: o jacinto-uva. Floresce enlouquecidamente na primavera perto de nossa casa, em Kent. São as primeiras a mostrar a cor, todos os anos.

— E são a cor exata dos seus olhos.

— Uma feliz coincidência – admitiu Hyacinth.

— Ele deve ter ficado deliciado.

— Jamais soube – disse ela, desviando o olhar. – Morreu antes de eu nascer.

— Sinto muito – lamentou-se Gareth baixinho. Não conhecia bem os Bridgertons, mas, ao contrário dos St. Clairs, pareciam uma família unida. – Eu sabia que ele tinha falecido havia algum tempo, mas não estava ciente de que você não o conhecera.

— Isso não deveria importar. Eu não deveria sentir falta daquilo que nunca tive, mas, às vezes... devo confessar que... sinto.

Ele escolheu as palavras com todo o cuidado.

— É difícil... eu acho, não conhecer o próprio pai.

Ela assentiu, baixando a vista e, então, olhando por cima do ombro dele. Era estranho, pensou Gareth, mas um tanto cativante, que Hyacinth não desejasse encará-lo num momento como aquele. Até ali, as conversas dos dois haviam consistido inteiramente em gracejos zombeteiros e mexericos. Aquela era a primeira vez que diziam algo substancioso, algo que revelasse, de fato, a pessoa que se encontrava detrás do humor espirituoso e ágil e do sorriso fácil.

Hyacinth manteve os olhos fixos em algo atrás dele, até mesmo depois de Gareth rodopiá-la habilmente para a esquerda. Não conseguiu conter um sorriso. Estava dançando bem melhor agora, que se achava distraída.

Então ela se voltou para ele outra vez, fitando-o com determinação. Estava pronta para uma mudança de assunto.

– Gostaria de ouvir o resto do que traduzi?
– É claro.
– Creio que o número de dança esteja terminando. Mas parece haver lugar ali. – Com a cabeça, Hyacinth indicou o outro extremo do salão de baile, onde várias cadeiras haviam sido dispostas para as pessoas de pés cansados. – Estou certa de que teremos alguns momentos de privacidade sem que ninguém se intrometa.

A valsa chegou ao fim e Gareth deu um passo atrás e fez uma pequena mesura para ela.

– Vamos? – murmurou ele, estendendo o braço de forma que ela pousasse a mão na curva de seu cotovelo.

Hyacinth aquiesceu e, dessa vez, ele deixou que *ela* o conduzisse.

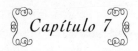

## Capítulo 7

*Dez minutos depois, o cenário é o hall.*

Gareth não costumava ver muita serventia em grandes bailes; eram calorentos e cheios e, por mais que gostasse de dançar, descobrira que acabava passando a maior parte do tempo de conversa mole com gente em quem não estava especialmente interessado.

Mas, enquanto se dirigia ao hall lateral da Casa Bridgerton, pensou que estava tendo uma ótima noite.

Após dançar com Hyacinth, eles haviam passado para o canto do salão de baile, onde ela lhe informara de seu trabalho com o diário. Apesar das desculpas dadas, ela progredira bem e estava no momento da chegada de Isabella à Inglaterra, que não fora nada auspiciosa. A avó escorregara ao deixar o pequeno bote que a levara até a costa e, assim, o primeiro contato com terras inglesas fora do traseiro enfiado na lama molhada do litoral de Dover.

O novo marido, é claro, não levantara um único dedo para ajudá-la.

Gareth balançou a cabeça. Era surpreendente que ela não tivesse dado meia-volta e retornado para a Itália. É claro que, segundo Hyacinth, tampouco havia muito à sua espera por lá. Isabella implorara aos pais diversas vezes que não a fizessem se casar com o inglês, mas eles haviam insistido e não seriam especialmente acolhedores se ela tivesse corrido de volta para casa.

Mas Gareth não podia passar muito tempo num canto mais ou menos isolado do salão de baile com uma dama solteira sem causar falatório. Assim, tão logo Hyacinth terminara a narrativa, ele se despedira e a entregara para o próximo cavalheiro que desejava dançar com ela.

Como os objetivos da noite tinham sido alcançados (cumprimentar a anfitriã, dançar com Hyacinth, estabelecer seu progresso com o diário), decidiu partir de uma vez. Ainda não estava tarde; poderia ir ao clube ou a alguma jogatina.

Ou, pensou ele com um pouco mais de expectativa, podia encontrar a amante, que não via fazia algum tempo. Bem, ela não era exatamente sua amante. Gareth não tinha dinheiro o bastante para manter uma mulher como Maria dentro dos padrões com os quais estava acostumada, mas, por sorte, um de seus cavalheiros anteriores lhe dera uma confortável casinha em Bloomsbury, eliminando, assim, a necessidade de que Gareth fizesse o mesmo. Como ele não pagava as suas contas, ela não se sentia na obrigação de ser fiel, mas isso pouco importava, uma vez que Gareth também não era.

E já fazia um tempo. Parecia que a única mulher

com quem vinha convivendo ultimamente era Hyacinth, e sabia que não podia se divertir por ali.

Gareth murmurou despedidas para alguns conhecidos que se encontravam próximos à porta do salão de baile e passou ao hall de entrada. Estava surpreendentemente vazio, dado o número de pessoas presentes à festa. Começou a caminhar em direção à frente da casa, mas se deteve. Era um longo caminho até Bloomsbury, em especial num veículo alugado. Gareth decidiu ir a um aposento nos fundos reservado pelos Bridgertons para que os cavalheiros pudessem fazer as suas necessidades.

Deu meia-volta, passou direto pela porta do salão de baile e seguiu adiante pelo corredor. Dois cavalheiros risonhos iam saindo quando ele chegou à porta e Gareth fez um cumprimento de cabeça antes de entrar.

Tratava-se de uma dessas câmaras de dois aposentos, com uma pequena sala de espera, de maneira a proporcionar um pouco mais de privacidade. A porta para o segundo aposento encontrava-se fechada, então Gareth assobiou baixinho para si mesmo enquanto esperava sua vez.

Adorava assobiar.

*My bonnie lies over the ocean...*

Sempre cantava as palavras para si mesmo enquanto assobiava.

*My bonnie lies over the sea....*

Metade das canções que gostava de assobiar tinha letras que ele não poderia mesmo cantar em voz alta.

*My bonnie lies over the ocean...*

– Eu devia saber que era você.

Gareth ficou paralisado, vendo-se face a face com o pai, que, agora se deu conta, era a pessoa que ele vinha aguardando com tanta paciência para poder entrar.

– *So bring back my bonnie to me* – cantou Gareth em voz alta, dando à última palavra um floreio bastante dramático.

Observou o maxilar do pai se retesar. O barão odiava o canto ainda mais do que assobios.

– Fico surpreso que tenham permitido a sua entrada – comentou lorde St. Clair, com a voz enganosamente plácida.

Gareth deu de ombros de modo insolente.

– Engraçado como o sangue de uma pessoa permanece tão convenientemente escondido, até mesmo quando não é azul. – Ele abriu um sorriso pouco convincente para o pai. – O mundo inteiro pensa que sou seu filho. Não é a coisa mais...

– Pare – sibilou o barão. – Meu Deus, já é o bastante olhar para você. Ouvi-lo me faz mal.

– Por mais estranho que possa parecer, isso em nada me incomoda.

Mas, por dentro, Gareth sentiu-se começar a mudar. O coração se acelerou e o peito foi tomado por uma sensação estranha, trêmula. Estava desconcentrado, inquieto, e foi preciso todo o autocontrole para manter os braços parados ao lado do corpo.

Já deveria ter se acostumado com aquilo, mas sempre era surpreendido. Dizia a si mesmo que aquela seria a vez em que veria o pai e que não se importaria, mas não...

Sempre se importava.

E lorde St. Clair nem ao menos era seu pai de verdade. Essa era a questão. O homem tinha a capacidade de transformá-lo em um idiota imaturo sem ser seu pai verdadeiro. Não eram parentes de sangue e o barão não deveria significar mais do que um estranho que passasse na rua.

Mas significava. Gareth não queria mais a sua aprovação; já desistira disso havia muito tempo, pois nem ao menos o respeitava.

Tratava-se de outra coisa. Algo muito mais difícil de definir. Via o barão e, subitamente, tinha a necessidade de se afirmar, de fazer com que a sua presença fosse percebida.

De fazer sua presença ser sentida.

Precisava *incomodar* o homem. Porque só Deus sabia como o homem o incomodava.

Sentia-se dessa forma toda vez que o via. Ou, pelo menos, quando eram forçados a conversar. E Gareth sabia que precisava dar fim ao contato naquele instante, antes de fazer algo de que talvez se arrependesse.

Porque sempre se arrependia. Toda vez, jurava a si mesmo que aprenderia, que seria mais maduro, mas então voltava a acontecer. Via o pai e, de repente, tinha 15 anos outra vez, dando sorrisos zombeteiros e portando-se mal.

Mas, dessa vez, ia tentar. Estava na Casa Bridgerton, afinal de contas, e o mínimo que podia fazer era evitar um escândalo.

– Se me der licença... – disse, tentando passar por ele.

Mas lorde St. Clair deu um passo para o lado, forçando os seus ombros a se chocarem.

– Saiba que ela não vai querer você – proclamou, rindo.

Gareth permaneceu imóvel.

– Do que está falando?

– Da jovem Bridgerton. Eu o vi ofegando atrás dela.

Nem ao menos se dera conta de que o pai estivera no salão de baile. Isso o incomodou. Não que devesse. Diabos, deveria estar dando vivas por finalmente ter conseguido se divertir num evento sem ser alfinetado por lorde St. Clair.

Mas, em vez disso, apenas se sentiu um pouco enganado. Como se o barão tivesse se escondido dele, espiando-o.

– Não tem nada a dizer? – escarneceu o barão.

Gareth apenas ergueu a sobrancelha enquanto olhava, através da porta aberta, para o urinol.

– A não ser que deseje que eu mire daqui – respondeu, arrastando as palavras.

O barão se virou, viu o que ele queria dizer, então disse, enojado:

– Você faria mesmo uma coisa dessas.

– Sabe, acho mesmo que faria.

Não lhe ocorrera, na verdade, até aquele momento – o comentário fora mais uma ameaça do que qualquer coisa –, mas ele bem que se disporia a se comportar de maneira rude se isso significasse observar as veias do pai praticamente explodirem de fúria.

– Você é revoltante.

– Você me criou.

Um golpe direto. O barão bufou.

– Não porque quisesse. E jamais sonhei em ter que passar o título para você.

Gareth conteve a língua. Seria capaz de dizer muitas coisas para irritar o pai, mas nunca trataria a morte do irmão com leviandade. Nunca.

– George deve estar se revirando no túmulo – declarou lorde St. Clair, baixinho.

E Gareth perdeu a paciência. Em um instante, estava de pé no meio do pequeno aposento, os braços pendendo rígidos; no seguinte, tinha o pai preso contra a parede, uma das mãos em seu ombro, a outra em seu pescoço.

– Ele era meu irmão – sibilou Gareth.

O barão cuspiu em seu rosto.

– Ele era meu filho.

Gareth começou a arfar como se não conseguisse inspirar ar suficiente.

– Ele era meu irmão – repetiu, esforçando-se ao máximo para manter a voz serena. – Talvez não pelo seu sangue, mas por parte da nossa mãe. E eu o amava.

E, de alguma forma, a perda lhe pareceu ainda mais grave. Ele chorara a perda de George desde o dia da sua morte, mas, naquele momento, sentiu um buraco imenso se abrir por dentro. E Gareth não sabia como preenchê-lo.

Contava com uma única pessoa agora. Apenas a avó. Uma única pessoa que podia dizer amar, e com sinceridade. E que também o amava.

Não se dera conta disso antes. Talvez tivesse evitado. Mas agora, de pé ali – com o homem a quem sempre chamara de pai, até mesmo depois de saber da verdade –, deu-se conta de quanto estava sozinho.

E se sentiu enojado consigo mesmo. Com o próprio comportamento, com aquilo em que se transformava na presença do barão.

Abruptamente, soltou-o e recuou, observando o pai recuperar o fôlego.

A respiração do próprio Gareth tampouco estava serena.

Devia partir. Precisava ir embora, estar em qualquer lugar que não fosse ali.

– Você nunca a terá – veio a voz escarninha do pai.

Gareth só percebeu que dera um passo em direção à porta quando as palavras do barão o paralisaram.

– A Srta. Bridgerton – esclareceu o pai.

– Eu não quero a Srta. Bridgerton – retrucou Gareth com cautela.

O barão riu.

– É claro que quer. Ela é tudo o que você não é. Tudo o que jamais poderá ser.

Gareth se forçou a relaxar ou, ao menos, a parecer relaxado.

– Bem, para início de conversa – começou, com o sorrisinho arrogante que sabia que o pai detestava –, ela é mulher.

O pai sorriu com escárnio diante da tentativa de piada.

– Ela nunca se casará com você.

– Não me lembro de tê-la pedido em casamento.

– Ora, você passou a semana inteira colado aos seus calcanhares. Todo mundo tem comentado.

Gareth sabia que a atenção atípica que vinha prestando a uma jovem digna erguera algumas sobrancelhas, mas também sabia que os boatos não haviam chegado nem perto do que o pai sugeria. Ainda assim, sentiu uma satisfação doentia em perceber que o pai era tão obcecado por ele.

– A Srta. Bridgerton é amiga próxima de minha avó – explicou Gareth tranquilamente.

Adorou ver o lábio do pai se encrespar à menção de Lady Danbury. Sempre haviam se odiado e, quando se falavam, Lady D jamais abria mão de sua posição superior. Era esposa de um conde, e lorde St. Clair era um mero barão; nunca permitiria que ele se esquecesse disso.

– É claro que é amiga da condessa – comentou o

barão, recuperando-se. – Tenho certeza de que é por isso que tolera as suas atenções.

– O senhor teria que perguntar à Srta. Bridgerton – disse Gareth jocosamente, tentando tratar o assunto como algo insignificante.

Ele nunca revelaria que Hyacinth estava traduzindo o diário de Isabella. Lorde St. Clair provavelmente exigiria que Gareth o devolvesse, e isso era algo que não tinha a menor intenção de fazer.

E não só porque estava de posse de algo que o pai talvez desejasse ter. Gareth queria mesmo saber que segredos se escondiam nas páginas delicadamente manuscritas. Ou, talvez, não houvesse segredos, apenas a monotonia diária de uma nobre casada com um homem que não amava.

De qualquer forma, queria ouvir o que a avó tinha a dizer.

Por isso, conteve a língua.

– Pode tentar – insistiu lorde St. Clair, baixinho –, mas nunca vão aceitá-lo. Sangue é sangue. Sempre é.

– O que quer dizer com isso? – indagou Gareth, num tom cuidadosamente sereno.

Era sempre difícil saber se o pai o estava ameaçando ou se apenas falava de seu assunto preferido: linhagens e nobreza.

Lorde St. Clair cruzou os braços.

– Os Bridgertons nunca vão permitir que ela se case com você, nem mesmo se ela for tola o bastante para achar que o ama.

— Ela não...

— Você é grosseiro — explodiu o barão. — Você é estúpido...

Antes que conseguisse se conter, disparou:

— Eu não sou...

— Você age com estupidez — interrompeu o barão — e sem dúvida não é bom o bastante para uma jovem Bridgerton. Logo vão perceber quem é de verdade.

Gareth se forçou a manter a respiração sob controle. O barão adorava provocá-lo, adorava dizer coisas que levariam Gareth a protestar como uma criança.

— De certa forma — continuou lorde St. Clair, enquanto um sorriso triunfal se espalhava lentamente pelo rosto —, é uma questão interessante.

Gareth se limitou a fitá-lo, irritado demais para lhe dar a satisfação de perguntar o que queria dizer com aquilo.

— Diga-me, por favor, quem é o seu pai?

Gareth perdeu o fôlego. Era a primeira vez que o barão indagava aquilo de maneira tão direta. Já chamara Gareth de bastardo, vira-lata e cachorrinho sarnento. E já chamara a esposa de diversas outras coisas, até mesmo menos lisonjeiras. Mas nunca havia ponderado a questão da paternidade de Gareth.

E isso o fez se perguntar: será que conhecia a verdade?

— O senhor é que deveria saber — disse Gareth baixinho.

Dava para sentir uma estática no ar, o silêncio pesado. Gareth nem respirava; teria impedido o coração de bater se pudesse, mas, ao final, a única coisa que lorde St. Clair disse foi:

– Sua mãe não quis contar.

Gareth o encarou, desconfiado. A voz do pai ainda saía entremeada de amargura, mas havia algo a mais ali, uma certa sondagem. Notou que o barão o examinava, tentando saber se o bastardo descobrira algo sobre a paternidade.

– Isso o está consumindo – disse Gareth, incapaz de conter um sorriso. – Ela desejou outra pessoa mais do que você e isso ainda o consome, mesmo depois de tantos anos.

Por um momento, achou que o barão fosse lhe dar um soco, mas, no último segundo, lorde St. Clair recuou, com os braços rígidos ao lado do corpo.

– Eu não amava a sua mãe.

– Nunca achei que tivesse amado – replicou Gareth.

A questão nunca fora amor. Fora orgulho. Com o barão, a questão era sempre orgulho.

– Eu quero saber – disse lorde St. Clair, com a voz grave. – Eu quero saber quem foi... e lhe dou a satisfação de admitir esse desejo. Eu nunca a perdoei por seus pecados. Mas você... você... – Ele gargalhou, fazendo estremecer a alma de Gareth. – Você é o pecado dela. – O barão voltou a rir e o som ficava mais assustador a cada segundo. – Você nunca vai saber. Nunca vai saber a quem pertence o sangue que corre em suas veias. E nunca vai conhecer quem não o amou o suficiente para chamá-lo de seu.

O coração de Gareth parou.

O barão sorriu.

– Pense nisso da próxima vez que convidar a Srta. Bridgerton para dançar. Você provavelmente não passa do filho de um limpador de chaminés. – Ele deu de ombros de forma desdenhosa. – Talvez de um lacaio. De fato, sempre tivemos jovens lacaios muito robustos na Casa Clair.

Gareth quase lhe deu um tapa. Estava morrendo de vontade. Meu Deus, estava se coçando para fazê-lo e precisou recorrer a um autocontrole que nem sabia possuir. De alguma maneira, conseguiu permanecer imóvel.

– Você não passa de um vira-lata – continuou lorde St. Clair, caminhando para a porta. – Isso é tudo o que você sempre será.

– Sim, mas sou o *seu* vira-lata – replicou Gareth, sorrindo com crueldade. – Nascido durante o seu casamento, mesmo que não da sua semente. – Deu um passo à frente, ficando com o rosto quase grudado no dele. – Eu sou seu.

O barão praguejou e se afastou, agarrando a maçaneta com dedos trêmulos.

– Isso não o tortura?

– Não tente ser melhor do que você é – sibilou o barão. – É doloroso demais observá-lo tentar.

Então, antes que Gareth pudesse ter a última palavra, o barão deixou o aposento tempestuosamente.

Por um bom tempo, Gareth não se mexeu. Parecia que algo em seu corpo reconhecia que ele precisava da mais absoluta quietude, como se um único movimento o levasse a se estilhaçar.

Então...

Os braços se agitaram enlouquecidamente, os dedos formaram garras furiosas. Trincou os dentes para não gritar, e de sua garganta saíram sons graves e guturais.

Ferido.

Odiava aquilo. Meu Deus, por quê?

Por quê, por quê, por quê?

Por que o barão ainda exercia aquele tipo de poder sobre ele? Não era seu pai. Jamais fora seu pai e, maldição, Gareth devia se sentir feliz por isso.

E se sentia. Quando estava com a cabeça no lugar, quando conseguia pensar com clareza, sentia-se feliz.

Mas quando ficavam cara a cara e o barão sussurrava todos os seus medos secretos, isso não importava.

Não havia nada além de dor. Nada além do garotinho que vivia dentro dele, tentando e tentando e tentando, sempre se perguntando por que nunca era bom o bastante.

– Eu preciso ir – murmurou Gareth para si mesmo, deixando o banheiro. Precisava partir, se afastar, ficar sozinho.

Não era uma boa companhia. Não por qualquer uma das razões que o pai havia mencionado, mas era capaz de...

– Sr. St. Clair!

Ergueu a vista.

Hyacinth.

Estava no corredor, sozinha. A luz das velas incendiava seus cabelos. Estava linda e, de alguma forma, lhe pareceu... completa.

Sua vida era plena, ele se deu conta. Ela não era casada, mas tinha uma família.

Sabia quem era. Sabia o seu lugar.

Ele nunca teve tanta inveja de outro ser humano como naquele momento.

– Você está bem? – perguntou ela.

Gareth não disse nada, mas isso nunca detivera Hyacinth.

– Vi seu pai – continuou ela, baixinho. – No fim do corredor. Parecia zangado e, quando me viu, deu uma risada.

Gareth fincou as unhas nas palmas das mãos.

– Por que ele fez isso? – perguntou Hyacinth. – Eu mal o conheço e...

Ele estivera olhando fixamente para um ponto acima do ombro dela, mas seu silêncio o fez encará-la.

– Sr. St. Clair? – perguntou Hyacinth, baixinho. – Tem certeza de que não há nada de errado? – Sua testa estava franzida de preocupação, não havia dúvida disso. – Ele disse alguma coisa que o perturbou?

O pai tinha razão em uma coisa: Hyacinth Bridgerton era boa. Podia ser provocadora, mandona e, com frequência, bastante irritante, mas no fundo era boa. Então ouviu a voz do pai.

*Você nunca a terá.*

*Você não é bom o bastante para ela.*

*Você nunca...*

*Vira-lata. Vira-lata. Vira-lata.*

Gareth a encarou, realmente olhou para ela, examinando-a do rosto até os ombros, revelados pelo sedutor decote do vestido. Seus seios não eram grandes, mas tinham sido empinados, sem dúvida por alguma engenhoca cujo objetivo era instigar e seduzir, e ele podia ver uma pequena sugestão de seus seios espiando pela beirada da seda azul-marinho.

– Gareth? – sussurrou ela.

Hyacinth nunca o chamara pelo primeiro nome. Ele lhe dera permissão, mas ela ainda não o tinha feito. Estava bastante certo disso.

Queria tocá-la.

Não, queria consumi-la.

Queria usá-la, provar para si mesmo que era tão bom e tão digno quanto ela e, talvez, mostrar ao pai que não corromperia cada alma que tocasse.

Contudo, mais do que isso, ele apenas a queria.

Os olhos de Hyacinth se arregalaram quando ele deu um passo em sua direção, reduzindo à metade a distância que os separava.

Ela não se afastou. Seus lábios se entreabriram e

ele ouviu a sua respiração se acelerar suavemente, mas ela não se mexeu.

Podia não ter dito que sim, mas tampouco disse que não.

Gareth estendeu a mão, passando o braço pelas costas dela e, num instante, Hyacinth estava pressionada contra ele. Gareth a queria. Meu Deus, como a queria. Precisava dela para além dos desejos carnais.

E precisava dela *agora*.

Seus lábios se encontraram e ele não fez o correto para uma primeira vez. Não foi dócil nem doce. Não executou nenhuma dança de sedução, provocando-a até que ela não pudesse recusá-lo.

Simplesmente a beijou. Com tudo o que tinha, com todo o desespero que corria por suas veias.

A língua de Gareth entreabriu os lábios dela, investiu boca adentro, saboreando-a, buscando o seu calor. Ele sentiu as mãos de Hyacinth em sua nuca, agarrando-o com todas as forças, e seu coração disparou.

Ela o queria. Talvez não o compreendesse, talvez não soubesse o que fazer com aquilo, mas o queria.

E aquilo o fez sentir-se como um rei.

O coração ribombou com mais força e o corpo começou a se contrair. De alguma forma, estavam encostados numa parede e ele mal conseguia respirar enquanto a mão subia tateando, passando pelas costelas até chegar ao seio macio. Apertou-o um pouco, sem querer assustá-la, mas com força o suficiente para recordar o feitio, a sensação do peso na mão.

Era perfeito, e podia sentir a sua reação através do vestido.

Quis tomá-lo em sua boca, despir-lhe o vestido e fazer uma centena de depravações com ela.

Sentiu a resistência se esvair do corpo de Hyacinth, ouviu-a suspirar de encontro à sua boca. Nunca havia sido beijada, disso ele tinha certeza. Mas estava ávida e excitada. Dava para perceber, pela forma como pressionava o corpo contra o seu, pela forma como agarrava desesperadamente os seus ombros.

– Retribua o meu beijo – murmurou ele, mordiscando-lhe os lábios.

– Eu *estou* retribuindo – veio a resposta abafada.

Ele se afastou alguns centímetros e disse com um sorriso:

– Vai precisar de uma ou duas aulas. Mas não se preocupe, ficaremos bons nisso.

Gareth se inclinou para beijá-la outra vez – meu Deus, estava se deleitando com aquilo –, mas ela se contorceu até se libertar.

– Hyacinth – falou ele, com a voz rouca, tomando a mão dela.

Puxou-a, com a intenção de trazê-la de volta para si, mas ela se desvencilhou.

Gareth arqueou as sobrancelhas, esperando que Hyacinth dissesse algo.

Aquela era Hyacinth, afinal. Certamente diria algo.

Mas ela apenas lhe pareceu aflita, enojada consigo mesma.

Então fez a única coisa que ele jamais imaginaria que fizesse.

Fugiu correndo.

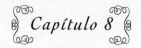

# Capítulo 8

*Na manhã seguinte, nossa heroína encontra-se sentada na cama, recostada nos travesseiros. O diário italiano está ao seu lado, mas ela nem o pegou.*

*Já reviveu o beijo em sua mente 42 vezes.*

*E o está revivendo agora de novo.*

Hyacinth gostava de pensar que era o tipo de mulher que podia beijar com desenvoltura para, então, continuar a noite como se nada tivesse acontecido. Gostava de achar que, quando chegasse o momento de tratar um cavalheiro com o merecido desdém, não se portaria como uma donzela inocente, mas os olhos seriam perfeitas lascas de gelo e ela conseguiria lhe dar um corte direto, com estilo e talento.

Na sua imaginação, fazia tudo isso e muito mais.

A realidade, no entanto, não fora tão doce. Quando Gareth pronunciara o seu nome e tentara puxá-la de volta para mais um beijo, a única coisa na qual conseguiu pensar foi em fugir. E isso não combinava com o seu caráter, assegurou-se ela pelo que devia ser a quadragésima terceira vez desde que os lábios dele a tocaram.

Não podia ser. Não podia permitir que fosse. Ela era Hyacinth Bridgerton.

Hyacinth.

Bridgerton.

Isso certamente deveria significar alguma coisa. Um beijo não podia transformá-la numa completa tola.

Mas o problema não tinha sido o beijo. O beijo não a incomodara. O beijo, na verdade, fora bastante agradável. E, para ser sincera, já era passada a hora de acontecer.

Em seu mundo, na sua sociedade, ela até poderia se orgulhar de seu status de intocada, nunca beijada. Afinal de contas, a simples insinuação de impropriedade era o bastante para arruinar a reputação de uma mulher.

Porém uma jovem não chegava aos 22 anos, à quarta temporada em Londres, sem se sentir um pouco rejeitada por ninguém ter tentado beijá-la.

E ninguém havia tentado. Hyacinth não estava pedindo para ser violada, por Deus, mas ninguém nem sequer se aproximara dela ou olhara com exagerada atenção para os seus lábios.

Não até a noite anterior. Não até Gareth St. Clair.

Seu primeiro instinto fora pular de surpresa. Apesar dos modos devassos de Gareth, ele não mostrara o menor interesse em maculá-la com sua reputação de libertino. Afinal, tinha uma cantora de ópera escondida em Bloomsbury. Por que diabos precisaria *dela*?

Mas, então...

Bem, minha nossa, ainda não sabia como aquilo tudo havia acontecido. Num instante ela lhe perguntava se estava passando mal – ele lhe parecera muito estranho e era óbvio que tivera algum tipo de discussão com o pai, apesar de seus esforços para manter os dois separados. No instante seguinte, Gareth a encarava com uma intensidade que a fizera estremecer. Ele lhe dera a impressão de estar possuído, consumido.

De querer consumi-la.

No entanto, Hyacinth não conseguia se livrar da sensação de que ele não tivera a intenção de beijá-la. De que, talvez, qualquer mulher que passasse no corredor teria servido.

Especialmente depois que ele dissera que Hyacinth precisava melhorar.

Não achava que ele tivera a intenção de ser cruel, mas suas palavras a haviam machucado.

– Retribua o meu beijo – disse para si mesma, numa reprodução queixosa da voz dele. – Retribua o meu beijo.

Ela se atirou outra vez sobre os travesseiros.

– *Eu retribuí.*

Minha nossa, o que isso dizia a seu respeito se um homem nem ao menos conseguia saber quando ela tentava beijá-lo de volta?

E mesmo que não tivesse se saído tão bem assim – Hyacinth não estava pronta para admitir isso

–, achava que era algo que se manifestaria naturalmente e, sem dúvida, algo que deveria se manifestar naturalmente a *ela*. Bem, ainda assim, que diabos Gareth esperava dela? Que brandisse a língua como uma espada? Ela colocara as mãos sobre os ombros dele. Não se debatera em seus braços. O que mais deveria ter feito para demonstrar que estava gostando?

Tratava-se de um enigma muito injusto. Os homens queriam as suas mulheres castas e intocadas para, então, caçoarem delas pela falta de experiência.

Era... Era simplesmente...

Hyacinth mordeu o lábio, horrorizada por estar à beira das lágrimas.

Havia imaginado que o primeiro beijo seria mágico. E pensara que o cavalheiro em questão sairia do encontro, se não impressionado, ao menos um pouco satisfeito com o desempenho dela.

Mas Gareth St. Clair tinha sido zombeteiro como sempre e Hyacinth o odiava por tê-la feito se sentir diminuída.

– Foi só um beijo – sussurrou, as palavras flutuando pelo quarto vazio. – Só um beijo. Não significa nada.

Mas ela sabia, até mesmo enquanto se empenhava em mentir para si mesma, que fora mais do que um beijo. Muito, muito mais.

Pelo menos para ela. Fechou os olhos, em agonia. Meu Deus, enquanto ficava na cama remoendo e remoendo pensamentos, ele provavelmente estava dormindo como um bebê. St. Clair havia beijado...

Bem, ela não desejava especular a quantidade de mulheres, mas fora o bastante para fazê-la parecer a menina mais imatura de Londres.

Como iria encará-lo agora? E o pior é que precisaria encará-lo, pois estava traduzindo o diário da avó dele. Se tentasse evitá-lo, tudo ficaria óbvio.

E a última coisa que desejava era transparecer que ele a magoara. O orgulho não era uma das primeiras necessidades de uma mulher, mas Hyacinth iria se apegar a sua dignidade até onde fosse possível.

Enquanto isso...

Pegou o diário da avó dele. Não trabalhava nele havia um dia inteiro. Só avançara 22 páginas; tinha pelo menos mais cem pela frente.

Fitou o livro, fechado sobre o colo. Imaginou que pudesse devolvê-lo. Na verdade, provavelmente *devia* devolvê-lo. Seria bem feito. Ele se veria forçado a encontrar outro tradutor após o comportamento da noite anterior.

Mas ela estava se divertindo com o diário. A vida não lançava muitos desafios a moças bem-criadas. Francamente, seria ótimo poder dizer que tinha traduzido um livro inteiro do italiano. E seria agradável executar a tarefa.

Hyacinth passou o dedo pelo pequeno marcador de páginas e abriu o livro. Isabella acabara de chegar à Inglaterra no meio da temporada e, após uma única semana no interior, o novo marido a arrastara para Londres, onde se esperava que ela fosse sociável e recebesse visitas, como cabia à sua posição – sem a vantagem de um inglês fluente.

Para piorar a situação, a mãe de lorde St. Clair estava residindo com o casal, claramente infeliz por ter que abrir mão da posição de dona da casa.

Hyacinth seguiu na leitura franzindo a testa, detendo-se de vez em quando para procurar uma palavra desconhecida. A baronesa viúva interferia no serviço dos empregados, dava ordens contrárias às instruções de Isabella e criava problemas para aqueles que aceitavam a nova baronesa como patroa.

Esse distúrbio não tornava o matrimônio nada atraente. Hyacinth se lembrou de se casar apenas com um homem que não tivesse mãe.

– Queixo erguido, Isabella – murmurou ela. Retraiu-se ao ler a discussão mais recente, algo sobre o acréscimo de mexilhões ao menu, apesar de mariscos provocarem urticária em Isabella.

– Precisa deixar claro quem manda – disse Hyacinth para o diário. – Você...

Ela franziu a testa, fitando o último registro. Aquilo não fazia sentido. Por que Isabella falava de seu *bambino*?

Hyacinth leu as palavras três vezes antes de lhe passar pela cabeça verificar a data acima: 24 *Ottobre*, 1766.

1766? Espere aí...

Ela voltou uma página.

1764.

Isabella saltara dois anos. Por que faria isso?

Hyacinth deu uma olhada rápida nas próximas vinte e tantas páginas. 1766... 1769... 1769... 1770... 1774...

– Você não é uma escritora muito dedicada – comentou Hyacinth.

Por isso Isabella conseguira fazer com que décadas coubessem num volume tão fino; frequentemente havia intervalos de anos entre os registros.

Hyacinth retornou à passagem sobre o *bambino*, dando continuidade à laboriosa tradução. Isabella estava de volta a Londres, dessa vez sem o marido, o que não parecia incomodá-la nem um pouco. E parecia ter ganhado um pouco de autoconfiança, embora isso pudesse ser apenas o resultado da morte da viúva, que Hyacinth supôs ter ocorrido um ano antes.

*Encontrei o local perfeito*, traduziu Hyacinth, anotando as palavras em um papel. *Ele nunca...* Ela franziu a testa. Sem compreender o resto da frase, colocou algumas lacunas no papel para indicar um trecho sem tradução e foi em frente. *Ele não acredita que eu seja inteligente o bastante. Assim, não vai suspeitar...*

– Ah, minha nossa! – exclamou Hyacinth, empertigando-se.

Folheou as páginas do diário, lendo-o o mais rápido possível, e praticamente deixou de lado a tradução escrita.

– Isabella... – disse ela, admirada. – Sua raposa ardilosa.

*Uma hora depois, mais ou menos, um instante antes de Gareth bater à porta de Hyacinth.*

Gareth inspirou fundo, reunindo coragem para segurar a pesada aldrava de latão da porta do número cinco da Bruton Street, a elegante casinha que a mãe de Hyacinth comprara depois que o filho mais velho se casara e se apossara da Casa Bridgerton.

Então tentou não se sentir completamente desgostoso consigo mesmo por achar que precisava de coragem. E, na verdade, não era de coragem que estava precisando. Pelo amor de Deus, não estava com *medo*. Era... bem, não, não era exatamente pavor. Era...

Ele gemeu. Toda pessoa tinha momentos em sua vida que faria qualquer coisa para protelar. Se não querer lidar com Hyacinth Bridgerton significava que era menos homem... bem, estava perfeitamente disposto a se denominar um tolo juvenil.

Na verdade, não conhecia ninguém que desejaria lidar com Hyacinth Bridgerton num instante como aquele.

Revirou os olhos, impaciente consigo mesmo. Aquilo não deveria ser difícil. Ele não deveria estar tenso. Até parecia que nunca tinha beijado uma mulher e precisara enfrentá-la no dia seguinte.

Exceto que...

Exceto que ele nunca beijara uma mulher como Hyacinth, uma que A) nunca havia sido beijada e B) tinha todos os motivos para esperar que um beijo talvez significasse algo mais.

Sem contar que C) tratava-se de Hyacinth.

Porque não se podia descontar a magnitude dela. Na última semana, ele descobrira que Hyacinth era bem diferente de qualquer outra mulher que já conhecera.

De qualquer forma, Gareth ficara em casa a manhã inteira à espera do pacote que com certeza chegaria por um lacaio uniformizado, contendo o diário de sua avó. Hyacinth não iria mais querer traduzi-lo, não depois que ele a insultara tão gravemente na noite anterior.

Não, pensou ele – só um pouquinho na defensiva –, que ele tivesse tido a intenção de insultá-la. Na verdade, não tivera intenção de nada. Nem de beijá-la. A ideia nem ao menos lhe ocorrera. Ele achava que não lhe teria ocorrido se não estivesse tão desequilibrado. De alguma maneira, Hyacinth surgira no corredor, quase como se invocada por magia.

Logo depois de o pai o atormentar por causa dela.

Que diabos esperavam que ele fizesse?

E não significara nada. Fora agradável – bem mais agradável do que ele imaginara –, mas não significara nada.

Contudo, as mulheres não tendiam a lidar bem com essas coisas, e a expressão dela ao se afastar não fora das mais convidativas.

Na verdade, ela lhe parecera horrorizada, fazendo

com que ele se sentisse um tolo. Nunca enojara uma mulher com um beijo antes.

E tudo ficara pior mais tarde, naquela mesma noite. Perguntaram a Hyacinth a respeito de Gareth e ela desconsiderara a pergunta com uma risada, dizendo que não poderia ter se recusado a dançar com ele: era próxima demais de sua avó.

Isso era verdade e Gareth compreendia por que ela tentaria mascarar as aparências, mesmo sem saber que ele podia ouvi-la, mas aquilo se parecia demais com as palavras do pai.

Suspirou. Já não havia mais como postergar. Ergueu a mão com a intenção de pegar a aldrava...

E quase perdeu o equilíbrio quando a porta se escancarou.

– Pelo amor de Deus – disse Hyacinth, encarando-o com olhos impacientes –, você ia bater algum dia?

– Estava me vigiando?

– É claro que estava. Meu quarto fica bem aqui em cima. Eu vejo todo mundo.

Por que, se perguntou, aquilo não o surpreendia?

– E eu lhe mandei um bilhete – acrescentou ela. Deu um passo para o lado, fazendo sinal para que ele entrasse. – A despeito de seu comportamento recente, você parece ter educação o bastante para não recusar um pedido direto, e feito por escrito, de uma dama.

– É... sim.

Foi só o que conseguiu pensar, pois se encontrava no meio de um turbilhão de sensações.

Por que não estava zangada com ele? Não deveria estar?

– Precisamos conversar – anunciou Hyacinth.

– É claro – murmurou ele. – Preciso me desculpar...

– Não com relação a isso – disse ela com desdém. – Embora... – Ela ergueu os olhos, a expressão entre pensativa e aborrecida. – Você *certamente* deveria se desculpar.

– Sim, é claro, eu...

– Mas não foi por isso que o chamei.

Se fosse um gesto educado, ele teria cruzado os braços.

– Deseja que eu me desculpe ou não?

Hyacinth olhou para os dois lados, colocando o dedo sobre os lábios com um "Shhh" bem suave.

– Por acaso eu fui subitamente transportado para dentro de um exemplar de A *Srta. Butterworth e o barão louco*? – perguntou-se Gareth em voz alta.

Hyacinth o olhou de cara feia, uma expressão bem típica dela. Sim, era uma carranca, mas com um toque – não, digamos que três toques – de impaciência. Era a expressão de uma mulher que passara a vida toda esperando que as pessoas acompanhassem o seu ritmo.

– Aqui – disse ela, fazendo sinal para uma porta aberta.

– Como desejar, milady.

Longe dele se queixar de não precisar lhe pedir perdão.

– *Precisamos?*

Ah, não...

Hyacinth estava tão perdida na própria agitação que nem notou a ênfase.

– Pense só, Gareth – prosseguiu ela, agora claramente bastante confortável com o uso de seu primeiro nome –, isso poderia ser a resposta para todos os seus problemas financeiros.

Ele recuou.

– O que a faz pensar que eu tenho problemas financeiros?

– Ora, faça-me o favor – escarneceu ela. – Todos sabem que você tem problemas financeiros. Ou, se não tem, vai ter. Seu pai contraiu dívidas daqui até Nottinghamshire e de volta. – Ela fez uma pausa, provavelmente em busca de ar. – A Mansão Clair fica em Nottinghamshire, não fica?

– Sim, é claro, mas...

– Certo. Bem, você vai herdar essas dívidas, sabia?

– Estou ciente disso.

– Então, que forma melhor de evitar a ruína do que obtendo as joias de sua avó antes que lorde St. Clair as encontre? Porque nós dois sabemos que ele só vai vendê-las e gastar o lucro.

– Você parece saber um bocado a respeito do meu pai – disse Gareth baixinho.

– Bobagem – retrucou ela energicamente. – Só sei que ele o detesta.

Gareth abriu um pequeno sorriso, que surpreendeu

a si mesmo. Não era um assunto que costumava tratar com humor. Mas, pensando bem, ninguém jamais ousara abordá-lo com tanta franqueza.

– Eu não poderia falar por você – continuou Hyacinth, dando de ombros –, mas se *eu* detestasse uma pessoa, faria o possível para que ela não ficasse com um tesouro.

– Quanta ternura – murmurou Gareth.

Ela arqueou a sobrancelha.

– Eu nunca disse que era um modelo de bondade.

– Não – concordou Gareth, sentindo os lábios se repuxarem. – Certamente não disse.

Hyacinth bateu as palmas das mãos, depois pousou-as sobre o colo, olhando-o na expectativa.

– Bem, então... – disse ela, vendo que ele não iria fazer nenhum comentário –, quando vamos?

– *Vamos?*

– Procurar os diamantes – respondeu ela, impaciente. – Não escutou nada do que eu disse?

De repente, Gareth teve uma visão apavorante de como Hyacinth devia visualizar tudo: ela estaria trajando preto e – meu Deus – certamente vestimentas masculinas. Também insistiria em descer da janela do quarto por lençóis amarrados.

– Nós não vamos a lugar nenhum – retrucou com firmeza.

– É claro que vamos. Você precisa pegar essas joias. Não pode deixar que seu pai fique com elas.

– *Eu* irei.

– Você não vai *me* deixar para trás.

Foi uma afirmação, não uma pergunta. Não que Gareth esperasse qualquer outra coisa vinda dela.

– *Se* eu tentar entrar na Casa Clair – começou Gareth –, e esse é um *se* muito grande, terei que fazê-lo na calada da noite.

– Isso é óbvio.

Meu bom Deus, será que ela *nunca* parava de falar? Gareth ficou em silêncio, para se certificar de que Hyacinth tinha terminado. Por fim, com uma demonstração de paciência exagerada, ele concluiu:

– Não iria arrastá-la cidade afora à meia-noite. Esqueça, por um momento, o perigo, que eu lhe garanto haver em abundância. Se fôssemos flagrados, exigiriam que eu me casasse com você. Suponho que o seu desejo por tal desfecho corresponda exatamente ao meu.

Foi um discurso pomposo e enfadonho, mas teve o efeito desejado, forçando-a a fechar a boca tempo o bastante para decifrar a rebuscada estrutura de suas frases. Mas então abriu-a outra vez e disse:

– Bem, você não precisa me arrastar.

Gareth achou que sua cabeça fosse explodir.

– Meu Deus, mulher, escutou alguma parte do que eu disse?

– É claro que sim. Tenho quatro irmãos mais velhos. Sei reconhecer um homem arrogante, dado a sermões.

– Ora, pelo amor de...

– Você não está pensando com clareza. – Ela se inclinou para a frente, erguendo a sobrancelha com uma autoconfiança quase desconcertante. – Você precisa de mim.

– Tanto quanto preciso de um abscesso inflamado – resmungou ele.

– Vou fingir que não ouvi isso – replicou Hyacinth entre os dentes. – Porque, se não o fizesse, não me sentiria inclinada a auxiliá-lo em seu empreendimento. E se eu não o ajudar...

– Aonde você quer *chegar*?

Ela o olhou friamente.

– Você não chega nem perto de ser tão sensato quanto imaginei.

– Estranhamente, você é tão sensata quanto imaginei.

– Vou fingir que *também* não ouvi isso – disse Hyacinth, apontando para ele com os modos menos femininos possíveis. – Você parece esquecer que só eu leio italiano. E não vejo como você vai encontrar as joias sem a minha ajuda.

Gareth ficou de queixo caído.

– Você esconderia as informações de mim? – perguntou, com uma voz grave e de uma serenidade quase apavorante.

– É claro que não – respondeu Hyacinth, pois não conseguia mentir para Gareth, ainda que ele o merecesse. – Eu tenho *alguma* honradez. Estava apenas tentando explicar que você vai precisar da minha presença na casa. Meu conhecimento do italiano não é perfeito. Há algumas palavras que podem ficar abertas à interpretação e eu talvez precise ver o aposento em questão antes de poder dizer exatamente sobre o que ela estava falando.

Os olhos dele se estreitaram.

– É verdade, eu juro! – Hyacinth pegou o livro, virando as páginas, para então retornar à original. – Bem aqui, está vendo? *Armadio*. Pode querer dizer "estante". Ou "armário". Ou... – Ela se deteve, engolindo em seco. Odiava admitir que não sabia algo direito, mesmo que essa deficiência fosse a única coisa capaz de lhe garantir um lugar ao lado dele quando fosse procurar as joias. – Eu não estou certa quanto ao que quer dizer – começou ela, incapaz de esconder a irritação. – Precisamente – acrescentou, pois a verdade era que tinha, *sim*, uma boa ideia.

Já tinha dificuldade para admitir falhas que, de fato, possuía.

– Por que não procura no seu dicionário de italiano?

– Não está lá – mentiu ela.

Não se tratava de uma mentira *tão* absurda. O dicionário listara diversas traduções possíveis, sem dúvida o suficiente para Hyacinth alegar uma compreensão imprecisa.

Esperou que ele falasse – provavelmente não tanto tempo quanto deveria esperar, mas pareceu ser uma eternidade. Hyacinth não conseguia ficar calada.

– Se você desejar, eu poderia escrever para a minha antiga governanta e lhe pedir uma definição mais exata, só que ela não é a mais confiável das correspondentes...

– Como assim?

– Não escrevo para ela há três anos, embora saiba que ela viria em meu auxílio neste momento. É só que não tenho a menor ideia do quanto está ocupada ou quando talvez encontre tempo para escrever... Da última vez que tive notícias, tinha dado à luz gêmeos...

– Por que isso não me surpreende?

– É verdade, e só Deus sabe quanto tempo vai levar para me responder. Gêmeos dão bastante trabalho, ou pelo menos é o que dizem...

Ao ver que ele não a escutava, Hyacinth foi diminuindo o volume da voz até se silenciar. Ela o encarou e resolveu concluir o que dizia, em grande parte porque já tinha pensado nas palavras e não havia muito motivo para *não* dizê-las:

– Bem, eu não acho que ela tenha condições de ter uma babá.

Gareth permaneceu em silêncio pelo que pareceu ser um tempo interminavelmente longo. Por fim, falou:

– Se o que você diz está correto e as joias ainda estão escondidas... e quanto a isso não há certezas, visto que ela as escondeu... – ele olhou para cima por um instante enquanto fazia as contas – ... há mais de sessenta anos, então certamente podem continuar no mesmo lugar até obtermos uma tradução precisa da sua governanta.

– Você aguentaria esperar? – indagou Hyacinth, curvando-se toda para a frente, sem conseguir acreditar. – Você realmente aguentaria *esperar*?

– E por que não?

– Porque elas estão *lá*. Porque...

Ela se interrompeu; só conseguia fitá-lo, como se ali estivesse um louco. Sabia que a mente dos outros não funcionava da mesma maneira. E aprendera que a mente de quase ninguém funcionava igual à dela. Mas não sabia como alguém conseguiria esperar vendo-se diante *daquilo*.

Se dependesse dela, os dois escalariam os muros da Casa Clair naquela mesma noite.

– Pense assim – insistiu Hyacinth, chegando para a frente. – Se ele encontrar aquelas joias antes de você achar tempo para procurá-las, você nunca vai se perdoar.

Gareth ficou em silêncio, mas ela percebeu que, enfim, o fizera compreender a situação.

– Isso sem contar que *eu* jamais o perdoaria se isso acontecesse.

Ela o olhou de relance. Ele não pareceu afetado por aquele argumento em especial.

Hyacinth esperou enquanto ele pensava no que fazer. O silêncio foi terrível. Durante o relato sobre o diário, fora capaz de esquecer que Gareth a beijara, que ela gostara e que ele, ao que parecia, não. Achara que o encontro seguinte dos dois seria embaraçoso e desconfortável, mas, com um objetivo e uma missão, sentira-se restaurada ao seu eu de sempre. Mesmo que Gareth não a levasse para encontrar os diamantes, supunha que devesse agradecer a Isabella.

Ainda assim, acreditava que morreria se ele não a levasse junto. Ou isso ou o mataria.

Ela juntou as mãos com força, escondendo-as nas dobras da saia. Era um gesto nervoso, que a deixava ainda mais impaciente. Odiava estar nervosa, odiava o fato de ele a deixar nervosa, odiava ter que ficar ali sentada sem dizer uma palavra enquanto ele ponderava as opções dela. Mas, ao contrário do que todos acreditavam, ocasionalmente ela sabia manter a boca fechada, e ficou claro que não podia fazê-lo mudar de ideia.

A não ser, quem sabe...

Não, nem ela era louca o suficiente de ameaçar ir sozinha.

– O que você ia dizer? – indagou Gareth.

– Como assim?

Ele chegou para a frente, os olhos azuis vivos e resolutos.

– O que você ia dizer?

– O que o faz achar que eu ia dizer alguma coisa?

– Deu para ver no seu rosto.

Ela inclinou a cabeça para o lado.

– Você me conhece bem assim?

– Por mais assustador que possa parecer, pelo visto conheço.

Ela o observou se recostar outra vez na cadeira.

Gareth a lembrou dos irmãos, remexendo-se na cadeira pequena demais; eles viviam reclamando que a sala de estar da mãe fora decorada para mulheres minúsculas. Mas era aí que terminava a semelhança. Nenhum dos irmãos tivera a audácia de usar o cabelo preso num rabinho daqueles e jamais olhara para ela com tal intensidade, fazendo-a se esquecer do próprio nome.

Gareth parecia vasculhar o rosto dela atrás de algo. Ou, talvez, apenas a estivesse encarando, esperando que ela sucumbisse.

Hyacinth mordeu o lábio inferior – não era forte o bastante para manter a perfeita compostura. Mas conseguiu ficar com a coluna ereta e o queixo erguido e, talvez o mais importante, a boca fechada.

Um minuto inteiro se passou. Muito bem, provavelmente não foram mais do que dez segundos, mas a sensação foi de um minuto. Então, por fim, como ela já não conseguisse aguentar, disse (bem baixinho):

– Você precisa de mim.

O olhar dele recaiu sobre o tapete por um momento antes de retornar ao seu rosto.

– Se eu a levar...

– Oh, obrigada! – exclamou ela, mal resistindo ao desejo de se colocar de pé com um salto.

– Eu disse *se* eu a levar – retrucou ele, a voz atipicamente severa.

Hyacinth se calou de imediato, olhando-o com uma expressão apropriada de obediência.

– Se eu a levar – repetiu ele, os olhos perfurando os dela –, espero que siga as minhas ordens.

– É claro.

– Procederemos como eu julgar conveniente.

Ela hesitou.

– *Hyacinth*.

– É claro – concordou ela às pressas, pois tinha a sensação de que, se não o fizesse, ele voltaria atrás ali mesmo. – Mas, se eu tiver uma boa ideia...

– Hyacinth.

– Por eu entender italiano, e você, não.

O olhar que ele lhe dirigiu foi tão exausto quanto austero.

– Não precisa fazer o que eu pedir – acrescentou ela. – É só escutar.

– Está certo – disse ele com um suspiro. – Vamos na segunda-feira à noite.

Hyacinth arregalou os olhos. Depois de todo o estardalhaço que Gareth havia feito, não esperava que ele escolhesse ir tão cedo. Mas não ia reclamar.

– Segunda-feira à noite – concordou ela.

Mal podia esperar.

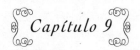

## Capítulo 9

*Segunda-feira à noite. Nosso herói, que passou grande parte da vida no mais imprudente abandono, está descobrindo como é estranho ser o membro mais sensato de uma dupla.*

Enquanto seguia furtivamente para os fundos da casa de Hyacinth, Gareth pensou que havia alguns motivos para questionar a própria sanidade.

Um: passava da meia-noite.

Dois: eles estariam a sós.

Três: estavam a caminho da casa do barão.

Quatro: iam cometer um roubo.

Entre todas as más ideias, a de Hyacinth ganhava qualquer prêmio.

Mas de alguma forma ela o convencera daquilo, então lá estava ele, contrariando toda a lógica, pronto para conduzir uma senhorita para fora de sua casa, noite adentro e, muito provavelmente, rumo ao perigo.

Isso sem falar que, se qualquer um os descobrisse, os Bridgertons o colocariam de pé diante de um padre antes mesmo de ele conseguir recuperar o fôlego, e os dois ficariam algemados um ao outro pelo resto da vida.

Ele estremeceu. A simples ideia de ter Hyacinth Bridgerton como sua companheira de vida... Parou por um momento, piscando, surpreso. Bem, não era horrível, na verdade, mas ao mesmo tempo deixava qualquer homem bastante inquieto.

Hyacinth achava que o convencera a fazer aquilo, e talvez tivesse contribuído até certo ponto para a sua decisão, mas a verdade era que alguém com as finanças de Gareth não podia se dar ao luxo de torcer o nariz a uma oportunidade como aquela. Ele ficara um pouco perplexo com a avaliação franca de Hyacinth sobre a sua situação financeira. É claro que tais assuntos não deveriam fazer parte de uma conversa educada (não que ela costumasse se ater a noções comuns de decoro). Mas não sabia que o estado de seus negócios fosse de conhecimento geral.

Isso era desconcertante.

De qualquer forma, o mais atraente – e o que de fato o impelia a buscar as joias agora em vez de esperar até que Hyacinth obtivesse uma tradução mais precisa do diário – era a deliciosa ideia de que talvez conseguisse arrancar os diamantes bem debaixo do nariz do pai.

Era difícil não aproveitar uma oportunidade *dessas*.

Gareth foi se esgueirando pelos fundos da casa de Hyacinth até a entrada de serviço, localizada em frente à cavalariça. Haviam combinado de se encontrar ali à uma e meia da madrugada e ele não tinha a menor dúvida de que ela estaria pronta e à sua espera, vestida como lhe instruíra, toda de preto.

E, de fato, lá estava Hyacinth, segurando a porta dos fundos com uma brecha de 2 centímetros, espiando pela abertura.

– Chegou bem na hora – comentou ela, saindo.

Ele a fitou, incrédulo. Hyacinth havia levado a ordem dele muito a sério e estava vestida toda de preto, da cabeça aos pés. Em vez da saia, trajava calças e um colete.

Gareth *sabia* que ela faria isso. Ainda assim, não pôde conter a surpresa.

– Pareceu-me mais sensato do que um vestido – explicou Hyacinth, interpretando corretamente o silêncio dele. – Além do mais, não possuo nada que seja preto por completo. Nunca fiquei de luto, graças a Deus.

Gareth se limitou a fitá-la. Deu-se conta do motivo para as mulheres não usarem calças compridas. Não sabia onde ela arranjara o traje – provavelmente pertencera a um dos irmãos em sua juventude. Aderia ao seu corpo de forma escandalosa, realçando as curvas de um modo que Gareth teria preferido não ver.

Não queria saber que Hyacinth Bridgerton tinha um corpo delicioso. Não queria saber que as pernas eram bem longas para uma mulher não tão alta ou que o quadril era suavemente arredondado e se movia de maneira hipnotizante quando não estava escondido debaixo das dobras sedosas de uma saia.

Já era ruim o bastante tê-la beijado. Não precisava desejar fazê-lo outra vez.

– Não acredito que estou fazendo isto – murmurou ele, balançando a cabeça.

Meu Deus, ele soava como um chato, como todos os amigos sensatos que arrastara para a baderna quando era mais novo.

Começava a achar que eles sabiam do que estavam falando.

Hyacinth o encarou com um olhar acusatório.

– Você não pode voltar atrás agora.

– Eu nem sonharia com uma coisa dessas – garantiu ele com um suspiro. Se fizesse isso, a louca provavelmente correria atrás dele com um porrete. – Venha, vamos, antes que alguém nos apanhe aqui.

Ela assentiu, então o seguiu descendo Barlow Place. A Casa Clair ficava a uns 400 metros de distância; logo Gareth traçara uma rota a pé, mantendo-se, sempre que possível, nas silenciosas ruas secundárias, onde era mais provável que não fossem vistos por um membro da alta sociedade voltando de carruagem de alguma festa.

– Como sabia que seu pai não estaria em casa esta noite? – sussurrou Hyacinth ao se aproximarem da esquina.

– O quê?

Ele examinou as proximidades, certificando-se de que o caminho estava livre.

– Como sabia que seu pai não estaria em casa esta noite? – repetiu ela. – Isso é surpreendente. Imagino que ele não o mantenha informado de sua agenda.

Gareth rangeu os dentes, espantado com a própria raiva.

– Não sei. Eu apenas sei.

Era bem irritante estar sempre tão ciente dos movimentos do pai, mas pelo menos sentia alguma satisfação em saber que o barão sofria de um mal semelhante.

– Oh – fez Hyacinth. E foi só. Uma atitude simpática. Contrária à sua natureza, mas simpática.

Gareth fez sinal para que ela o seguisse pela Hay Hill e, por fim, chegaram à Dover Street, que os levou até o beco atrás da Casa Clair.

– Quando foi a última vez que você esteve aqui? – sussurrou Hyacinth enquanto andavam sorrateiramente até o muro dos fundos.

– Lá dentro? Há dez anos. Mas, se estivermos com sorte, aquela janela... – Gareth apontou para uma abertura no andar térreo, apenas um pouco além do alcance deles – ainda vai estar com o ferrolho quebrado.

Ela assentiu em sinal de apreciação.

– Eu estava mesmo me perguntando como entraríamos.

Os dois permaneceram em silêncio por um momento, olhando para a janela.

– Mais alta do que se lembrava? – indagou Hyacinth, mas, é claro, não esperou uma resposta para acrescentar: – Ainda bem que você me trouxe junto: pode me dar um apoio para subir.

Gareth alternou o olhar entre ela e a janela. De alguma forma, pareceu-lhe errado mandá-la para dentro da casa primeiro. Não havia pensado nisso ao planejar a invasão.

– Você não vai se apoiar em mim, certo? – disse Hyacinth, impacientemente. – A não ser que você tenha um caixote escondido em algum lugar ou, quem sabe, uma pequena escada...

– Vá logo – Gareth praticamente rosnou, fazendo um apoio para ela com as mãos.

Já havia feito isso várias vezes, mas era muito diferente ter Hyacinth Bridgerton roçando na lateral do seu corpo em vez de um dos colegas de escola.

– Consegue alcançar? – perguntou, erguendo-a.

– Uhum.

Gareth ergueu os olhos. Bem diante do traseiro dela. Decidiu se deleitar com a vista, pois Hyacinth não tinha a menor ideia do que estava lhe proporcionando.

– Só preciso firmar os dedos debaixo do beiral – sussurrou ela.

– Vá em frente – respondeu ele, sorrindo pela primeira vez em toda a noite.

Ela se virou bruscamente.

– Por que você está falando com a voz tão tranquila de repente?

– Apenas apreciando a sua utilidade.

– Eu... – Ela franziu os lábios. – Sabe, acho que não confio em você.

– Não deve mesmo, de forma nenhuma.

Ele a observou chacoalhar a janela e deslizá-la para abri-la.

– Consegui! – sussurrou Hyacinth, triunfante.

Ela era um tanto intolerável, mas não se podia negar sua eficiência.

– Vou empurrá-la para cima. Você deve conseguir...

Mas ela já havia entrado. Gareth deu um passo atrás, admirado. Hyacinth Bridgerton era, claramente, uma atleta nata.

Ou uma gatuna.

Seu rosto surgiu na janela aberta.

– Não creio que alguém tenha ouvido – murmurou ela. – Consegue subir sozinho?

– Com a janela aberta, não há problemas.

Já fizera isso diversas vezes, durante as férias, quando ainda era um garoto. O muro externo era feito de pedra e havia alguns locais mais ásperos, com afloramentos onde dava para apoiar o pé. Também podia segurar naquela pequena saliência do beiral...

Estava dentro em menos de vinte segundos.

– Estou impressionada – comentou Hyacinth, espiando outra vez o lado de fora.

– Você se impressiona com as coisas mais estranhas – disse ele, limpando-se.

– Qualquer um pode trazer flores – replicou ela, dando de ombros.

– Tudo o que um homem precisa fazer para ganhar o seu coração é escalar um prédio?

Ela olhou outra vez pela janela.

– Bem, ele teria que fazer um pouco mais do que isso. Dois andares, no mínimo.

Ele balançou a cabeça, mas não pôde deixar de sorrir.

– Você disse que o diário mencionava um aposento decorado em tons de verde?

– Não tenho muita certeza do significado. Pode ser uma sala de estar. Ou, talvez, um escritório. Mas ela mencionou uma janela pequena e redonda.

– O escritório da baronesa. Fica no segundo andar, na saída do quarto.

– É claro! – sussurrou ela, animada. – Faz todo o sentido. Em especial se sua avó desejasse esconder isso do marido. Ela escreveu que ele nunca visitava os seus aposentos.

– Vamos subir pela escadaria principal – falou Gareth, baixinho. – É menos provável que nos ouçam. A dos fundos fica perto demais da ala dos empregados.

Ela assentiu e, juntos, avançaram furtivamente pela casa. O silêncio reinava, como Gareth imaginara. O barão vivia sozinho e, quando estava fora, os empregados se recolhiam cedo. Exceto um. Estacou, refletindo. O mordomo estaria acordado; nunca se deitava antes de lorde St. Clair retornar, pois o patrão poderia precisar de assistência.

– Por aqui – Gareth articulou as palavras para Hyacinth, dando meia-volta para que fizessem um trajeto diferente.

Ainda tomariam a escadaria principal, mas percorreriam um caminho mais longo para chegar até ela. Hyacinth seguiu a sua orientação e, um minuto depois, subiam as escadas vagarosamente. Gareth a puxou para o lado; os degraus sempre haviam rangido no centro e ele duvidava que o pai tivesse os recursos necessários para mandar consertá-los.

Já no corredor do segundo andar, ele conduziu Hyacinth ao escritório da baronesa. Era um cômodo engraçado, retangular, com uma janela e três portas: uma dava para o corredor, outra para o quarto da baronesa e a última para um pequeno quarto de vestir que era usado com mais frequência como depósito, pois havia uma área de vestir bem mais confortável na saída do quarto de dormir.

Gareth fez sinal para que Hyacinth entrasse, então a seguiu, fechando a porta cuidadosamente, sem fazer ruído. Ele soltou o ar, aliviado.

– Diga-me exatamente o que ela escreveu – sussurrou, afastando um pouco as cortinas para que um pouco de luar penetrasse o cômodo.

– Ela disse que estava no *armadio* – disse Hyacinth. – Que é, provavelmente, um armário. Ou, talvez, uma cômoda. Ou...

Seu olhar recaiu sobre uma cristaleira alta, porém estreita. Era triangular e ficava enfiada em um dos cantos, nos fundos do aposento, feita de uma madeira de tom escuro e brilhoso. O móvel se equilibrava sobre três pés finos com cerca de 60 centímetros.

– É este aqui – sussurrou Hyacinth, agitada. – Só pode ser.

Antes mesmo que Gareth tivesse a oportunidade de se mexer, ela já havia atravessado o aposento. Quando ele se aproximou, ela já estava revistando uma das gavetas.

– Vazia – declarou, franzindo a testa. Ajoelhou-se e puxou a última gaveta. Igualmente vazia. Olhou para Gareth. – Acha que alguém removeu os pertences dela depois do falecimento?

– Não faço ideia.

O interior também estava vazio.

Hyacinth ficou de pé, examinando a cristaleira com as mãos no quadril.

– Não posso imaginar o que mais... – Suas palavras se perderam enquanto ela corria os dedos pelos entalhes decorativos próximos do topo.

– Quem sabe a escrivaninha – sugeriu Gareth, indo até o móvel.

– Acho que não. Ela não teria chamado uma escrivaninha de *armadio*. Teria sido *scrivania*.

– Mas tem gavetas – murmurou Gareth, abrindo-as para inspecionar o conteúdo.

– Este móvel aqui... – cochichou Hyacinth – tem uma aparência um tanto mediterrânea, não acha?

Gareth ergueu a vista.

– Tem, sim – concordou lentamente, pondo-se de pé.

– Se ela trouxe isto da Itália – falou Hyacinth, entortando a cabeça enquanto analisava a cristaleira –, ou se a avó a trouxe quando a visitou...

– Ela saberia da existência de um compartimento secreto – concluiu Gareth.

– E o marido, *não* – acrescentou Hyacinth, os olhos iluminados de excitação.

Gareth rapidamente arrumou a escrivaninha e retornou à cristaleira.

– Chegue para trás – instruiu ele, segurando a borda inferior para afastá-la da parede.

No entanto, era bem mais pesada do que parecia, e ele só conseguiu deslocá-la alguns centímetros, apenas o bastante para correr a mão pelo fundo.

– Sente alguma coisa? – sussurrou Hyacinth.

Ele fez que não. Não conseguiu esticar muito o braço, então ficou de joelhos e tentou tatear o fundo do móvel.

– Alguma coisa aí? – perguntou Hyacinth.

– Nada. Eu só preciso... – Ele se interrompeu ao sentir uma saliência octogonal na madeira.

– O que foi? – indagou ela, tentando espiar a parte de trás do móvel.

– Não sei ao certo – respondeu ele, esticando o braço mais um centímetro. – É um puxador de algum tipo, talvez uma alavanca.

– Consegue movê-la?

– Estou tentando – disse ele, ofegante.

Estava difícil alcançar o puxador; ele teve que se contorcer e retorcer o corpo apenas para prendê-lo entre os dedos. A beirada inferior da cristaleira se enterrava dolorosamente nos músculos de seu braço e a cabeça encontrava-se virada para o lado numa pose canhestra, a face encostada na porta do móvel.

Não era a mais graciosa das posições.

– E se eu fizer isto?

Hyacinth se colocou ao lado da cristaleira e enfiou o braço pelos fundos. Seus dedos encontraram o puxador com facilidade. Gareth imediatamente o soltou e recolheu o braço.

– Não se preocupe – disse ela, um tanto solidária –, seu braço não caberia ali atrás. Não há muito espaço.

– Não me interessa a pessoa a alcançar o puxador.

– Ah, não? – Ela deu de ombros. – Bem, eu me importaria.

– Eu sei.

– Não que tenha importância de fato, é claro, mas...

– Está sentindo alguma coisa? – interrompeu ele.

– Não parece se deslocar. Já tentei para cima e para baixo e de um lado para o outro.

– Puxe-o.

– Isso também não funciona. A não ser que eu... – Ela perdeu o fôlego.

– O que foi? – indagou Gareth com urgência.

Ela ergueu a vista, os olhos brilhando até mesmo sob o tênue luar.

– Girou. E eu senti algo fazer clique.

– Há uma gaveta aí? Consegue puxá-la para fora?

Hyacinth fez que não com a cabeça, a boca se contorcendo numa expressão de concentração enquanto deslocava a mão pelo fundo da cristaleira. Não conseguia encontrar fissuras ou recortes. Abaixou-se lentamente, ajoelhando-se até a mão chegar à beirada inferior. Então baixou os olhos: havia um pedacinho de papel no chão.

– Isto estava aqui antes? – indagou ela. Mas foi apenas uma pergunta retórica: sabia que não estava.

Gareth se ajoelhou ao seu lado.

– O que é?

Ela desdobrou o papelzinho com as mãos trêmulas.

– Acho que caiu de algum lugar quando girei o puxador.

Ainda de gatinhas, Hyacinth se deslocou um pouco para que o papel ficasse sob o estreito feixe de luar que entrava pela janela. Gareth se abaixou ao seu lado, o corpo cálido e rijo e irresistivelmente próximo enquanto ela alisava a folha frágil para abri-la.

– O que diz? – indagou, o hálito aquecendo-lhe a nuca.

– Eu... não sei direito.

Ela piscou, forçando os olhos a se concentrarem nas palavras. A caligrafia era claramente de Isabella, mas o papel fora dobrado e redobrado diversas vezes, dificultando a leitura.

– Está em italiano. Deve ser outra pista.

Gareth balançou a cabeça.

– Só mesmo Isabella para transformar isto numa caçada extravagante.

– Ela era muito engenhosa?

– Não, mas aficionada por jogos, algo fora do comum. – Ele se virou para a cristaleira. – Não me surpreende que tivesse uma peça como esta, com um compartimento secreto.

Hyacinth o observou correr a mão pelos fundos do móvel.

– Aqui está – disse ele, em tom de apreciação.

– Onde? – perguntou ela, deslocando-se para o seu lado.

Gareth lhe tomou a mão e a guiou até um local no fundo da cristaleira. Um pedaço de madeira parecia ter girado, apenas o suficiente para permitir que um pedacinho de papel passasse por ele e caísse no chão.

– Consegue sentir? – sussurrou Gareth.

Ela fez que sim, mesmo sem saber se ele se referia à madeira ou ao calor de suas mãos sobre as dela. A pele era morna e levemente áspera, como se não costumasse ver luvas. Mas o importante era o tamanho da mão, que cobria toda a dela.

Hyacinth se sentiu engolfada.

E, meu bom Deus, era só a mão dele.

– Devíamos colocar isto de volta no lugar – disse ela rapidamente, ávida por forçar a mente a se concentrar em qualquer outra coisa.

Estendendo a mão, girou a madeira. Era pouco provável que alguém notasse a mudança na face inferior do móvel, ainda mais levando em conta que o compartimento secreto permanecera invisível por mais de sessenta anos. De qualquer forma, achou mais prudente deixar tudo da forma que haviam encontrado.

Gareth fez sinal para que ela chegasse para o lado e empurrou a cristaleira outra vez contra a parede.

– Encontrou algo útil no bilhete?

– Bilhete? Ah, o bilhete – disse ela, sentindo-se a maior das idiotas. – Ainda não. Mal consigo ler, só com o luar. Acha que seria seguro acender uma...

Ela se deteve, pois Gareth lhe tapara a boca.

Hyacinth ergueu a vista, de olhos arregalados. Com um dos dedos sobre os lábios, Gareth indicou a porta com a cabeça.

Então ela ouviu o movimento no corredor.

– É o seu pai? – articulou ela, logo que Gareth afastou a mão. Mas ele não a estava olhando.

Gareth se levantou e, silenciosamente, deslocou-se até a porta. Encostou o ouvido nela e, em menos de um segundo, deu um rápido passo atrás, virando a cabeça para a esquerda.

Num instante, ele a puxou para dentro de um armário grande e cheio de roupas. Estava escuro como breu e havia pouco espaço para se mexer. De um lado, Hyacinth era espremida de encontro ao que parecia um vestido de baile de brocado; de outro, era imprensada contra Gareth.

Achava que não sabia mais respirar.

Os lábios dele encontraram a sua orelha e ela sentiu as palavras, mais do que ouviu.

– Não diga uma palavra.

A porta que ligava o escritório ao corredor fez um clique e se abriu, e passos pesados atravessaram o assoalho.

Hyacinth prendeu a respiração. Seria o pai de Gareth?

– Mas que estranho – ouviu uma voz masculina. Parecia vir da direção da janela...

*Ah, não.* Haviam deixado as cortinas abertas.

Hyacinth apertou a mão de Gareth com força como se assim pudesse transferir essa informação a ele.

Quem quer que estivesse no quarto deu alguns passos, então parou. Apavorada com a perspectiva de ser pega, Hyacinth esticou o braço para trás, tentando calcular a profundidade do armário. A mão não encontrou outra parede, logo ela se remexeu entre dois vestidos e se escondeu atrás, dando um pequeno puxão na mão de Gareth antes de soltá-la, de forma que ele fizesse o mesmo. Não havia dúvida de que seus pés continuavam visíveis por debaixo das bainhas dos vestidos, mas pelo menos agora, se alguém abrisse a porta, o rosto não estaria bem ali, na altura dos olhos.

Hyacinth ouviu uma porta se abrir e se fechar, mas logo os passos se deslocaram outra vez pelo corredor. O homem que se encontrava no cômodo obviamente acabara de espiar para dentro do quarto da baronesa, que Gareth lhe dissera ser ligado ao pequeno escritório.

Hyacinth engoliu em seco. Se ele se dera ao trabalho de inspecionar o quarto de dormir, então o armário viria em seguida. Enfiou-se ainda mais no armário, movendo-se até o ombro encostar na parede. Gareth estava bem ao seu lado e logo a puxava para si, deslocando-a para o canto antes de cobrir o corpo dela com o seu.

Ele a estava protegendo. Se o armário fosse aberto, só o corpo dele estaria visível.

Hyacinth ouviu passos se aproximarem. A maçaneta estava frouxa e chacoalhou quando uma mão pousou sobre ela.

Hyacinth se agarrou a Gareth, puxando o seu paletó pelas pregas laterais. Ele estava próximo, escandalosamente próximo, com as costas de tal forma pressionadas que ela podia sentir toda a extensão de seu corpo, dos joelhos até os ombros.

E tudo o mais que havia entre uns e outros.

Ela se forçou a respirar de modo sereno e silencioso. A posição em que se encontrava, a combinação de medo e de alerta, a proximidade do corpo quente dele... Ela se sentiu estranha, tonta, quase como se estivesse de alguma forma suspensa no tempo, pronta para levitar e flutuar para longe.

Seu bizarro desejo era chegar ainda mais perto, aproximar o quadril e abraçá-lo. Estava no armário de uma estranha no meio da noite e, no entanto, até mesmo paralisada de pavor, não pôde se furtar de sentir outra coisa... algo mais poderoso do que o medo. Era excitação, emoção, algo de fazer girar a cabeça, uma novidade que levava o seu coração a disparar, o sangue a ribombar pelas veias e...

E algo mais. Algo que não estava exatamente pronta para analisar ou nomear.

Hyacinth mordeu o lábio.

A maçaneta girou.

Seus lábios se entreabriram.

A porta se abriu.

E então fechou-se outra vez. Hyacinth despencou contra a parede dos fundos e sentiu Gareth ceder também. Não sabia como não haviam sido pegos. Provavelmente Gareth estava mais bem protegido pelas roupas do que ela julgara. Ou, talvez, a luz fosse tênue demais ou o homem não pensara em olhar para baixo, em busca de pés se projetando de trás dos vestidos. Ou a sua visão fosse ruim ou...

Quem sabe eles só haviam tido uma tremenda sorte.

Aguardaram em silêncio até se certificarem de que o homem havia deixado o escritório da baronesa e, em seguida, esperaram mais uns cinco minutos, por via das dúvidas. Hyacinth aguardou nos fundos até ouvi-lo sussurrar:

– Vamos.

Ela o seguiu em silêncio, caminhando furtivamente pela casa até a janela do ferrolho quebrado. Gareth saltou para fora, então estendeu as mãos para que ela pudesse se equilibrar contra o muro e fechar a janela antes de pular ao chão.

– Siga-me – ordenou Gareth, tomando-lhe a mão e a puxando enquanto corria pelas ruas de Mayfair.

Hyacinth foi tropeçando atrás dele e, a cada passo dado, uma parte do temor que se apossara dela dentro do armário foi sendo substituído pela animação.

Pela euforia.

Quando chegaram à Hay Hill, Hyacinth sentia que estava prestes a gargalhar. Por fim, teve que fincar os pés no chão e pedir:

– Pare! Não consigo respirar.

Gareth obedeceu, mas a fitou com olhos severos.

– Preciso levá-la até em casa.

– Eu sei, eu sei, eu...

Os olhos dele se arregalaram.

– Você está rindo?

– Não! Sim. Quer dizer... – Ela sorriu, impotente. – É possível que sim.

– Você é louca.

Hyacinth assentiu, ainda sorrindo como uma tola.

– Acho que sim.

Ele pôs as mãos na cintura.

– Você não tem juízo? Nós poderíamos ter sido pegos. Era o mordomo do meu pai e, acredite, ele nunca teve senso de humor. Se tivesse nos descoberto, meu pai teria nos atirado na cadeia e os seus irmãos nos teriam arrastado direto para uma igreja.

– Eu sei – disse Hyacinth, tentando se mostrar apropriadamente solene.

E fracassou. Lastimavelmente.

Por fim, desistiu e perguntou:

– Mas não foi divertido?

Por um instante, não achou que ele fosse responder. Por um instante, teve a impressão de que ele só iria fitá-la com uma expressão entorpecida, estupefata. Mas, logo, ouviu a sua voz, grave e incrédula:

– Divertido?

Ela fez que sim.

– Um pouquinho, pelo menos.

Hyacinth pressionou os lábios, esforçando-se para segurar o riso. Tentava fazer qualquer coisa para não cair na gargalhada.

– Você é louca – disse ele, com uma expressão severa e chocada e, ao mesmo tempo, doce. – Você é louca de pedra. Todo mundo me disse isso, mas não acreditei de verdade...

– Alguém lhe disse que eu era louca?

– Excêntrica.

– Oh. – Ela franziu os lábios. – Bem, isso é verdade, suponho.

– Trabalho demais para um homem são.

– É isso que dizem? – perguntou ela, começando a se sentir um pouco menos lisonjeada.

– Isso tudo e mais um pouco.

Hyacinth pensou naquilo por um momento, então simplesmente deu de ombros.

– Bem, eles não têm o menor bom senso, nenhum deles.

– Meu Deus, você fala igualzinho à minha avó.

– Você já mencionou isso. – Hyacinth não conseguiu resistir e perguntou: – Mas, diga-me... – começou ela, aproximando-se dele só um pouco. – Não achou nem um pouquinho emocionante? Depois que o medo de sermos descobertos se esvaiu e você soube que não seríamos notados? Não foi só um pouquinho maravilhoso? – indagou ela, as palavras saindo como um suspiro.

Ele a encarou. Não sabia se era o luar ou apenas a sua imaginação desejosa, mas Hyacinth pensou ter visto algo luzir nos olhos dele. Algo de delicado, algo só um pouco indulgente.

– Um pouco – concordou ele. – Mas só um pouco.

Hyacinth sorriu.

– Eu sabia que você não era um homem pedante.

Ele a fitou com uma irritação palpável. Ninguém nunca o acusara de ser um chato.

– Pedante? – indagou ele, aborrecido.

– Enfadonho.

– Eu tinha entendido.

– Então por que perguntou?

– Porque você, Srta. Bridgerton...

E assim foram conversando pelo resto do caminho.

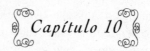
## Capítulo 10

*Na manhã seguinte, Hyacinth continua de ótimo humor. Infelizmente, a mãe comentou sobre isso tantas vezes durante o desjejum que, por fim, ela se viu forçada a se refugiar no quarto.*

*Violet Bridgerton é uma mulher excepcionalmente astuta, afinal, e logo pode descobrir que Hyacinth está se apaixonando.*

*Provavelmente até mesmo antes de Hyacinth.*

Hyacinth cantarolava baixinho, sentada à pequena escrivaninha do quarto, tamborilando no mata-borrão. Havia traduzido e retraduzido o bilhete encontrado na noite anterior e ainda não estava satisfeita com o resultado, embora nem isso fosse o bastante para desanimá-la.

Ficara um pouco desapontada, é claro, por não terem encontrado os diamantes, mas o bilhete da cristaleira parecia indicar que as joias ainda não tinham sido pegas. No mínimo, ninguém mais conseguira seguir o rastro de pistas deixado por Isabella.

A maior felicidade de Hyacinth era ter uma tarefa, um objetivo, algum tipo de missão. Adorava o desafio de solucionar um quebra-cabeça, de analisar uma pista. E Isabella Marinzoli St. Clair transformara o que certamente teria sido uma temporada enfadonha e banal na primavera mais emocionante da vida de Hyacinth.

Voltou a fitar o bilhete, retorceu a boca enquanto se esforçava para retornar a sua tarefa. Em uma estimativa otimista, concluíra setenta por cento do trabalho, mas achava que chegara a uma tradução adequada o suficiente para justificar mais uma tentativa. A pista seguinte – ou os próprios diamantes, se estivessem com sorte – devia estar na biblioteca.

– Num livro, imagino – murmurou ela, olhando pela janela, mas sem nada enxergar, na realidade.

Pensou na biblioteca da família, escondida na casa do irmão na Grosvenor Square. O aposento em si não era incrivelmente grande, mas as estantes iam do chão ao teto.

E os livros enchiam as prateleiras. Cada centímetro delas.

– Talvez os St. Clairs não sejam muito de ler – disse ela, baixinho, voltando a atenção mais uma vez para o bilhete de Isabella.

Naquelas palavras enigmáticas, devia haver uma pista do livro que servia de esconderijo. Algo de científico, estava quase certa. Isabella tinha sublinhado parte do bilhete, e Hyacinth achava que se referia a um título, pois não parecia fazer sentido, dentro do contexto, que fosse uma ênfase. E a parte que ela sublinhara mencionava água e "coisas que se movem", o que soava um pouco como física. Não que Hyacinth já houvesse estudado física, mas tinha quatro irmãos que foram para a universidade e os escutara estudar, tendo uma vaga noção do que se tratava a matéria.

Ainda assim, não estava satisfeita com a tradução. Talvez, se a levasse a Gareth, ele conseguiria decifrar algo que ela não havia percebido. Afinal, estava mais familiarizado com a Casa Clair. Talvez soubesse de algum livro estranho ou interessante, algo de único ou extraordinário.

Gareth.

Ela sorriu para si mesma, um sorriso torto e tolo. Preferia morrer antes de permitir que outra pessoa o visse.

Algo importante acontecera na noite anterior. Algo especial.

Gareth gostava dela. Gostava dela de verdade. Haviam rido e tagarelado o caminho todo até em casa. E, quando a deixara na entrada de serviço, ele a olhara daquele jeito intenso, com as pálpebras pesadas. Também tinha sorrido, erguendo um dos cantos da boca, como se guardasse um segredo.

Ela estremeceu. Chegara a se esquecer de como falar. E se perguntara se ele a beijaria outra vez – o que, obviamente, não havia feito, mas...

Quem sabe em breve.

Não tinha a menor dúvida de que o levara à loucura. Mas ela parecia levar todo mundo à loucura, então era melhor não dar muita importância a isso.

Mas ele gostava dela. E respeitava a sua inteligência. De vez em quando, Gareth se mostrava relutante em demonstrar isso... mas, bem, Hyacinth tinha quatro irmãos e já aprendera que só um milagre os faria admitir que uma mulher poderia ser mais inteligente em qualquer assunto além de tecidos, sabonetes perfumados e chá.

Consultou o relógio sobre o console da pequena lareira. Já passava do meio-dia. Gareth prometera que viria vê-la à tarde para saber como estava progredindo com o bilhete. Provavelmente só chegaria no mínimo às duas, embora já fosse de tarde...

Seus ouvidos se aguçaram. O que fora aquilo, alguém à porta? Seu quarto ficava na parte frontal da casa, logo costumava ouvir quando alguém entrava ou saía.

Hyacinth se levantou e foi até a janela, espiando de trás das cortinas para ver se havia alguém na escada que levava à porta da frente.

Nada.

Foi até a porta e a abriu apenas o bastante para poder escutar.

Nada.

Deu um passo para fora do quarto, o coração ribombando de expectativa. Na verdade, não havia motivo para estar nervosa, mas não conseguira parar de pensar em Gareth e nos diamantes e...

– Hyacinth, o que você está fazendo?

Ela quase morreu de susto.

– Desculpe – disse Gregory, seu irmão, não parecendo lamentar nem um pouco.

Estava de pé bem atrás dela, com os cabelos castanho-avermelhados bagunçados pelo vento e cortados só um pouco longos demais.

– Não faça isso – reclamou ela, pondo a mão no peito, como se pudesse apaziguar o coração.

Ele se limitou a cruzar os braços e a apoiar um dos ombros na parede.

– É o que faço de melhor – replicou ele com um sorriso.

– *Eu* não me gabaria de algo assim.

Ele a ignorou e tratou de retirar um fiapo de tecido imaginário da manga do paletó de montaria.

– Por que você estava andando de forma tão furtiva?

– Eu não estava andando de forma furtiva.

– É claro que estava. É o que você faz de melhor.

Ela fuzilou o irmão com os olhos, embora já o conhecesse muito bem. Gregory era dois anos e meio mais velho e vivia para irritá-la. Sempre tinha sido assim. Os dois estavam um pouco afastados do resto da família em termos de idade. Gregory era quase quatro anos mais novo do que Francesca e dez anos mais novo do que Colin, o próximo irmão mais novo. Portanto, ele e Hyacinth sempre haviam ficado um pouco à parte, agindo quase que como uma dupla.

Uma dupla dada a discussões, cutucões e implicâncias, mas uma dupla, ainda assim. Embora já tivessem amadurecido e não pregassem mais as grandes peças de antigamente, nenhum dos dois resistia a alfinetar o outro.

– Achei ter ouvido alguém chegar – disse Hyacinth.

Ele sorriu, afável.

– Fui eu.

– Já percebi. – Ela abriu a porta. – Se me der licença...

– Você está agitada hoje.

– Eu não estou agitada.

– É claro que está. É...

– Não é o que eu faço de melhor – interrompeu Hyacinth de má vontade.

Ele sorriu.

– Você está definitivamente agitada.

– Eu...

Ela trincou os dentes. Não ia se rebaixar ao comportamento de uma criança de 3 anos.

– Vou voltar para o meu quarto agora. Tenho um livro para ler.

Antes que pudesse escapar, ouviu o irmão dizer:

– Vi você com Gareth St. Clair numa noite dessas.

Hyacinth gelou. Não era possível que ele soubesse... Ninguém os vira. Sabia disso.

– Na Casa Bridgerton – continuou Gregory. – Num dos cantos do salão de baile.

Hyacinth soltou o ar e se virou para ele. O irmão a encarava com um sorriso espontâneo, mas ela percebeu que havia algo mais em sua expressão, uma certa astúcia nos olhos.

Gregory não era nenhum idiota, apesar de se portar de forma contrária. E parecia achar que a sua função na vida era tomar conta da caçula. Talvez por ser o segundo mais novo e por ela ser a única com quem podia assumir um papel de superioridade. O resto dos irmãos não engoliria bem isso.

– Sou amiga da avó dele – retrucou Hyacinth, já que isso lhe pareceu ser satisfatoriamente neutro. – Você sabe disso.

Ele deu de ombros; era um gesto que os dois compartilhavam. Às vezes, Hyacinth tinha a sensação de estar se olhando no espelho, o que parecia loucura, já que ele era 30 centímetros mais alto.

– Vocês pareciam estar muito entretidos conversando sobre alguma coisa.

– Nada pelo que você se interessaria.

Uma das sobrancelhas dele se arqueou.

– Talvez eu a surpreenda.

– Isso é raro.

– Está se interessando por ele?

– Isso não é da sua conta – replicou ela acidamente.

Gregory se mostrou triunfante.

– Então é porque *está*.

Hyacinth ergueu o queixo, olhando o irmão bem nos olhos.

– Eu não sei – respondeu.

Apesar das constantes discussões, Gregory provavelmente a conhecia melhor do que qualquer pessoa no mundo. E saberia se ela estivesse mentindo.

Ele a torturaria até ouvir a verdade, de qualquer forma.

As sobrancelhas de Gregory sumiram por debaixo da franja, que estava longa demais e vivia caindo em seus olhos.

— É mesmo? Ora, *isso* é uma novidade.

— Guarde só para você. Na verdade, nem se trata de uma novidade. Não decidi nada ainda.

— Ainda assim...

— Estou falando sério, Gregory. Não me faça lamentar ter me aberto com você.

— Mas quanta falta de fé...

A insolência da resposta não a deixou nem um pouco confiante. Com as mãos no quadril, ela disse:

— Só lhe contei porque, de vez em quando, você não é um idiota completo. E, apesar de todo o bom senso, eu o amo.

Ele ficou sério. Hyacinth lembrou que, apesar das tentativas estúpidas (na opinião dela) de se portar como um alegre vadio, Gregory era bastante inteligente e dono de um coração de ouro.

De um *tortuoso* coração de ouro.

— E não esqueça — Hyacinth achou necessário acrescentar — que eu disse *talvez*.

Ele franziu a testa.

— Disse?

— Se não disse, era para ter dito.

Ele fez um gesto magnânimo com a mão.

— Se houver algo que eu possa fazer...

– Nada – replicou ela firmemente, aterrorizada com a possibilidade de Gregory se meter na sua vida. – Nada *mesmo*. Por favor.

– Um desperdício dos meus talentos.

– *Gregory!*

– Bem – disse ele, com um suspiro afetado –, pelo menos você tem a minha aprovação.

– Por quê? – perguntou Hyacinth, desconfiada.

– Seria um belo casal. Pense só nos filhos.

Ela sabia que ia se arrepender, mas, ainda assim, teve que perguntar:

– Que filhos?

Ele abriu um sorriso torto.

– *Off lindof filhinhof de língua preva que vofêf poderiam ter juntof. Gareff e Hyafinff. Hyafinff e Gareff. E af fublime crianfinhaf Faint Clair.*

Hyacinth o fitou como se ele fosse um idiota. O que ele era, na verdade.

– Não sei como a mamãe conseguiu dar à luz sete filhos perfeitamente normais e uma aberração.

– O *berfário fica por aqui*. – Gregory ria enquanto ela entrava no quarto. – *Off delifiosof Farinha e Famuel Faint Clair. Ah, fim, e não nof esquefamof da pequenina Fusannah!*

Hyacinth fechou a porta na cara dele, mas a madeira não era espessa o bastante para abafar o seu golpe final.

– Você é um alvo tão fácil, Hy... Não se esqueça de descer para o chá.

*Uma hora mais tarde, Gareth está prestes a aprender o que significa pertencer a uma família numerosa, para a alegria ou para a dor.*

– A Srta. Bridgerton está tomando chá – informou o mordomo, após permitir a entrada de Gareth no vestíbulo.

Gareth seguiu o homem pelo corredor até a mesma sala de estar rosa e creme na qual se encontrara com Hyacinth na semana anterior.

Meu Deus, fazia só uma semana? Parecia ter passado uma vida.

Bem, andar furtivamente por aí, desrespeitar as leis e quase arruinar a reputação de uma jovem digna costumava envelhecer um homem antes do tempo.

O mordomo entrou no aposento, entoou o nome de Gareth e chegou para o lado, de forma que ele pudesse entrar.

– Sr. St. Clair!

Surpreso, Gareth se viu frente a frente com a mãe de Hyacinth sentada num sofá listrado, pousando a xícara num pires. Não soube dizer *por que* se surpreendeu; era normal ela estar em casa àquela hora da tarde. Mas imaginara que só encontraria Hyacinth.

– Lady Bridgerton – cumprimentou ele, fazendo uma educada reverência. – É um prazer vê-la.

– Conhece o meu filho?

Filho? Gareth nem reparou que havia mais alguém no aposento.

– Meu irmão, Gregory – ouviu a voz de Hyacinth.

Ela estava sentada em frente à mãe, num sofá combinando. Inclinou a cabeça em direção à janela, onde Gregory Bridgerton se achava de pé, analisando-o com um assustador meio sorriso afetado de um irmão mais velho. Provavelmente, Gareth também faria essa expressão se tivesse uma irmã mais nova para torturar e proteger.

– Já nos conhecemos – disse Gregory.

Gareth fez que sim. Seus caminhos haviam se cruzado algumas vezes na cidade e eles até mesmo tinham estudado em Eton na mesma época. Mas Gareth era bem mais velho, logo não se conheciam muito bem.

– Bridgerton – murmurou Gareth, meneando a cabeça para o outro.

Gregory atravessou a sala e se esparramou ao lado da irmã.

– Que bom vê-lo. Hyacinth diz que você é o amigo especial dela.

– Gregory! – exclamou Hyacinth e se virou rapidamente para Gareth. – Eu não disse nada do tipo.

– Estou de coração partido.

Hyacinth o encarou com uma expressão ligeiramente enfurecida, então se voltou para o irmão.

– Pare com isso.

– Não quer tomar um chá, Sr. St. Clair? – perguntou Lady Bridgerton, colocando de lado a discussão dos filhos. – Trata-se de um *blend* especial que adoro.

– Eu ficaria encantado.

Gareth se sentou na mesma cadeira que escolhera da última vez, em grande parte porque o deixava mais distante de Gregory – embora não soubesse qual Bridgerton estaria mais apto a despejar sem querer chá escaldante em seu colo.

De qualquer forma, era uma posição ingrata: como todos os Bridgertons estavam nos sofás, ele parecia ser um patriarca, sentado à cabeceira da mesa de centro baixa.

– Leite? – indagou Lady Bridgerton.

– Obrigado – respondeu Gareth. – Sem açúcar, por favor.

– Hyacinth toma o dela com três cubos – comentou Gregory, estendendo a mão para um biscoito amanteigado.

– Por que ele se importaria com isso? – questionou Hyacinth entre os dentes.

– Bem – começou Gregory, mastigando o biscoito –, ele é o seu amigo especial.

– Não é... – Ela se virou para Gareth. – Ignore-o.

Era muito irritante ser o alvo da condescendência de um rapaz mais novo. Ao mesmo tempo, Gregory estava se saindo muito bem em exasperar Hyacinth, uma façanha que Gareth só podia aprovar.

Assim, decidiu ficar de fora e se virou para Lady Bridgerton, que, por acaso, era a pessoa mais próxima dele.

– E como está a senhora esta tarde?

Lady Bridgerton abriu um pequeno sorriso enquanto lhe passava a xícara de chá.

– Eis um homem inteligente – murmurou ela.

– Autopreservação, na verdade – comentou ele, evasivo.

– Não diga isso. Eles não seriam capazes de machucá-lo.

– Não, mas eu seria ferido em meio ao tiroteio.

Gareth ouviu um pequeno arquejo e viu que o olhar de Hyacinth se assemelhava a adagas, cravado nele. Gregory sorria.

– Desculpe-me – disse ele, mais por educação, pois não se lamentava nem um pouco.

– Sua família não é numerosa, certo, Sr. St. Clair? – perguntou Lady Bridgerton.

– Não – respondeu ele tranquilamente, tomando um gole do chá, que era de excelente qualidade. – Éramos só eu e meu irmão.

Ele se deteve, piscando, assolado pela onda de tristeza que sempre vinha quando pensava em George.

– Ele faleceu no ano passado.

– Oh! – exclamou Lady Bridgerton, tapando a boca. – Sinto muito. Havia me esquecido por completo. Perdoe-me, por favor. E aceite os meus mais profundos pêsames.

O pedido de desculpas foi tão natural, e as condolências, tão sinceras, que Gareth quase sentiu necessidade de consolá-la. Olhou bem nos seus olhos e se deu conta de que ela o compreendia.

A maioria das pessoas não havia compreendido. Os amigos tinham lhe dado um tapinha canhestro nas costas, mas não entenderam. Talvez a vovó Danbury tivesse entendido – também chorara a perda de George. Mas isso era diferente, pois ele e a avó eram muito próximos. Já Lady Bridgerton era praticamente uma estranha e, no entanto, se importava.

Tratava-se de uma situação comovente e quase desconcertante. Gareth não conseguia se lembrar da última vez que alguém lhe falara de forma sincera.

Isso sem contar Hyacinth, é claro. Ela sempre dizia o que lhe vinha à cabeça. Mas, ao mesmo tempo, nunca se revelava por completo, nunca se mostrava vulnerável.

Olhou em sua direção. Hyacinth estava sentada bem ereta, as mãos entrelaçadas elegantemente sobre o colo, observando-o com uma expressão curiosa.

Não podia culpá-la: ele era exatamente igual.

– Obrigado – agradeceu, voltando-se outra vez para Lady Bridgerton. – George foi um irmão excepcional e o mundo ficou mais triste com a sua partida.

Lady Bridgerton permaneceu em silêncio por um momento, então, como se pudesse ler a mente dele, sorriu e disse:

– Mas, neste momento, é melhor não se alongar nesse assunto. Falemos de outra coisa.

Gareth olhou para Hyacinth, que permanecia imóvel. Dava para ver que ela respirava com impaciência.

Havia trabalhado na tradução e sem dúvida desejava lhe contar o que descobrira.

Gareth conteve um sorriso. Estava quase certo de que Hyacinth se fingiria de morta se, assim, conseguisse ficar a sós com ele.

– Lady Danbury fala muito bem a seu respeito – comentou Lady Bridgerton.

– Tenho a sorte de ser seu neto.

– Sempre gostei da sua avó – disse Violet, bebericando o chá. – Sei que ela mete medo em metade de Londres...

– Ah, mais do que isso – falou Gareth, jovial.

Lady Bridgerton deu uma risadinha.

– Ou assim ela gostaria.

– De fato.

– Eu, no entanto, sempre a achei muito encantadora – continuou Violet. – Uma lufada de ar fresco, na verdade. E, é claro, muito astuta e com um caráter bastante confiável.

– Eu lhe mandarei suas lembranças.

– Ela fala muito bem a seu respeito – disse Lady Bridgerton.

Gareth não soube dizer se a repetição fora acidental ou deliberada, mas seu sentido era muito claro. Daria no mesmo levá-lo até um canto e lhe oferecer dinheiro para que pedisse a filha em casamento.

É claro que Lady Bridgerton não sabia que seu pai não era, de fato, lorde St. Clair ou que Gareth não conhecia o pai. Por mais encantadora e generosa que fosse a mãe de Hyacinth, duvidava muito que o trataria com tanta atenção se soubesse que ele provavelmente trazia nas veias o sangue de um lacaio.

– Minha avó também fala muito bem a seu respeito – respondeu Gareth. – Trata-se de um grande elogio, pois ela raramente fala bem de quem quer que seja.

– Sem contar Hyacinth – acrescentou Gregory.

Gareth se virou para ele; quase se esquecera da presença do jovem.

– É claro – concordou afavelmente. – Minha avó adora a sua irmã.

Gregory se voltou para Hyacinth.

– Ainda lê para ela às quartas-feiras?

– Terças – corrigiu Hyacinth.

– Ah. *Defculpe.*

Gareth piscou, aturdido. Será que o irmão de Hyacinth tinha a língua presa? Ele pensou ver Hyacinth dar uma cotovelada nas costelas de Gregory.

– Sr. St. Clair... – disse ela.

– Sim? – murmurou ele, mais para ser gentil. Hyacinth hesitou e Gareth teve a sensação de que ela falara o seu nome sem pensar em algo para lhe perguntar.

– Soube que é um espadachim de grande competência.

Ele a olhou, curioso. Onde será que queria chegar com aquilo?

– Gosto de esgrimir, é verdade.

– Eu sempre quis aprender.

– Minha nossa – grunhiu Gregory.

– Eu seria muito boa – protestou ela.

– Estou certa de que seria. – concordou o irmão. – Por isso nunca deveriam permitir que você chegasse a 10 metros de um florete. – Ele se virou para Gareth. – Ela é um tanto diabólica.

– Sim, já notei – murmurou Gareth.

Gregory deu de ombros, pegando outro biscoito amanteigado.

– Deve ser por isso que não conseguimos casá-la.

– Gregory! – exclamou Hyacinth.

Lady Bridgerton só não falou nada porque já pedira licença e seguira um dos lacaios até o corredor.

– É um elogio! – protestou Gregory. – Você é mais inteligente do que qualquer um dos pobres tolos que tentaram cortejá-la. Você não esperou a vida toda para que eu admitisse?

– Você pode achar difícil de acreditar, mas eu não me deito toda noite pensando: *Oh, como eu gostaria que meu irmão me fizesse algo que a sua mente deturpada acredita ser um elogio.*

Gareth engasgou com o chá e Gregory se virou para ele.

– Entende agora por que a chamo de diabólica?

– Recuso-me a comentar – disse Gareth.

– Olhem quem está aqui! – veio a voz de Lady Bridgerton. E bem a tempo, pensou Gareth. Mais dez segundos e Hyacinth teria assassinado o irmão com grande satisfação.

Gareth se virou para a porta e, imediatamente, se pôs de pé. Atrás de Lady Bridgerton estava uma das irmãs mais velhas de Hyacinth, a que se casara com um duque. Ou, pelo menos, ele achava que fosse. Todas se pareciam irritantemente umas com as outras e ele não tinha como saber ao certo.

– Daphne! – exclamou Hyacinth. – Venha se sentar ao meu lado.

– Não tem lugar ao seu lado – replicou Daphne, piscando em sinal de confusão.

– Vai ter – garantiu Hyacinth com um exultante veneno –, assim que Gregory se levantar.

Ele fez um exagerado teatro para oferecer o assento à irmã mais velha.

– Filhos... – falou Lady Bridgerton com um suspiro ao reassumir o seu lugar. – Nunca sei se fico feliz por tê-los.

Apesar da fala, havia humor e amor em sua voz. Gareth se viu bastante cativado. O irmão de Hyacinth era uma praga ou, pelo menos, assim se portava quando Hyacinth estava por perto. Nas poucas vezes em que escutara mais de dois Bridgertons participarem da mesma conversa, eles se atropelavam e raramente resistiam ao impulso de trocar alfinetadas zombeteiras.

Mas se amavam. Quando se tirava o barulho, isso ficava espantosamente claro.

– É um prazer vê-la, Vossa Graça – disse Gareth assim que a duquesa se sentou ao lado de Hyacinth.

– Por favor, me chame de Daphne – pediu ela com um sorriso radiante. – Não há necessidade de ser tão formal se é amigo de Hyacinth. Além do mais – acrescentou ela, pegando uma xícara e se servindo de chá –, não consigo me sentir duquesa na sala de estar da minha mãe.

– Como se sente, então?

– Hmmm. – Ela tomou um gole do chá. – Apenas como Daphne Bridgerton, suponho. É difícil se livrar do sobrenome neste clã. Em espírito, pelo menos.

– Espero que isso seja um elogio – observou Lady Bridgerton.

Daphne sorriu para a mãe.

– Temo dizer que jamais escaparei de você. – Ela se virou para Gareth. – Nada como a própria família para nos fazer sentir que nunca crescemos.

Gareth pensou em seu recente encontro com o barão e disse, talvez com mais emoção do que deveria verbalizar:

– Sei exatamente o que quer dizer.

– Imagino que saiba.

Gareth ficou em silêncio. Seu afastamento do barão era, certamente, bem conhecido do público, mesmo que não o motivo.

– Como vão as crianças, Daphne? – indagou Lady Bridgerton.

– Travessas como sempre. David quer um cachorrinho, de preferência um que chegue até o tamanho de um pequeno pônei, e Caroline está morrendo de vontade de retornar à casa de Benedict. – Ela bebericou o chá e se virou para Gareth. – Minha filha passou três semanas com meu irmão e a família no mês passado. Ele vem lhe dando aulas de desenho.

– É um artista de renome, não é mesmo?

– Tem dois quadros na National Gallery – disse Lady Bridgerton, radiante de orgulho.

– Mas ele raramente vem à cidade – comentou Hyacinth.

– Ele e a esposa preferem a paz do campo – retrucou a mãe, com uma leve firmeza que indicava que ela não desejava discutir mais o assunto.

Pelo menos não na frente de Gareth.

Ele tentou recordar se já ouvira algum tipo de escândalo relacionado a Benedict Bridgerton. Achava que não, mas, pensando bem, Gareth era pelo menos uma década mais novo e, se houvesse algo inadequado em seu passado, provavelmente teria ocorrido antes de Gareth se mudar para a cidade.

Ele olhou para Hyacinth, querendo ver como reagiria às palavras da mãe. Não fora uma repreensão, mas Violet desejara impedir que a filha fizesse qualquer outro comentário.

Porém Hyacinth não se mostrou ofendida. Olhando pela janela, franziu ligeiramente a testa.

– Está quente lá fora? – perguntou à irmã. – Parece estar fazendo sol.

– E está mesmo – confirmou Daphne, bebericando o chá. – Caminhei até aqui da Casa Hastings.

– Eu adoraria sair para uma caminhada – comentou Hyacinth.

Em um segundo, Gareth reconheceu a sua deixa.

– Eu ficaria encantado em acompanhá-la, Srta. Bridgerton.

– É mesmo? – disse Hyacinth com um estonteante sorriso.

– Eu saí esta manhã – comentou Lady Bridgerton – e o açafrão está em flor no parque. Um pouco depois da Casa da Guarda.

Gareth quase sorriu. A Casa da Guarda ficava na extremidade oposta do Hyde Park. Precisariam andar metade da tarde para ir até lá e voltar.

Ele ficou de pé e lhe ofereceu o braço.

– Vamos ver o açafrão, então?

– Seria encantador. – Hyacinth ficou de pé. – Só preciso buscar a minha dama de companhia.

Gregory se afastou do parapeito da janela e sugeriu:

– Posso ir também.

Hyacinth o fuzilou com os olhos.

– Ou talvez não – murmurou ele.

– Preciso de você aqui, de qualquer forma – disse Lady Bridgerton.

– É mesmo? – Gregory sorriu inocentemente. – Por quê?

– Porque sim – respondeu ela entre os dentes.

Gareth se virou para Gregory.

– Sua irmã estará em segurança em minha companhia. Eu lhe dou a minha palavra.

— Ah, não estou preocupado com isso — falou Gregory com um sorriso afável. — A verdadeira questão é: você estará em segurança na companhia dela?

Ainda bem que Hyacinth já tinha deixado o aposento para pegar o casaco e buscar a dama de companhia. Senão, provavelmente mataria o irmão ali mesmo.

# Capítulo 11

*Quinze minutos mais tarde, Hyacinth ignora por completo que sua vida esteja prestes a mudar.*

— Sua dama de companhia é discreta? — indagou Gareth, tão logo ele e Hyacinth se viram na calçada, diante da casa.

— Ah, não se preocupe com Frances — respondeu Hyacinth, ajustando as luvas. — Ela e eu temos um acordo.

Ele ergueu as sobrancelhas numa indolente expressão de humor.

— Por que essas palavras, vindas dos seus lábios, enchem a minha alma de pavor?

— Não tenho a mínima ideia — falou Hyacinth com leveza –, mas garanto que ela não chegará a 5 metros de nós durante a nossa caminhada. Só precisamos comprar para ela uma latinha de balas de hortelã.

— Balas de hortelã?

— Ela se deixa subornar com facilidade — explicou Hyacinth, virando-se para olhar Frances, que já assumira a distância exigida do casal e, àquela altura, parecia bastante entediada. — As melhores damas de companhia são assim.

— Eu não saberia dizer — murmurou Gareth.

– Isso eu acho difícil de acreditar.

Ele provavelmente subornara damas de companhia de toda a Londres. Com a reputação que tinha, Gareth não poderia ter chegado à sua idade sem ter tido um caso amoroso com uma mulher que desejava mantê-lo em segredo.

Ele sorriu, enigmático.

– Um cavalheiro nunca conta nada.

Hyacinth decidiu não dar continuidade ao assunto. Não por não estar curiosa, é claro, mas por achar que ele falava a verdade e não deixaria escapar segredo nenhum, por mais prazerosos que fossem.

Para que gastar energia se não chegaria a lugar nenhum?

– Pensei que não escaparíamos nunca – comentou ela, tão logo alcançaram o fim da rua onde ela morava. – Tenho tanto para contar...

Ele se virou para ela com óbvio interesse.

– Conseguiu traduzir o bilhete?

Hyacinth olhou para trás. Mesmo tendo dito que Frances permaneceria afastada, era sempre bom verificar, em especial porque Gregory também era afeito a subornos.

– Consegui – respondeu ela, tão logo se certificou de que não seriam ouvidos. – Bem, a maior parte, pelo menos. O bastante para saber que precisamos concentrar a nossa busca na biblioteca.

Gareth riu.

– Qual é a graça?

— Isabella era bem mais inteligente do que deixava transparecer. O marido dificilmente entraria na biblioteca, era o melhor aposento para se escolher. Com exceção do quarto de dormir, suponho, mas... — Ele a fitou com um olhar irritantemente paternal. — Não se trata de assunto apropriado para os seus ouvidos.

— Você é tão chato... — murmurou ela.

— Não estou acostumado a ser acusado disso — comentou ele com um sorriso de divertimento —, mas você faz aflorar o que há de melhor em mim.

Ele foi tão descaradamente sarcástico que Hyacinth não pôde fazer nada além de franzir a testa.

— A biblioteca, você diz... — refletiu Gareth, depois de desfrutar a angústia de Hyacinth. — Faz sentido. O pai de meu pai não era nenhum intelectual.

— Espero que isso queira dizer que não possuía muitos livros — disse Hyacinth. — Acho que ela deixou outra pista dentro de um deles.

— Estamos sem sorte — falou Gareth com uma careta. — Meu avô não era muito chegado a livros, mas se importava muito com as aparências, e nenhum barão que se preze teria uma casa sem uma biblioteca ou uma biblioteca sem livros.

Hyacinth deixou escapar um gemido.

— Precisaríamos de uma noite inteira para revistar uma biblioteca de verdade.

Ele lhe lançou um sorriso de compaixão e algo se agitou na barriga dela. Hyacinth abriu a boca para falar, mas só conseguiu inspirar, ainda se sentindo estranhamente surpresa.

— Talvez, ao se ver lá dentro, você adivinhe — arriscou Gareth, encolhendo um dos ombros enquanto dobravam uma esquina e entravam na Park Lane. — Esse tipo de coisa acontece comigo o tempo todo. Normalmente, quando eu menos espero.

Hyacinth assentiu, ainda um pouco inquieta com a leve tontura que a tomara de assalto.

— Espero que isso aconteça — disse ela, forçando-se a focar no assunto que estava sendo discutido. — Mas Isabella foi um tanto misteriosa, sinto dizer. Ou... não sei... talvez não, e o problema sejam as palavras não traduzidas. Mas acho que não encontraremos os diamantes e, sim, outra pista.

— Por que diz isso?

— Estou quase certa de que devemos procurar na biblioteca, num livro específico. Como ela esconderia os diamantes entre as páginas?

— Ela pode ter tirado o miolo do livro. Criado um esconderijo.

Hyacinth ficou sem ar.

— Não pensei nisso. — Seus olhos se arregalaram de animação. — Vamos precisar redobrar nossos esforços. Acho que o livro terá um tópico científico.

— Isso limita bem as possibilidades. Já faz algum tempo que estive na biblioteca da Casa Clair, mas não me lembro de haver muita coisa relacionada a tratados científicos.

Hyacinth retorceu a boca enquanto tentava recordar as palavras precisas da pista.

– Tinha algo a ver com água. Mas não acho que seja biológico.

– Excelente trabalho. Caso eu ainda não tenha dito... muito obrigado.

Hyacinth quase tropeçou, de tão inesperado que foi o elogio.

– De nada – respondeu ela, tão logo se recuperou da surpresa inicial. – Estou adorando fazer esse trabalho. Para ser sincera, não sei o que vai ser de mim quando tudo isso terminar. O diário é uma distração encantadora.

– Do que você precisa se distrair?

Hyacinth pensou por um momento.

– Não sei – disse, por fim. Encarando-o, franziu a testa. – Não é triste?

Ele balançou a cabeça e abriu um sorriso, mas dessa vez não condescendente, nem mesmo seco. Foi apenas um sorriso.

– Suspeito que seja bastante normal.

Mas ela não estava tão convencida assim. Quando o diário e a busca das joias entraram na sua vida, Hyacinth notou que os seus dias sempre haviam sido iguais. As mesmas tarefas, as mesmas pessoas, a mesma comida, as mesmas paisagens.

Não se dera conta de quanto desejara desesperadamente uma mudança.

Talvez essa fosse mais uma maldição que devesse

atribuir a Isabella Marinzoli St. Clair. Talvez Hyacinth não tivesse desejado uma mudança antes de começar a tradução. Talvez nem soubesse que desejava uma.

Mas agora... Depois disso...

Tinha a sensação de que nada seria igual.

– Quando voltaremos à Casa Clair? – perguntou, ansiosa por mudar de assunto.

Ele suspirou. Ou, talvez, tenha sido um gemido.

– Imagino que você não reagiria bem se eu dissesse que vou sozinho.

– Eu reagiria muito mal.

– Foi o que suspeitei. – Ele a olhou de soslaio. – Todo mundo na sua família é tão obstinado quanto você?

– Não – admitiu ela de bom grado –, embora cheguem perto. Minha irmã Eloise, especialmente. Você ainda não a conheceu. E Gregory. – Ela revirou os olhos. – Ele é um animal.

– Suponho que, o que quer que ele tenha feito, você deu o troco na mesma moeda, e multiplicado por dez?

Ela inclinou a cabeça para o lado, tentando parecer incrivelmente sarcástica e sofisticada.

– Não acredita que eu seja capaz de oferecer a outra face?

– Nem por um segundo.

– Muito bem, é verdade – reconheceu ela, dando de ombros. Não ia conseguir fingir por muito tempo, de qualquer forma. – Tampouco consigo ficar sentada durante um sermão.

Ele sorriu.

— Eu, tampouco.

— Mentiroso. Você nem tenta. Sei, de fonte segura, que você nunca vai à igreja.

— Fontes seguras andam me vigiando? — Ele abriu um sorriso débil. — Isso é muito tranquilizador.

— A sua avó.

— Ah, isso explica tudo. Você acreditaria se eu dissesse que a minha alma já está muito além da redenção?

— Certamente, mas isso não é motivo para nos fazer sofrer.

Ele a fitou com um brilho travesso nos olhos.

— É uma tortura tão profunda assim se ver na igreja sem a minha reconfortante presença?

— Você *sabe* o que eu quis dizer. Não é justo que eu precise frequentar a igreja se você não precisa.

— Desde quando somos uma dupla e temos que ser iguaizinhos? — indagou ele.

Isso a calou. Obviamente, Gareth continuou a amofiná-la:

— Sua família não foi muito sutil.

— Ah — disse ela, e não pôde conter um gemido. — *Aquilo*.

— Aquilo?

— *Eles*.

— Não são tão ruins assim.

— Não. Mas é necessário se acostumar. Suponho que deva me desculpar.

– Não é necessário – murmurou ele, embora ela suspeitasse que a frase não passasse de um chavão automático.

Hyacinth suspirou. Já estava afeita às tentativas desesperadas da família de casá-la, mas sabia que isso podia ser um pouco inquietante para o homem em questão.

– Se serve de consolo – começou ela, lançando-lhe um olhar de solidariedade –, você não é o primeiro cavalheiro que eles tentam atirar para cima de mim.

– Que fraseado mais encantador.

– Mas, se você parar para pensar, é bom acharem que estamos pensando em nos casar.

– Como assim?

Ela pensou furiosamente. Ainda não sabia se queria investir no seu interesse por ele, mas também não queria transparecer sua vontade. Pois, se Gareth a rejeitasse... bem, nada poderia ser mais brutal.

– Bem – começou ela, improvisando –, vamos ter que passar bastante tempo na companhia um do outro, pelo menos até o fim do diário. Se a minha família achar que há uma igreja ao término da jornada, é mais provável que não se preocupe.

Ele pareceu levar o argumento em consideração. Para a surpresa de Hyacinth, no entanto, Gareth não se pronunciou, então ela teve que falar, como se o assunto lhe fosse completamente indiferente:

– A verdade é que estão morrendo de vontade de se livrar de mim.

– Acho que você não está sendo justa com a sua família – disse ele baixinho.

Hyacinth ficou de queixo caído. Havia uma rispidez inesperada na sua voz.

– Ah... – Ela pestanejou, tentando se sair com um comentário apropriado. – Bem...

– Você tem muita sorte de tê-los – continuou ele, com um brilho estranho no olhar.

Ela se sentiu subitamente desconfortável. Gareth a olhava com tanta intensidade... Era como se o mundo estivesse desaparecendo à sua volta, mas só estavam no Hyde Park, pelo amor de Deus, falando sobre a família dela...

– Bem, sim – concordou ela, por fim.

– Eles a amam e querem o melhor para você – continuou Gareth, num tom áspero.

– Está dizendo que você é o melhor para mim? – zombou Hyacinth.

Precisava zombar. Não sabia de que outra forma reagir aos estranhos modos dele. Qualquer reação diferente seria muito reveladora.

E quem sabe a sua brincadeira não o faria revelar algo a seu respeito.

– Não foi o que eu quis dizer, e você sabe bem disso – retrucou ele, zangado.

Hyacinth deu um passo atrás.

– Desculpe – lamentou-se ela, perplexa.

Mas Gareth não havia terminado. Ele a encarou, os olhos luzindo com algo que ela jamais vira antes.

– Você devia dar graças a Deus por fazer parte de uma família tão grande e tão carinhosa.

– Eu dou. Eu...

– Faz ideia de quantas pessoas eu tenho neste mundo? – interrompeu ele, ficando desconfortavelmente próximo. – Faz ideia? Uma. Uma, apenas – continuou, sem esperar a resposta dela. – Minha avó. E eu daria a vida por ela.

Hyacinth nunca o vira com aquele grau de paixão, nem mesmo sonhara que ele a possuísse. Costumava ser tão calmo, imperturbável... Até mesmo naquela noite, na Casa Bridgerton, quando o encontro com o pai o perturbara, ainda assim demonstrava certo ar de leveza. Então Hyacinth se deu conta do que havia de especial nele, o que o destacava dos demais... Gareth nunca se mostrava completamente sério.

Até aquele momento.

Ela não conseguiu desviar os olhos de seu rosto, nem quando ele se virou, exibindo-lhe apenas o perfil. Fitava algum ponto distante no horizonte, alguma árvore ou arbusto que, provavelmente, não conseguia nem mesmo identificar.

– Tem ideia do que significa ser só? – perguntou ele baixinho, ainda sem olhá-la. – Não por uma hora, não por uma noite, mas simplesmente saber, com absoluta certeza, que daqui a alguns anos você não terá ninguém.

Ela abriu a boca para responder "não, é claro que

não", mas percebeu que não havia ponto de interrogação ao final da frase dele.

Hyacinth ficou em silêncio, pois não sabia o que dizer. Reconheceu que, se dissesse alguma coisa, se tentasse sugerir que o compreendia, o momento seria perdido e ela jamais saberia o que ele estava pensando.

Fitando o rosto de Gareth, imerso em pensamentos, Hyacinth se deu conta de que queria, desesperadamente, saber o que ele pensava.

– Sr. St. Clair? – sussurrou, depois que um minuto se passou. – Gareth?

Ela viu os lábios se moverem antes de ouvir a sua voz. Um canto da boca se virou para cima num sorriso zombeteiro e ela teve a sensação de que ele aceitara o próprio azar, que estava pronto para abraçá-lo e se comprazer porque, se tentasse combatê-lo, apenas acabaria com o coração partido.

– Eu daria o mundo para ter mais uma pessoa pela qual daria a minha vida.

E então, de repente, Hyacinth viu que certas coisas apenas se sabem, e não há como explicá-las.

Naquele momento, ela soube que se casaria com aquele homem.

Ninguém mais serviria.

Gareth St. Clair compreendia o que era importante. Era engraçado e sarcástico e sabia ser arrogante, mas compreendia o que era importante.

E agora Hyacinth percebia a relevância disso para *ela*.

Queria dizer alguma coisa, fazer alguma coisa. Enfim tivera um estalo e sabia exatamente o que queria da vida. Teve a sensação de que devia mergulhar de cabeça e se certificar de que atingiria o seu objetivo.

Mas ficou paralisada, sem fala, enquanto observava Gareth. Havia algo no modo como tensionava o maxilar. Pareceu-lhe triste, atormentado. Hyacinth sentiu um impulso avassalador de estender a mão para tocá-lo, de deixar os dedos roçarem a sua face, de alisar as mechas louro-escuras do rabo de cavalo que caíam sobre o colarinho do paletó.

Mas não fez nada disso. Não era tão corajosa assim.

Ele se virou de repente, lançando um olhar pleno de força e clareza que lhe roubou o fôlego. Ela sentiu que só agora via o homem que existia por baixo da superfície.

– Vamos voltar? – perguntou Gareth, num tom leve e decepcionantemente normal.

O que quer que tivesse acontecido entre eles havia passado.

– É claro – respondeu Hyacinth. Não era o momento de pressioná-lo. – Quando vai querer voltar à Casa...

Ela parou de falar ao ver que Gareth se enrijecera, focando algo acima do ombro dela.

Hyacinth se virou para olhar o que lhe chamara a atenção.

Ela ficou sem ar: lorde St. Clair vinha descendo a trilha, caminhando na direção deles.

Olhou rapidamente ao redor. Estavam na parte menos elegante do parque, que não era lá muito cheia. Via alguns membros da alta sociedade do outro lado da clareira, embora ninguém estivesse próximo o bastante para entreouvir a conversa, caso Gareth e o pai conseguissem permanecer civilizados.

Hyacinth olhou de um para o outro e se deu conta de que nunca os vira juntos. Parte dela queria puxar Gareth para o lado e impedir um escândalo; a outra estava morta de curiosidade. Talvez finalmente conseguisse descobrir o motivo do afastamento dos dois.

Mas a escolha não era sua. A decisão tinha que ser de Gareth.

– Você quer ir? – perguntou, mantendo a voz baixa.

– Não – respondeu ele, a voz estranhamente contemplativa, o queixo um pouco erguido. – O parque é público.

– Tem certeza? – indagou Hyacinth, mas ele não a ouviu.

Provavelmente ele não teria ouvido um canhão ser detonado junto ao seu ouvido, de tão concentrado que estava no homem que vinha em sua direção com passos lentos e um ar de excessiva indiferença.

– Pai – disse Gareth, dando-lhe um sorriso untuoso. – Que prazer vê-lo.

Uma expressão de repugnância invadiu o rosto de lorde St. Clair antes que ele a reprimisse.

– Gareth – falou ele, a voz serena, correta e, na opinião de Hyacinth, completamente sem vida. – Que... estranho... vê-lo aqui com a Srta. Bridgerton.

Hyacinth virou a cabeça de supetão, traindo a sua surpresa. Ele dera muita ênfase ao seu nome. Ela não esperara ser arrastada para aquela batalha, mas parecia que, de alguma maneira, isso já havia acontecido.

– Conhece o meu pai? – perguntou Gareth, alongando cada sílaba. Apesar de dirigir a pergunta a ela, não tirou os olhos do rosto do barão.

– Já fomos apresentados – respondeu Hyacinth.

– É verdade – concordou lorde St. Clair, tomando a mão dela e se inclinando para beijar-lhe os nós dos dedos enluvados. – Sempre encantadora, Srta. Bridgerton.

Hyacinth ficou desconfiada, pois *sabia* que nem sempre era encantadora.

– Aprecia a companhia de meu filho? – perguntou-lhe lorde St. Clair, e Hyacinth notou mais uma vez que lhe faziam uma pergunta sem olhá-la diretamente.

– É claro – respondeu ela, alternando o olhar entre os dois homens. – É um acompanhante muito divertido. – Como não conseguisse resistir, acrescentou: – Deve estar muito orgulhoso dele.

Isso despertou a atenção do barão, que então se virou para ela, os olhos inquietos, sem o mínimo humor.

– Orgulhoso... – murmurou, os lábios se curvando num meio sorriso que ela achou bastante parecido com o de Gareth. – É um adjetivo interessante.

– Bastante objetivo, diria eu – disse Hyacinth, imperturbável.

– Nada é objetivo quando se trata do meu pai – comentou Gareth.

O olhar do barão se endureceu.

– O que o meu filho quer dizer é que sou capaz de perceber as nuances de uma situação... quando existem. – Ele se virou para Hyacinth. – Às vezes, minha querida Srta. Bridgerton, as questões que se apresentam são preto no branco.

Ela olhou para ambos. De que diabos eles estavam falando?

Gareth apertou ainda mais o braço dela, mas falou em um tom leve e descontraído. Descontraído demais.

– Pelo menos uma vez na vida meu pai e eu estamos completamente de acordo. É com frequência que se pode enxergar o mundo com total clareza.

– Neste instante, talvez? – murmurou o barão.

*Na verdade, não*, Hyacinth sentiu vontade de responder. No que lhe dizia respeito, aquela era a conversa mais abstrata e turva que já presenciara na vida. Mas conteve a língua. Em parte porque realmente não lhe cabia dizer nada no momento, mas também porque não queria impedir o desenrolar da cena.

Virou-se para Gareth. Ele sorria, mas os olhos se mostravam frios.

– Acredito que, neste momento, as minhas opiniões estejam claras – disse ele baixinho.

E então, de súbito, o barão voltou de novo a atenção para Hyacinth.

– E você, Srta. Bridgerton? Enxerga as coisas em preto e branco ou o seu mundo é pintado em tons de cinza?

– Isso depende – respondeu ela, erguendo o queixo até conseguir olhá-lo diretamente nos olhos.

Lorde St. Clair era tão alto quanto Gareth e aparentava ser saudável e estar em boa forma. Suas feições eram agradáveis e supreendentemente joviais, com olhos azuis e maçãs do rosto saltadas e largas.

Mas Hyacinth desgostara dele logo de cara. Havia uma certa ira em seu rosto, algo de dissimulado e cruel.

Também não gostava do que ele provocava em Gareth.

Não que Gareth lhe tivesse dito qualquer coisa, mas via o mal-estar, claro como o dia, em seu rosto, em sua voz, até mesmo na forma de posicionar o queixo.

– Uma resposta muito diplomática, Srta. Bridgerton – comentou o barão, meneando a cabeça.

– Que engraçado, não costumo ser diplomática.

– Não mesmo, certo? – murmurou ele. – A senhorita é famosa pela extrema... franqueza.

Hyacinth estreitou os olhos.

– Com razão.

O barão riu.

– Apenas certifique-se de que possui todas as informações antes de formar as suas opiniões, Srta.

Bridgerton. Ou... - ele inclinou a cabeça, fitando-a de maneira estranha e astuciosa - ... antes de tomar qualquer decisão.

Hyacinth abriu a boca para lhe dar uma resposta mordaz, uma que esperava poder inventar à medida que fosse falando, já que não tinha a menor ideia sobre o que ele tentava preveni-la. Mas, antes que pudesse falar, o aperto de Gareth em seu braço se tornou doloroso.

- É hora de irmos. Sua família está à espera.
- Dê-lhes as minhas lembranças - disse lorde St. Clair, fazendo uma pequena e elegante reverência. - São ótimos membros da alta sociedade. Estou certo de que querem o melhor para você.

Hyacinth se limitou a fitá-lo. Não fazia a menor ideia de qual era a mensagem subliminar da conversa, pois claramente não tinha todos os fatos. E odiava ser deixada no escuro.

Gareth puxou-lhe o braço com força, começando a se afastar. Hyacinth tropeçou numa elevação que havia no caminho ao tomar o lugar ao lado dele.

- O que foi *aquilo*? - indagou ela, sem ar após tentar manter o ritmo dele.

Gareth atravessava o parque numa velocidade que as suas pernas, mais curtas, não conseguiam acompanhar.

- Nada - respondeu ele, ríspido.
- Foi alguma coisa, sim.

Ela olhou por cima do ombro, para verificar se lorde St. Clair ainda estava à vista. Não estava. O movimento a desequilibrou, ela deu um passo em falso e caiu em cima de Gareth, que não se mostrou especialmente inclinado a tratá-la com ternura ou solicitude. Entretanto, parou por tempo o bastante para que Hyacinth recuperasse o equilíbrio.

– Não foi nada – insistiu ele, num tom áspero, brusco e com diversas nuances que ela nunca imaginou poder carregar.

Sabia que não deveria ter dito mais nada, porém nem sempre dava ouvidos aos próprios alertas. Enquanto ele a puxava, praticamente arrastando-a rumo ao leste, em direção a Mayfair, Hyacinth perguntou:

– O que nós vamos fazer?

Gareth parou tão de repente que ela quase se chocou contra ele.

– Fazer? Nós?

– Nós – confirmou ela, ainda que não com a firmeza pretendida.

– Nós não vamos fazer coisa alguma – retrucou ele, intensificando a rispidez da voz. – *Eu* vou caminhar de volta para a sua casa, deixá-la na porta da frente e, então, retornar para o meu apartamento e tomar um drinque.

– Por que você o odeia tanto? – indagou Hyacinth, num tom suave, mas direto.

Ele permaneceu em silêncio e ficou claro que não iria responder. Aquilo não era da conta dela, mas, ah, como queria que fosse.

— Deseja que eu a deixe em casa ou prefere caminhar com a sua dama de companhia? — perguntou Gareth por fim.

Hyacinth olhou por cima do ombro. Frances continuava atrás dela, próxima a um enorme olmo. Não lhe pareceu nem um pouco entediada.

Suspirou. Ia precisar de um bocado de balas de hortelã.

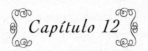

## Capítulo 12

*Vinte minutos mais tarde, após uma caminhada longa e silenciosa.*

Era impressionante, pensava Gareth, irritado consigo mesmo, como um encontro com o barão era capaz de estragar um dia perfeitamente agradável.

O problema não era tanto o barão. Claro que não tolerava o pai, mas não era isso que o incomodava, que o mantinha acordado à noite, remoendo a própria estupidez.

Odiava o que o barão provocava nele, o fato de uma conversa transformá-lo num estranho. Ou, se não num estranho, num fac-símile assustadoramente bom de Gareth William St. Clair... aos 15 anos. Pelo amor de Deus, já era um homem de 28 anos. Havia saído de casa e já deveria ter crescido, ser capaz de se comportar como um adulto durante uma conversa com o barão. Não deveria sentir nada. Nada.

Mas todas as vezes ficava com raiva. E falava de forma mordaz, só pelo prazer de provocar. Era grosseiro e imaturo; tratava-se de algo mais forte que ele.

E, dessa vez, tudo acontecera na frente de Hyacinth.

Ele a acompanhara até em casa em silêncio. Notou que ela desejava conversar. Mesmo se não tivesse visto o seu rosto, teria sabido que ela desejava conversar. Hyacinth sempre queria falar. Mas, ao que parecia, às vezes sabia se controlar, pois permaneceu em silêncio durante toda a longa caminhada por Hyde Park e Mayfair. E, agora, lá estavam, na frente da casa dela, seguidos por Frances.

– Sinto muito pela cena no parque – disse ele rapidamente, já que algum tipo de pedido de desculpas se fazia necessário.

– Não creio que alguém tenha visto. Ou, pelo menos, não creio que alguém tenha ouvido. E a culpa não foi sua.

Ele se pegou sorrindo. Era um sorriso irônico, o único que conseguia esboçar. A culpa era sua, sim. O pai o provocara, mas já passava da hora de Gareth aprender a ignorá-lo.

– Vai entrar? – indagou Hyacinth.

– É melhor não.

Ela o encarou, os olhos atipicamente sérios.

– Eu gostaria que você entrasse.

Foi uma frase simples, tão franca que não poderia recusar. Ele assentiu e, juntos, subiram os degraus. Os outros Bridgertons haviam se dispersado, e os dois entraram na sala de estar rosa e creme, agora vazia. Hyacinth aguardou perto da porta até ele se aproximar dos sofás e das cadeiras e, então, a fechou. Toda.

Gareth ergueu a sobrancelha de maneira interrogativa. Em alguns círculos, uma porta fechada era o bastante para obrigar que duas pessoas se casassem. Após um instante, Hyacinth disse:

– Eu achava que a única coisa que tornaria a minha vida melhor era um pai.

Ele ficou em silêncio.

– Sempre que eu me zangava com a minha mãe – continuou ela, ainda próxima à porta – ou com um dos meus irmãos, eu costumava pensar: *Se ao menos eu tivesse um pai... Tudo seria perfeito e ele certamente tomaria o meu partido.* – Hyacinth ergueu a vista, os lábios curvados num encantador sorriso torto. – Ele não teria feito isso, é claro, já que na maioria das vezes eu estava errada. Mas me dava certo conforto pensar nisso.

Gareth continuou calado. Só conseguiu ficar parado, imaginando-se um Bridgerton. Visualizando-se com todos aqueles irmãos, com todo aquele riso e alegria. Era doloroso demais pensar que ela tivera tudo aquilo e ainda desejara mais.

– Sempre senti inveja de quem tinha pai, porém não sinto mais.

Ele se virou bruscamente e a encarou com intensidade. Então percebeu que não conseguia desviar os olhos. Não devia... não podia.

– É melhor não ter pai do que ter um igual ao seu, Gareth – disse ela, baixinho. – Sinto muito.

Isso o desmontou. Lá estava aquela menina que tinha tudo – pelo menos tudo o que *ele* sempre quisera –, mas, de alguma forma, ela o compreendia.

– Eu tenho lembranças – continuou Hyacinth, sorrindo com tristeza. – Ou, pelo menos, as lembranças que os outros me contaram. Sei que o meu pai era um homem bom. Teria me amado se tivesse sobrevivido. Teria me amado sem reservas e de forma incondicional.

Os lábios dela assumiram uma expressão que ele jamais vira, de autodepreciação. Não era o feitio de Hyacinth e, por isso, era completamente hipnotizante.

– E eu sei – prosseguiu ela, deixando escapar uma respiração curta e entrecortada, como se não conseguisse acreditar no que estava prestes a dizer – que, com frequência, é bastante difícil me amar.

De repente, Gareth viu que certas coisas apenas se sabem, e não há como explicá-las. Enquanto a observava, teve apenas um pensamento: *Não*.

*Não.*

Seria muito fácil amar Hyacinth Bridgerton.

Não sabia de onde havia saído aquele pensamento ou qual canto estranho do seu cérebro chegara a tal conclusão, porque estava certo de que seria quase impossível *conviver* com ela – embora soubesse, de alguma forma, que não seria nem um pouco difícil amá-la.

– Eu falo demais – disse ela.

Gareth se perdera em pensamentos. O que ela estava dizendo mesmo?

– E sou muito cheia de opiniões.

Isso era verdade, mas o que...

– E sou insuportável quando não consigo impor a minha vontade, embora goste de pensar que, na maior parte do tempo, sou razoável...

Gareth começou a rir. Meu Deus, ela estava listando todos os motivos pelos quais era difícil amá-la. Todos eram verdadeiros, mas nada disso parecia importar. Pelo menos, não no momento.

– O que foi? – indagou Hyacinth, desconfiada.

– Fique quieta – disse ele, aproximando-se.

– Por quê?

– Apenas fique quieta.

– Mas...

Ele colocou um dos dedos sobre os seus lábios.

– Faça-me o favor de não dizer uma palavra sequer – sussurrou ele, baixinho.

Surpreendentemente, ela obedeceu.

Por um momento, Gareth apenas a fitou. Era tão raro que ela estivesse quieta, que nada em seu rosto se mexesse ou expressasse uma opinião, mesmo que só um nariz franzido. Ele memorizou o modo como as suas sobrancelhas se arqueavam para formar delicadas asinhas e como os olhos se arregalavam diante do esforço de permanecer em silêncio. Sentiu o hálito quente dela sobre o seu dedo e o barulhinho engraçado que ela fazia no fundo da garganta sem se dar conta.

Então não conseguiu se controlar. Ele a beijou.

Da última vez, estava com raiva e a vira como pouco mais do que um pedaço do fruto proibido, justo a garota que o pai achava que ele não poderia ter.

Mas, dessa vez, faria direito. *Aquele* seria o primeiro beijo dos dois.

E seria um beijo inesquecível.

Seus lábios eram macios, suaves. Gareth esperou que Hyacinth suspirasse, que o seu corpo relaxasse. Não a tomaria até ela deixar claro que estava pronta para se entregar.

E então ele também se entregaria.

Roçou a boca na dela, friccionando apenas o bastante para sentir a textura dos seus lábios, o calor do seu corpo. Provocou-a com a língua, com ternura e doçura, até os lábios se entreabrirem.

Então sentiu o seu sabor. Ela era doce e cálida e retribuiu o beijo com a mais diabólica mistura de inocência e de experiência que ele jamais poderia ter imaginado. Inocência porque não sabia o que estava fazendo. E experiência porque, apesar de tudo, o levava à loucura.

Gareth intensificou o beijo, descendo as mãos pela extensão das suas costas até pousar na curva de seu traseiro e na altura da cintura. Ele a puxou ao seu encontro, ao encontro da crescente evidência do seu desejo. Aquilo era insano. Era loucura. Estavam na sala de estar da mãe dela, a um metro de uma porta que poderia ser aberta a qualquer momento por um irmão que não sentiria o menor remorso em despedaçar Gareth, membro por membro.

No entanto, não conseguia parar.

Ele a desejava. Ele a desejava por inteiro.

Que Deus o ajudasse, ele a desejava naquele instante.

– Você gosta disso? – murmurou Gareth no seu ouvido.

Ela assentiu, e arfou quando ele tomou o lóbulo de sua orelha entre os dentes. Isso o encorajou, o incitou.

– Você gosta disso? – sussurrou, pousando a mão sobre a curva de seu seio.

Ela assentiu outra vez, arfando um minúsculo "Sim".

Não pôde conter um sorriso. Deslizou a mão por dentro das dobras da roupa dela, e só o que havia entre a sua mão e o corpo de Hyacinth era o tecido fino do vestido.

– Vai gostar disso ainda mais – disse ele maliciosamente, passando a mão por baixo do tecido e apertando seu seio até sentir o mamilo endurecer.

Hyacinth gemeu e Gareth se permitiu liberdades ainda maiores, segurando o bico entre os dedos, rolando-o entre os dedos, puxando-o até ela gemer outra vez e lhe agarrar os ombros.

Ela seria boa de cama, pensou, sentindo uma satisfação primitiva. Não saberia o que estaria fazendo, mas isso não importava. Aprenderia depressa e ele se divertiria como nunca na vida ensinando-lhe.

E ela seria sua.

Sua.

E então, enquanto a beijava de novo, deslizando a língua para dentro da sua boca, ele pensou...

*Por que não?*

*Por que não me casar com ela? Por que n...*

Ele recuou, ainda segurando o rosto dela nas mãos. Algumas coisas precisavam ser ponderadas com uma mente desanuviada, e isso nunca acontecia quando beijava Hyacinth.

– Fiz algo errado? – sussurrou ela.

Gareth balançou a cabeça, incapaz de desviar o olhar.

– Então o q...

Ele a calou com um dedo firme sobre o seu lábio.

Por que não se casar com ela? Todos pareciam querer que se casassem. A avó fazia insinuações havia mais de um ano e a família dela era quase tão sutil quanto uma marreta. Além do mais, Gareth até *gostava* de Hyacinth, o que era mais do que podia dizer a respeito da maioria das mulheres que conhecera em seus anos de solteiro. Era verdade que ela o levava à loucura na metade do tempo, mas, ainda assim, gostava dela.

Já estava bem claro que não conseguiria manter as mãos longe dela por muito mais tempo. Mais uma tarde como aquela e ele a arruinaria.

Podia imaginar a cena. Não só os dois, mas todas as pessoas que faziam parte da vida deles: a família Bridgerton, vovó Danbury.

O pai.

Gareth quase riu alto. Mas que bênção! Podia se casar com Hyacinth – o que começava a se delinear como um empreendimento extremamente agradável – e, ao mesmo tempo, derrotar o barão.

Aquilo o mataria.

Mas, pensou ele, roçando os dedos pela linha da mandíbula dela enquanto se afastava, tinha que fazer tudo corretamente. Nem sempre levara a vida seguindo as leis do decoro, mas às vezes um homem precisava agir como um cavalheiro.

Hyacinth não merecia nada menos do que isso.

– Tenho que ir – murmurou ele, tomando-lhe a mão e levando-a à boca num gesto cortês de despedida.

– Aonde? – ela deixou escapar, os olhos ainda atordoados de paixão.

Ele gostou daquilo. Gostava de deixá-la tonta, sem o seu famoso autocontrole.

– Preciso pensar em algumas coisas e fazer outras.

– Mas... o quê?

Gareth sorriu.

– Vai descobrir logo, logo.

– Quando?

Ele caminhou até a porta.

– Você está cheia de perguntas esta tarde, não está?

– Eu não estaria se você dissesse algo substancioso – retrucou ela, claramente recobrando a presença de espírito.

– Até a próxima, Srta. Bridgerton – murmurou ele, passando para o corredor.

– Mas *quando*? – ouviu a sua voz exasperada.

Ele foi rindo até deixar a casa.

*Uma hora depois, no vestíbulo da Casa Bridgerton. Nosso herói, ao que parece, não perde tempo.*

– O visconde o receberá agora, Sr. St. Clair.

Gareth seguiu o mordomo de lorde Bridgerton pelo corredor até uma ala privativa da casa, que ele jamais vira no punhado de vezes que visitara a casa da família.

– Está no escritório – explicou o mordomo.

Gareth assentiu com a cabeça. Pareceu-lhe o lugar certo para uma conversa como aquela. Lorde Bridgerton queria mostrar que tinha a situação sob controle, e um encontro em seu santuário privado só enfatizaria isso.

Quando Gareth batera à porta da Casa Bridgerton cinco minutos antes, não dera ao mordomo a menor indicação de seu objetivo ali. Porém não tinha a menor dúvida de que o irmão de Hyacinth, o poderoso visconde Bridgerton, estivesse a par de suas intenções com perfeita exatidão.

Por qual outro motivo Gareth iria visitá-lo? Nunca tivera razão para isso. Depois que conhecera a família de Hyacinth – parte dela, pelo menos –, tinha certeza de que a mãe já se reuniria com o irmão e discutira a possibilidade de os dois formarem um casal.

– Sr. St. Clair – disse o visconde, levantando-se de trás da mesa quando Gareth entrou no aposento.

Aquilo era promissor. A etiqueta não exigia que o

visconde se colocasse de pé, logo se tratava de uma demonstração de respeito.

– Lorde Bridgerton – falou Gareth com um meneio de cabeça.

O irmão de Hyacinth tinha os mesmos cabelos de um profundo castanho-avermelhado, embora os dele começassem a ficar grisalhos nas têmporas. O discreto sinal da idade, no entanto, nada fazia para diminuí-lo. Era um homem alto, provavelmente uns dez anos mais velho que Gareth, mas continuava em forma, irradiando uma aura de poder. Gareth não gostaria de encontrá-lo num ringue. Ou num campo de duelo.

O visconde gesticulou para uma grande poltrona de couro posicionada em frente à sua escrivaninha.

– Sente-se, por favor.

Gareth obedeceu, esforçando-se para se manter imóvel, sem tamborilar nervosamente sobre o braço da poltrona. Era a primeira vez que fazia aquilo, é claro, e percebia agora que se tratava de uma das experiências mais inquietantes do mundo. Precisava se mostrar calmo, manter os pensamentos organizados e sob controle. Não achava que o pedido fosse ser recusado, mas gostaria de passar por aquele momento com um pouco de dignidade. Caso se casasse mesmo com Hyacinth, veria o visconde pelo resto da vida e não desejava que o chefe da família Bridgerton o considerasse um tolo.

– Imagino que saiba por que estou aqui – começou Gareth.

O visconde, que reassumira o assento por trás da imensa mesa de mogno, inclinou a cabeça ligeiramente para o lado. Batia as pontas dos dedos umas nas outras, formando um triângulo com as mãos.

– Talvez, para nos poupar algum possível embaraço, você pudesse expressar as suas intenções com clareza.

Gareth sorveu o ar. O irmão de Hyacinth não facilitaria a situação. Mas isso não importava. Prometera que faria aquilo da maneira certa e não ficaria intimidado.

Olhou nos olhos escuros do visconde com firmeza.

– Eu gostaria de me casar com Hyacinth. – Como o visconde não disse nada, nem mesmo se mexeu, Gareth acrescentou: – Ahn... se ela quiser.

E então oito coisas aconteceram ao mesmo tempo. Ou, talvez, tivessem sido apenas duas ou três e apenas parecessem oito, pois foi tudo muito inesperado.

Primeiro, o visconde exalou, ou melhor, meio que suspirou – um imenso, cansado e sincero suspiro que o fez desinflar diante de Gareth. Foi impressionante. Gareth tinha visto o visconde em inúmeras ocasiões e estava bem familiarizado com sua reputação. Aquele não era um homem de desinflar ou de gemer.

Além disso, os lábios pareceram se movimentar o tempo todo e, se Gareth prestasse atenção, decifraria algo como "Graças a Deus". Como o visconde olhou para cima, de fato essa parecia a tradução mais provável.

Enquanto Gareth absorvia tudo isso, lorde Bridgerton bateu com as palmas das mãos na mesa com uma força surpreendente.

– Ah, ela vai querer – disse, olhando-o bem fundo nos olhos. – Ela definitivamente vai querer.

Não era bem o que Gareth esperara.

– Como disse? – indagou, pois não conseguiu pensar em mais nada.

– Preciso de uma bebida – anunciou o visconde, colocando-se de pé. – Temos motivos para comemorar, não acha?

– Ahn... temos?

Lorde Bridgerton atravessou o aposento até uma estante recuada e pegou um decanter de vidro.

– Não – disse para si, colocando-o de volta de qualquer maneira –, é melhor uma de qualidade mesmo, suponho. – Ele se virou para Gareth, os olhos ganhando uma luz estranha e quase eufórica. – De qualidade, não concorda?

– Ahn... – Gareth não sabia ao certo como lidar com aquilo.

– De qualidade – decidiu o visconde com firmeza. Afastou alguns livros e enfiou a mão na prateleira para puxar o que parecia ser uma garrafa muito antiga de conhaque. – Tenho que mantê-la escondida – explicou, despejando-o generosamente em dois copos.

– Empregados? – perguntou Gareth.

– Irmãos. – Ele lhe entregou um dos copos. – Bem-vindo à família.

Gareth aceitou, quase desconcertado com a facilidade de tudo aquilo. Não teria se surpreendido se o visconde fizesse aparecer uma autorização especial e um vigário ali mesmo.

– Obrigado, lorde Bridgerton, eu...

– Deve me chamar de Anthony. Seremos irmãos, afinal de contas.

– Anthony – repetiu Gareth. – Eu só queria...

– Este é um dia maravilhoso – murmurou Anthony para si mesmo. – Um dia maravilhoso. – Ele encarou Gareth de repente. – Não tem irmãs, certo?

– Nenhuma.

– Eu tenho quatro – disse Anthony, virando pelo menos três quartos do conteúdo do copo. – Quatro. E, agora, estão todas fora de minhas mãos. Acabou – declarou, como se pudesse começar a dançar a qualquer instante. – Estou livre.

– Tem filhas, não tem? – Gareth não pôde resistir ao lembrete.

– Só uma, e ela tem apenas 3 anos. Ainda transcorrerão anos antes que eu precise passar por isso outra vez. Se eu tiver sorte, ela se tornará católica e virará freira.

Gareth engasgou com a bebida.

– Delicioso, não é mesmo? – perguntou Anthony, olhando para a garrafa. – Tem 24 anos.

– Não creio já ter ingerido nada tão antigo – murmurou Gareth.

– Pois, então – prosseguiu Anthony, recostando-se

na beirada da escrivaninha –, tenho certeza de que vai querer discutir o acordo.

A verdade era que Gareth nem mesmo pensara nos acordos, por mais que fosse um homem de poucos recursos. Ficara tão surpreso com a própria decisão de se casar com Hyacinth que sua mente nem mesmo se detivera sobre os aspectos práticos da união.

– É de conhecimento geral que aumentei o dote dela no ano passado – continuou Anthony, ficando mais sério. – Manterei o prometido, embora espere que esse não seja o seu principal motivo para se casar com ela.

– É claro que não – replicou Gareth, indignado.

– Não achei que fosse, mas é preciso perguntar.

– Acho difícil que um homem admitisse isso a você, se fosse o caso.

– Prefiro acreditar que consigo ler o rosto de um homem bem o bastante para saber se está mentindo.

– É claro – disse Gareth, recostando-se outra vez.

Mas o visconde não parecia ofendido.

– E, então – prosseguiu ele –, a parte que cabe a ela está em...

Gareth observou, confuso, Anthony deixar as palavras no ar, balançando a cabeça.

– Milorde?

– Perdão – desculpou-se Anthony, voltando a si. – Estou um pouco aéreo no momento, devo lhe assegurar.

– É claro – murmurou Gareth, pois a concordância era a única atitude a tomar naquele ponto.

– Nunca achei que este dia chegaria. Já tivemos ofertas, é claro, mas nenhuma que eu estivesse disposto a considerar e nenhuma em tempos recentes. – Ele soltou o ar longamente. – Já havia começado a me desesperar, achando que ninguém de mérito desejasse se casar com ela.

– Parece fazer um péssimo juízo da sua irmã – comentou Gareth serenamente.

Anthony deu um meio sorriso.

– De forma nenhuma. Mas tampouco sou cego às suas... ahn... qualidades únicas.

Ele se levantou e Gareth percebeu que lorde Bridgerton estava usando a altura para intimidá-lo. Também notou que não devia interpretar mal a demonstração inicial de leveza e gentileza do visconde. Tratava-se de um homem perigoso ou, pelo menos, um que podia ser quando queria, e Gareth faria bem em não se esquecer disso.

– Minha irmã, Hyacinth – continuou o visconde, caminhando até a janela –, é um tesouro. Você deve se lembrar disso. Se dá valor à própria pele, você a tratará como merece.

Gareth conteve a língua. Não lhe pareceu ser o momento correto de falar.

– Apesar de ser um tesouro – prosseguiu Anthony, virando-se com os passos lentos e estudados de um homem bastante familiarizado com o próprio poder –, Hyacinth não é fácil. Serei o primeiro a admitir. Não existem muitos homens capazes de se equiparar a ela em termos de rapidez de raciocínio. Caso se veja presa a um casamento com alguém que não aprecie... a sua personalidade única, ela será imensamente infeliz.

Gareth permaneceu mudo. No entanto, não desviou os olhos do rosto do visconde. Anthony também o encarava.

– Eu lhe darei permissão para se casar com ela. Mas você deve pensar seriamente, por um bom tempo, antes de pedir sua mão.

– Como assim? – perguntou Gareth, desconfiado, pondo-se de pé.

– Não mencionarei esta conversa a ela. Fica a seu critério dar o passo final. Se não o fizer... – O visconde deu de ombros. – Nesse caso, ela nunca chegará a saber – concluiu, com uma calma quase inquietante.

Quantos homens o visconde teria espantado dessa maneira?, perguntou-se Gareth. Meu Deus, seria essa a causa da longa solteirice da Hyacinth? Devia se sentir grato por isso, pois ela ficaria livre para se casar com ele, mas será que se dava conta de que o irmão mais velho era louco?

– Se não fizer a minha irmã feliz – continuou Anthony, com um olhar intenso que confirmava sua insanidade –, *você* não será feliz. Eu mesmo me certificarei disso.

Gareth abriu a boca para dar uma resposta sarcástica ao visconde – estava farto de tratá-lo com luvas de pelica e de pisar em ovos devido à sua arrogância. Porém, quando estava prestes a insultar o futuro cunhado, provavelmente de modo imperdoável, outra coisa saiu de sua boca:

– Você a ama, não é?

Anthony bufou, impaciente.

– É claro que a amo. Ela é minha irmã.

– Eu amava o meu irmão – disse Gareth, baixinho. – Além da minha avó, era a única pessoa que eu tinha neste mundo.

– Não pretende resolver a desavença existente com o seu pai, então.

– Não.

Anthony não fez perguntas, mas se limitou a assentir e a dizer:

– Caso se case com a minha irmã, terá a todos nós.

Gareth ficou sem palavras. Não havia palavras para o sentimento que o tomava.

– Para o bem ou para o mal – continuou o visconde, com uma risada zombeteira. – Com frequência você vai desejar que Hyacinth tivesse sido enjeitada pela família, deixada na porta da frente de alguém, sem um parente para chamar de seu.

– Não – disse Gareth, resoluto. – Eu não desejaria isso a ninguém.

O aposento ficou em silêncio e então o visconde perguntou:

– Há alguma coisa que deseje compartilhar comigo a respeito dele?

Um desconforto se infiltrou no sangue de Gareth.

– De quem?

– Seu pai.

– Não.

Anthony pareceu ponderar essa resposta.

– Ele vai causar problemas?

– Para mim?

– Para Hyacinth.

Gareth não conseguiu mentir:

– É possível.

E isso era o pior de tudo. O que o manteria acordado à noite. Gareth não tinha a menor ideia do que o barão poderia fazer. Ou do que poderia dizer.

Ou de como os Bridgertons se sentiriam ao descobrir a verdade.

Naquele momento, Gareth se deu conta de que precisava fazer duas coisas.

Primeiro: precisava se casar com Hyacinth o mais rápido possível. Ela e a mãe desejariam um daqueles casamentos absurdamente complicados que levavam meses para serem planejados, mas ele teria que se impor e insistir que se casassem logo.

Segundo: como uma espécie de seguro, precisaria fazer algo para impedi-la de desistir, mesmo que lorde St. Clair mostrasse provas da filiação de Gareth.

Hyacinth teria que se comprometer. Ainda havia o diário de Isabella. A avó talvez tivesse sabido da verdade, e, se escrevera a respeito, Hyacinth conheceria os seus segredos até mesmo sem a intervenção do barão.

Embora Gareth não se importasse muito que ela viesse a saber dos fatos envolvendo o seu nascimento, era vital que isso não acontecesse antes do casamento.

Ou antes que a seduzisse para que o matrimônio fosse celebrado.

Gareth não gostava muito de ser colocado contra a parede, de ser obrigado a fazer o que quer que fosse.

Mas aquilo...

Seria puro prazer.

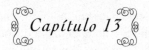

# Capítulo 13

*Apenas uma hora mais tarde. Conforme já observamos, quando o nosso herói está determinado...*
*E será que mencionamos que é terça-feira?*

– Hein? – ganiu Lady Danbury. – Não está falando alto o bastante!

Hyacinth deixou que o livro se fechasse, marcando-o com o indicador.

– Por que eu tenho a impressão de já ter ouvido isso antes? – perguntou-se ela em voz alta.

– E já ouviu mesmo. Você nunca fala alto o bastante.

– Engraçado, minha mãe nunca se queixa disso.

– Os ouvidos da sua mãe não têm a mesma idade que os meus – replicou Lady D, bufando. – E por onde anda a minha bengala?

Desde que vira Gareth em ação, Hyacinth passara a se sentir mais ousada no que dizia respeito aos embates com a bengala de Lady Danbury.

– Escondi – respondeu ela com um sorriso malévolo.

A condessa chegou o corpo para trás.

– Hyacinth Bridgerton, sua gata sonsa.

– Gata?

– Não gosto de cães – declarou Lady D com um aceno desdenhoso da mão. – Nem de raposas, se quer saber.

Hyacinth decidiu tomar aquilo como um elogio – sempre a melhor linha de ação quando não compreendia Lady Danbury – e retornou ao capítulo dezessete de A Srta. Butterworth e o barão louco.

– Vamos ver – murmurou ela –, onde estávamos...

– Onde foi que você a escondeu?

– Não estaria escondida se eu lhe contasse, certo? – provocou Hyacinth sem erguer a vista.

– Sem ela, estou presa a esta cadeira. Você não gostaria de privar uma velha senhora de seu único modo de locomoção, não é mesmo?

– Gostaria, sim – respondeu Hyacinth, ainda fitando o livro. – Eu certamente gostaria.

– Você tem passado tempo demais com o meu neto – murmurou a condessa.

Hyacinth manteve-se focada no romance, mas não conseguiu ficar impassível. Sugou os lábios, então os franziu, como sempre fazia quando tentava não olhar para alguém, e sentiu as faces arderem.

Minha nossa.

Lição Número Um ao lidar com Lady Danbury: nunca demonstre fragilidade.

Lição Número Dois: quando em dúvida, veja a Lição Número Um.

– Hyacinth Bridgerton – disse a condessa, numa cadência lenta que denotava a mais habilidosa das travessuras –, por acaso as suas faces estão coradas?

Hyacinth ergueu a cabeça com a mais neutra das expressões.

– Não consigo ver as minhas faces.

– Estão coradas.

– Se é o que diz...

Hyacinth virou a página com um pouco mais de força do que o necessário, então ficou consternada ao ver que fizera um pequeno rasgo próximo à lombada. Oh, céus. Bem, não havia nada que pudesse fazer, e Priscilla Butterworth certamente sobrevivera a coisas piores.

– Por que está ruborizando? – indagou Lady D.

– Não estou ruborizando.

– Acredito que esteja.

– Não... – Hyacinth se deteve a tempo, antes que começassem a discutir como duas crianças. – Estou com calor – alegou, com o que achou ser uma admirável demonstração de dignidade e decoro.

– Este aposento está com uma temperatura perfeitamente agradável – retrucou Lady Danbury. – Por que está ruborizando?

Hyacinth a olhou de mau humor.

– Deseja que eu leia o livro ou não?

– Não, prefiro saber por que você está ruborizando.

– Não estou ruborizando! – Hyacinth praticamente gritou.

Lady Danbury sorriu. Em qualquer outra pessoa, talvez tivesse sido uma expressão agradável, mas, nela, era diabólica.

– Bem, agora está.

– Se as minhas faces estão coradas – vociferou Hyacinth entre os dentes –, é de raiva.

– De mim? – indagou Lady D, colocando uma das mãos no peito, numa exibição da mais pura inocência.

– Vou ler o livro agora.

– Como queira... – falou Lady D com um suspiro. Esperou mais ou menos um segundo antes de acrescentar: – Creio que a Srta. Butterworth estivesse subindo o morro aos tropeços.

Determinada, Hyacinth voltou a atenção para o livro que se encontrava em suas mãos.

– E então? – exigiu Lady Danbury.

– Tenho que achar onde estava.

Perscrutou a página, tentando achar a Srta. Butterworth e o morro correto – havia mais de um e ela havia subido mais de um aos tropeços –, mas as palavras se embaralhavam diante de seus olhos e a única coisa que enxergava era Gareth.

Gareth, com aqueles olhos atrevidos e os lábios perfeitamente moldados. Gareth, com aquela covinha que ele negaria ter se ela a mencionasse. Gareth...

Que a estava fazendo soar tão tonta quanto a Srta. Butterworth. Por que ele negaria uma covinha?

Na verdade...

Hyacinth voltou algumas páginas. Sim, de fato, lá estava, bem no meio do capítulo dezesseis:

> *Seus olhos eram atrevidos e os lábios, perfeitamente moldados. Ele tinha uma covinha bem acima do canto esquerdo da boca, que negaria ter se ela algum dia tivesse a ousadia de mencioná-la.*

– Meu Deus – murmurou Hyacinth. Gareth nem devia ter covinha nenhuma.

– Não estamos tão perdidas assim, estamos? Você voltou pelo menos três capítulos.

– Estou procurando, estou procurando – falou Hyacinth.

Estava enlouquecendo. Só podia ser. Andava citando a Srta. Butterworth inconscientemente... Devia ter perdido as faculdades mentais.

Mas, também...

Ele a beijara. De verdade.

Na primeira vez, no corredor da Casa Bridgerton... aquilo fora algo completamente diferente. Seus lábios haviam se tocado; na verdade, várias outras coisas haviam se tocado, mas não fora um beijo.

Não como aquele.

Hyacinth suspirou.

– Por que está bufando? – quis saber a condessa.

– Não é nada.

Lady D comprimiu os lábios.

– Você não está sendo você mesma esta tarde, Srta. Bridgerton. Nem um pouco.

Essa não era uma questão que Hyacinth desejasse discutir.

– "*Srta. Butterworth*" – leu ela, com mais ênfase do que era necessária – "*subiu o morro aos tropeços, os dedos se enterrando mais profundamente na terra a cada passo dado.*"

– Dedos podem dar passos?

– Podem, sim, neste livro. – Hyacinth pigarreou e foi em frente: "*Podia ouvi-lo em seu encalço. Ele encurtava a distância e, logo, ela seria apanhada. Mas com qual objetivo? Para o bem ou para o mal?*"

– Para o mal, eu espero. Isso manterá as coisas interessantes.

– Estou completamente de acordo. "*Como ela saberia?*" – continuou. – "*Como ela saberia? Como ela SABERIA?*" – Ergueu os olhos. – A ênfase foi minha.

– Permitida – disse Lady D graciosamente.

– "*Então ela se recordou do conselho que lhe fora dado pela mãe, antes que a abençoada mulher partisse para a sua salvação, bicada até a morte por pombos...*"

– Isso não pode ser real!

– Pois é claro que não: é um romance. Mas, juro, está bem aqui, na página 193.

– Deixe-me ver isso!

Os olhos de Hyacinth se arregalaram. Com frequência, Lady Danbury acusava Hyacinth de florear, mas aquela era a primeira vez que exigia verificação. Ela se levantou e mostrou o livro à condessa, apontando para o parágrafo em questão.

– Ora, ora. A pobre mulher realmente sucumbiu aos pombos. – Ela balançou a cabeça. – Não quero partir assim.

– Não precisa se preocupar com isso – comentou Hyacinth, reocupando o seu lugar.

Lady D estendeu a mão, então franziu a testa ao se dar conta de que a bengala não estava mais ali.

– Continue.

– Certo. – Hyacinth olhou outra vez para o livro. – Deixe-me ver. Ah, sim... *"partisse para a sua salvação, bicada até a morte por pombos"*. – Ela ergueu os olhos, falando atabalhoadamente: – Sinto muito. Não consigo ler isso sem rir.

– Limite-se a ler!

Hyacinth pigarreou diversas vezes antes de recomeçar:

– *"Ela só tinha 12 anos na época, cedo demais para uma conversa do tipo, mas talvez a mãe tivesse previsto a morte precoce."* Sinto muito – interrompeu-se de novo –, mas como poderia alguém prever uma coisa dessas?

– Como você disse – começou Lady D secamente –, trata-se de um romance.

Hyacinth respirou fundo e foi em frente:

– *"A mãe agarrara a sua mão e, com olhos melancólicos e solitários, dissera: 'Minha queridíssima Priscilla, não há nada de mais precioso neste mundo do que o amor.'"*

Hyacinth olhou furtivamente para Lady Danbury, que sem dúvida estaria bufando de repulsa. No entanto, para sua enorme surpresa, a condessa encontrava-se extasiada, prestando atenção em cada palavra.

Concentrando-se outra vez no livro, Hyacinth leu:

– *"'Mas há enganadores, minha querida Priscilla, e alguns homens tentarão se aproveitar de você sem que haja o encontro sincero de dois corações.'"*

– É verdade – concordou Lady Danbury.

Hyacinth ergueu a vista e percebeu que a condessa não se dera conta de que falara em voz alta.

– Ora, mas é verdade – insistiu Lady D, na defensiva, ao constatar que Hyacinth a encarava.

Sem desejar encabular a condessa ainda mais, Hyacinth se voltou para o livro. Pigarreou e continuou:

– "'Vai precisar confiar nos próprios instintos, querida Priscilla, mas eu lhe darei um conselho. Guarde-o em seu coração e lembre-se sempre dele, pois juro que é verdade.'"

Hyacinth virou a página, um pouco envergonhada ao notar que estava mais cativada pelo livro do que jamais estivera.

– "Priscilla tocou a face pálida da mãe. 'O que é, mamãe?', perguntou. 'Só há uma forma de saber se um cavalheiro a ama', respondeu a mãe."

Lady Danbury se inclinou para a frente. Hyacinth fez o mesmo, apesar de estar segurando o livro.

– "'Pelo beijo dele', sussurrou a mãe. 'Está tudo ali, no beijo dele.'"

Os lábios de Hyacinth se entreabriram e, inconscientemente, ela os tocou com uma das mãos.

– Ora, não era isso que eu estava esperando – declarou Lady Danbury.

O beijo dele. Seria verdade?

– Achei que ela falaria das ações ou dos feitos dele – continuou Lady D –, mas suponho que isso não soasse romântico o bastante para a Srta. Butterworth.

— E o Barão Louco — murmurou Hyacinth.

— Exatamente! E que mulher sã iria querer um louco?

— O beijo dele... — sussurrou Hyacinth para si mesma.

— Hein? Não consigo ouvi-la.

— Não é nada — respondeu Hyacinth rapidamente, balançando a cabeça de leve e se forçando a se concentrar outra vez na condessa. — Eu só estava sonhando acordada.

— Ponderando os dogmas intelectuais expostos pela Mamãe Butterworth?

— É claro que não. — Ela tossiu. — Devo ler um pouco mais?

— É melhor — resmungou Lady D. — Quanto mais rápido terminarmos este livro, mais rápido podemos passar a outro.

— Não precisamos terminar este — sugeriu Hyacinth. Se bem que, se não o concluíssem, ela teria que furtá-lo e levá-lo para casa.

— Não seja tola. Não tem como *não* terminá-lo. Paguei um bom dinheiro por essa bobagem. Além disso... — Lady D se mostrou acanhada, apesar de não ser algo tão constrangedor. — Quero saber como termina.

Hyacinth sorriu. Aquilo era o mais próximo da doçura que Lady Danbury conseguiria chegar, e Hyacinth acreditava que isso devia ser encorajado.

— Muito bem, se a senhora me permitir retomar...

— Lady Danbury — veio a voz grave e serena do mordomo, que entrara na sala de estar com passos silenciosos —, o Sr. St. Clair pede uma audiência.

— Ele está pedindo uma audiência? Normalmente entra sem nem pedir licença.

O mordomo ergueu a sobrancelha, e esse foi o máximo de expressividade que Hyacinth viu no rosto de um mordomo.

— Ele pediu uma audiência com a Srta. Bridgerton.

— Comigo? — guinchou Hyacinth.

O queixo de Lady Danbury caiu.

— Hyacinth! Na *minha* sala de estar?

— Foi o que ele disse, milady.

— Ora, ora — disse Lady D, olhando à sua volta, embora não houvesse mais ninguém presente. — Ora, ora.

— Devo fazê-lo entrar? — quis saber o mordomo.

— É claro — respondeu Lady Danbury —, mas eu não vou a lugar nenhum. O que quer que ele tenha a dizer à Srta. Bridgerton, pode falar na minha frente.

— O quê? — reclamou Hyacinth, virando-se para a condessa. — Não acho...

— A sala de estar é minha e ele é meu neto. E você é... — Ela comprimiu os lábios enquanto a encarava. — Bem, você é você. Humpf.

— Srta. Bridgerton — disse Gareth, surgindo no vão da porta e (para usar uma expressão butterworthiana) preenchendo-o com a sua magnífica presença. Virou-se para Lady Danbury. — Vovó.

— O que quer que seja, pode falar na minha frente — avisou ela.

— Estou quase tentado a testar essa teoria — murmurou ele.

– Há algo errado? – perguntou Hyacinth, empoleirando-se na cadeira. Afinal de contas, tinham se despedido havia menos de duas horas.

– De modo algum – respondeu Gareth.

Atravessou a sala até ficar perto dela ou, pelo menos, o mais perto que lhe permitiam os móveis. A avó o fitava com indisfarçado interesse e ele começava a questionar sua ida até lá.

Mas, logo que chegara à calçada da Casa Bridgerton, dera-se conta de que era terça-feira e, de alguma forma, isso lhe parecera auspicioso. Aquilo tudo começara numa terça-feira, meu Deus... havia apenas duas semanas?!

Terça-feira era o dia em que Hyacinth lia para a avó dele. Toda terça-feira, sem erro, na mesma hora, no mesmo local. Enquanto descia a rua, ponderando sobre o novo rumo de sua vida, Gareth percebera que sabia onde Hyacinth estava naquele momento. E que, se desejasse pedi-la em casamento, só precisava percorrer a pequena distância de Mayfair à Casa Danbury.

Ele provavelmente deveria ter esperado. Deveria ter escolhido um momento e um local bem mais românticos, algo que a arrebatasse e a deixasse sem fôlego, querendo mais. Mas Gareth tomara a sua decisão e não desejava esperar. Além do mais, depois de tudo o que fizera por ele ao longo dos anos, a avó merecia ser a primeira a saber.

No entanto, não esperara fazer o pedido na presença da velha senhora.

Olhou para ela.

– O que é? – latiu a condessa.

Devia pedir-lhe que saísse. Devia mesmo, embora...

Ah, diabos, ela não deixaria a sala nem mesmo se ele se ajoelhasse e implorasse. Por outro lado, Hyacinth teria enorme dificuldade em recusar o pedido na presença de Lady Danbury.

Não achava que ela diria não, mas fazia sentido ter o maior número de elementos possível a seu favor.

– Gareth? – chamou Hyacinth, baixinho.

Ele se virou para ela, perguntando-se quanto tempo ficara ali, ponderando as opções.

– Hyacinth – respondeu ele.

Ela o encarou, na expectativa.

– Hyacinth – repetiu Gareth, dessa vez com um pouco mais de firmeza. Ele sorriu, com um olhar de derreter corações. – Hyacinth.

– Sabemos o nome dela – interveio a avó.

Gareth a ignorou e empurrou uma das mesas para o lado a fim de poder se abaixar sobre um dos joelhos.

– Hyacinth – disse ele, deleitando-se com o arquejo dela quando lhe tomou a mão –, você me daria a imensa honra de se tornar minha esposa?

Os olhos dela se arregalaram, então ficaram marejados. Os lábios, que ele estivera beijando tão deliciosamente havia poucas horas, começaram a tremer.

– Eu... Eu...

Não era normal vê-la sem palavras, e ele saboreou o momento, em especial as emoções que surgiam no seu rosto.

– Eu... Eu...

– Sim! – gritou a avó. – Sim! Ela se casará com você!

– Ela pode falar por conta própria – declarou Gareth.

– Não, não pode. Está claro que não.

– Sim – respondeu Hyacinth, assentindo em meio a pequenas fungadas. – Sim, eu me casarei com você.

Ele levou a mão dela aos lábios.

– Ótimo.

– Ora, ora – disse Lady Danbury, então murmurou: – Preciso da minha bengala.

– Está atrás do relógio – informou Hyacinth, sem desviar os olhos de Gareth.

A condessa piscou, surpresa, depois se levantou e a pegou.

– Por quê? – perguntou Hyacinth.

Gareth sorriu.

– "Por que" o quê?

– Por que me pediu em casamento?

– Imaginei que estivesse bastante claro.

– Diga a ela! – berrou Lady D, batendo com a bengala no tapete. Ela olhou para o objeto com óbvia afeição. – Assim está muito melhor – sussurrou.

Hyacinth e Gareth se viraram para a condessa. Ela a encarou, impaciente, e ele a fitou com aquele olhar vazio que sugeria condescendência sem dizê-lo com todas as letras.

– Ah, muito bem – resmungou Lady Danbury. – Suponho que desejem um pouco de privacidade.

Gareth e Hyacinth não disseram uma palavra sequer.

– Estou saindo, estou saindo – disse a condessa, capengando até a porta com muito menos agilidade do que a demonstrada quando fora buscar a bengala apenas alguns instantes antes. – Mas não pensem – continuou ela, parando à porta – que vou deixá-los por muito tempo. Eu o conheço – declarou, apontando a bengala para Gareth – e, se acha que confio a virtude dela a você...

– Eu sou seu neto.

– Isso não o torna um santo – anunciou ela para então deixar a sala, fechando a porta.

Gareth se mostrou confuso.

– Acho que ela quer que eu a comprometa – murmurou ele. – Caso contrário, nunca teria fechado a porta até o fim.

– Não seja tolo – replicou Hyacinth, lançando mão de certa bravata para ocultar o rubor que sentia se espalhar pelas faces.

– Não, eu acho mesmo que é o que ela quer – insistiu Gareth, levando as mãos dela aos lábios. – Provavelmente ela a quer como neta mais do que me quer como neto, e é traiçoeira ao ponto de arruiná-la só para garantir o resultado.

– Eu não voltaria atrás – murmurou Hyacinth, desconcertada pela proximidade dele. – Eu lhe dei a minha palavra.

Gareth tomou um de seus dedos e colocou a ponta entre os lábios.

– Deu mesmo, não foi?

Ela fez que sim, hipnotizada pela visão do dedo encostado em sua boca.

– Você não respondeu à minha pergunta – sussurrou Hyacinth.

Ele lambeu o dedo dela.

– Você me fez uma?

Ela assentiu. Era difícil pensar enquanto ele a seduzia. Incrível pensar que tinha a capacidade de reduzi-la a uma criatura ofegante com um mero dedo levado aos lábios.

Gareth se deslocou, sentando-se ao lado dela no sofá sem nem soltar a sua mão.

– Tão encantadora... E logo será minha.

Tomou-lhe a mão com a palma virada para cima. Hyacinth o observou inclinar-se e lhe beijar o punho. A respiração dela estava ruidosa demais em meio à quietude da sala. Perguntou-se o que seria mais responsável pelo seu atual estado de exaltação: a sensação da boca dele sobre a sua pele ou a visão dele seduzindo-a apenas com um beijo.

– Gosto dos seus braços – comentou ele, segurando um deles como se fosse um tesouro precioso que precisasse ser examinado e protegido. – Em primeiro lugar, a pele, acho – continuou, deslizando os dedos suavemente pela pele sensível do antebraço.

Fizera um dia quente e ela usava um vestido de

verão por baixo da peliça. As mangas eram curtas e – Hyacinth respirou fundo – se ele continuasse a exploração do seu braço, ela poderia derreter ali mesmo no sofá.

– Embora também goste do formato – prosseguiu Gareth, fitando-o como se fosse um objeto sagrado. – Delgados, ligeiramente roliços e fortes. – Ele a encarou com um humor indolente nos olhos. – Gosta de praticar esportes, não é?

Ela assentiu. Ele abriu um meio sorriso.

– Percebo pela sua forma de andar, pela sua forma de se deslocar. Até mesmo... – Ele lhe acariciou o braço uma última vez, detendo-se próximo ao punho dela – ... pelo formato do seu braço.

Ele se inclinou até ficar com o rosto próximo de Hyacinth e ela se sentiu beijada pelo seu hálito.

– Você se move de maneira diferente das outras mulheres – disse Gareth, baixinho. – Me faz pensar...

– No quê?

De alguma maneira, a mão dele chegou ao seu quadril, depois à perna, descansando na curva da coxa. Gareth não a acariciava; apenas marcava presença com o seu calor e o seu peso.

– Acho que você sabe – murmurou ele.

Hyacinth sentiu o corpo arder em chamas enquanto imagens intrusas enchiam a sua mente. Ela sabia o que acontecia entre um homem e uma mulher; havia muito tempo, arrancara a verdade das irmãs mais velhas. E, certa vez, encontrara um escandaloso livro com imagens eróticas no quarto de Gregory, repleto de ilustrações vindas do Oriente que a haviam deixado com uma sensação muito estranha por dentro.

Mas nada a preparara para o fluxo de desejo que a percorreu após ouvir Gareth. Começou a imaginá-lo acariciando-a, beijando-a.

Aquilo a deixou fraca, levou-a a desejá-lo.

– Você não fica pensando...? – sussurrou ele, as palavras quentes de encontro à sua orelha.

Ela concordou com a cabeça. Não podia mentir. Sentiu-se nua naquele momento, a própria alma exposta ao suave ataque dele.

– O que acha? – insistiu Gareth.

Hyacinth engoliu em seco.

– Eu não saberia dizer.

– Não, não saberia mesmo, não é? – disse ele, sorrindo com malícia. – Mas não importa. – Ele a beijou lentamente. – Você logo saberá.

Gareth ficou de pé.

– É melhor eu partir antes que minha avó tente nos espionar da casa do outro lado da rua.

Hyacinth olhou para a janela, horrorizada.

– Não se preocupe – falou Gareth com uma risadinha. – Ela não enxerga tão bem assim.

– Ela tem um telescópio – argumentou Hyacinth, ainda olhando para a janela com expressão de suspeita.

– Por que isso não me surpreende? – murmurou Gareth, caminhando até a porta.

Hyacinth o observou atravessar a sala. Ele sempre lhe lembrara um leão. Ainda lembrava, só que, agora, seria domado.

– Vou visitá-la amanhã – disse Gareth, honrando-a com uma pequena reverência.

Ela assentiu. Depois que ele se foi, Hyacinth ficou olhando para a frente, sem reação.

– Ai, meu...

– O que foi que ele disse? – quis saber Lady Danbury, reentrando na sala meros trinta segundos após a saída de Gareth.

Hyacinth apenas a olhou, inexpressiva.

– Você perguntou por que ele a pediu em casamento – lembrou-lhe Lady D. – O que foi que ele disse?

Hyacinth abriu a boca para responder e, só então, deu-se conta de que ele não respondera à pergunta.

– Ele disse que era impossível não se casar comigo – mentiu. Era o que desejava que ele dissesse.

– Oh! – Lady D suspirou, levando a mão ao peito. – Que encantador.

Hyacinth a encarou com renovada apreciação.

– A senhora é romântica.

– Sempre – respondeu Lady D, com um sorriso que Hyacinth sabia que ela não compartilhava com frequência. – Sempre.

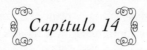

# Capítulo 14

*Duas semanas se passaram. Toda a Londres já sabe que Hyacinth será a Sra. St. Clair. Gareth está desfrutando de seu novo status de Bridgerton honorário, mas não consegue se livrar da sensação de que tudo aquilo desmoronará.*

*Agora é meia-noite e estamos diretamente abaixo da janela do quarto de Hyacinth.*

Ele se antecipara a tudo, planejara cada detalhe. Reviu tudo em sua mente, exceto as palavras que diria, pois sabia que lhe viriam à cabeça no calor do momento.

Seria belo.

Seria um ato de paixão.

Aquela noite, pensou Gareth, com uma estranha mescla de cautela e de êxtase, ele seduziria Hyacinth.

Por vezes se culpava por ter planejado a desonra dela, mas logo deixava o sentimento de lado. Ora, não iria abandoná-la aos lobos, mas planejava se casar com a garota.

E ninguém iria saber. Ninguém além dele e de Hyacinth.

E a consciência dela jamais lhe permitiria desmanchar um noivado após ter se entregado a Gareth.

Naquela noite, haviam planejado uma busca na Casa Clair. Hyacinth desejara ir na semana anterior, mas Gareth protelara. Era cedo demais para colocar o plano em ação, então inventara que o pai estava com visitas. O bom senso ditava que a busca deveria ser feita quando a residência estivesse com o menor número de pessoas possível.

Como era uma moça prática, Hyacinth concordara de imediato.

Mas aquela noite seria perfeita. Era quase certo que o pai estaria no baile Mottram. E o mais importante: Hyacinth estava pronta.

Ele se certificara de que estivesse pronta.

As duas semanas anteriores foram surpreendentemente deliciosas. Ele havia sido forçado a comparecer a um impressionante número de festas e bailes. Comparecera à ópera e ao teatro. Mas fizera tudo isso ao lado de Hyacinth e, se tivera alguma dúvida sobre a decisão de se casar, todas tinham se dissipado. Às vezes ela era irritante, ocasionalmente exasperadora, mas sempre divertida.

Daria uma ótima esposa. Não para a maior parte dos homens, mas, sim, para ele. E isso era só o que importava.

Mas, primeiro, precisava garantir que ela não pudesse voltar atrás. O acordo dos dois deveria ser permanente.

Começara a seduzi-la lentamente, tentando-a com olhares, toques e beijos roubados. Ele a atiçara, fazendo-a imaginar o que poderia vir a seguir. Ele a deixara sem fôlego... ele se deixara sem fôlego.

Começara com aquele estratagema duas semanas antes, quando lhe pedira em casamento sabendo que o noivado deles precisava ser rápido. Começara com um beijo. Apenas um beijo. Um simples beijo.

Naquela noite, mostraria a ela exatamente o que um beijo podia ser.

∽

De maneira geral, pensava Hyacinth, enquanto subia apressada as escadas até o quarto, tudo correra bastante bem.

Preferia ter ficado em casa aquela noite – teria mais tempo para se preparar para a ida à Casa Clair. Porém Gareth já enviara um pedido de desculpas para os Mottrams pela própria ausência e achara melhor que ela comparecesse. Assim, ninguém especularia sobre o paradeiro dos dois. Depois de passar três horas conversando, rindo e dançando, Hyacinth localizara a mãe e alegara estar com dor de cabeça. Violet estava se divertindo imensamente, como previra, e não desejava partir, então mandara a filha para casa sozinha na carruagem.

Perfeito, perfeito. Tudo estava perfeito. A carruagem não ficara presa em nenhum engarrafamento, logo ainda devia estar perto da meia-noite. Hyacinth teria quinze minutos para se trocar e descer as escadas dos fundos sorrateiramente para aguardar Gareth.

Mal podia esperar.

Ela não estava certa de que encontrariam as joias aquela noite. Não ficaria surpresa se Isabella tivesse deixado ainda mais pistas. Contudo, eles dariam mais um passo em direção ao seu objetivo.

E seria uma aventura.

Sempre tivera aquele temperamento imprudente?, perguntou-se Hyacinth. Sempre se excitara com o perigo? Seu espírito só estivera aguardando a oportunidade de se rebelar?

Andou silenciosamente pelo corredor do segundo andar em direção ao quarto. A casa estava quieta e ela não desejava acordar nenhum empregado. Estendeu a mão e girou a maçaneta bem lubrificada, empurrou a porta e entrou.

Até que enfim.

Agora, a única coisa que precisava fazer era...

– Hyacinth.

Ela quase gritou.

– Gareth? – arfou, os olhos quase saltando das órbitas. Meu Deus, o homem estava descansando sobre a sua cama.

Ele sorriu.

– Estava à sua espera.

Hyacinth olhou rapidamente ao redor. Como ele teria entrado?

– O que está fazendo aqui? – sussurrou ela, em frenesi.

– Cheguei cedo – respondeu ele, com a voz indolente, mas um olhar aguçado, intenso. – Resolvi esperá-la.

– *Aqui*?

Ele deu de ombros e sorriu.

– Estava frio lá fora.

Só que não estava. Fazia um calor fora de época. Todos vinham comentando a respeito.

– Como você entrou?

Meu Deus, será que os empregados sabiam? Será que alguém o *vira*?

– Escalei a parede.

– Você escalou a... Você fez o quê? – Ela correu até a janela, espiando para baixo. – Como foi que...

Mas Gareth já se levantara e se colocara silenciosamente por trás de Hyacinth. Envolvendo-a, murmurou próximo ao seu ouvido:

– Eu sou muito, muito esperto.

Ela deixou escapar uma risada nervosa.

– Ou parte gato.

– Isso também – murmurou ele. Após uma pausa, acrescentou: – Senti a sua falta.

– Eu...

Hyacinth também queria dizer que sentira a falta dele, mas ele estava próximo demais, ela estava muito acalorada e a voz lhe faltou.

Gareth encostou os lábios no local macio logo abaixo da orelha dela. Foi algo tão suave que não soube dizer se aquilo fora um beijo.

– Divertiu-se esta noite? – sussurrou ele.

– Sim. Não. Eu estava muito... – Ela engoliu em seco, incapaz de tolerar o toque dos lábios dele sem reagir – ... ansiosa.

Ele lhe tomou as mãos, beijando uma de cada vez.

– Ansiosa? Mas por quê?

– As joias – recordou-lhe ela.

Minha nossa, será que toda mulher tinha tanta dificuldade assim em respirar ao ficar tão próxima de um belo homem?

– Ah, sim. – Gareth pousou as mãos na cintura dela e a puxou para si. – As joias.

– Você não quer...

– Ah, eu quero, sim – murmurou ele, segurando-a escandalosamente próxima ao corpo. – Eu quero. Quero muito.

– Gareth – arquejou ela.

As mãos dele estavam sobre o seu traseiro, e os lábios, em seu pescoço.

Hyacinth não sabia por quanto tempo mais conseguiria permanecer de pé. Gareth a levava a sentir coisas que não reconhecia, a fazia arquejar e gemer. Ela só sabia que queria mais.

– Penso em você todas as noites – sussurrou ele de encontro à sua pele.

– Pensa?

– Aham. – A voz dele, quase um ronronar, ressoou

no seu pescoço. – Fico deitado na cama, desejando que você estivesse ao meu lado.

Hyacinth teve que se esforçar ao máximo apenas para respirar. No entanto, uma pequena parte dela, um cantinho depravado e muito descontrolado de sua alma, a fez perguntar:

– No que é que você pensa?

Ele riu, claramente satisfeito.

– Eu penso em fazer isto.

A mão que já lhe segurava o traseiro pressionou seu quadril até estar encostado na evidência do desejo dele.

Ela fez um barulho. Talvez tivesse falado o nome dele.

– E eu penso *muito* em fazer isto – continuou Gareth, os dedos ágeis abrindo um dos botões às costas do vestido.

Hyacinth engoliu em seco. Então engoliu outra vez ao se dar conta de que ele havia desabotoado mais três no tempo que ela levara para respirar.

– Acima de tudo – disse ele, a voz grave e serena. – Eu penso em fazer isto.

Gareth a tomou nos braços, a saia espiralando ao redor das pernas dela até mesmo enquanto o corpete do vestido deslizava para baixo, descansando precariamente acima dos seios. Ela agarrou os ombros dele, os dedos mal vincando os músculos, e quis dizer qualquer coisa que talvez a fizesse parecer mais sofisticada do que era de fato, mas tudo o que conseguiu emitir foi um pequeno e assustado "Oh!", sentindo-se leve, flutuando no ar até ele a pousar sobre a cama.

Gareth ficou ao seu lado, empoleirado, acariciando preguiçosamente o colo dela com uma das mãos.

– Tão bonita... Tão macia...

– O que você está fazendo? – cochichou ela.

Ele sorriu. Lentamente, como um gato.

– Com você?

Ela fez que sim.

– Isso depende – respondeu Gareth, roçando a língua pelo colo dela. – Como você está se sentindo?

– Não sei – admitiu Hyacinth.

Ele riu, o som grave e suave, estranhamente reconfortante.

– Isso é bom – comentou ele, os dedos encontrando o corpete do vestido, já solto. – Isso é muito bom.

Gareth deu um puxão e Hyacinth sorveu o ar ao se ver exposta à friagem.

A ele.

– Tão bela... – sussurrou Gareth, sorrindo, e ela imaginou se o toque dele seria capaz de deixá-la sem fôlego tanto quanto o olhar.

Ele apenas a olhava, rija e tensa.

Ávida.

– Você é tão linda... – murmurou ele, para então tocá-la, deslizando a mão pelo bico do seio tão suavemente que mais parecia o toque do vento.

Ah, sim, o seu toque fazia muito mais com ela do que o olhar.

Sentiu algo no meio das pernas que se irradiou até as pontas dos dedos dos pés. Ela se arqueou, buscando algo mais próximo, mais firme.

– Achei que você era perfeita – disse ele, também torturando o outro seio. – Eu não havia me dado conta. Simplesmente não havia me dado conta.

– Do quê? – sussurrou ela.

Gareth a olhou nos olhos.

– De que você é mais... mais do que perfeita.

– I-Isso não é possível, você não pode... Oh!

Ele havia feito outra coisa, algo mais perverso ainda. Se aquilo era uma batalha com as faculdades mentais dela, Hyacinth estava perdendo miseravelmente.

– O que é que eu não posso? – perguntou ele num tom inocente, os dedos esfregando o seu mamilo, sentindo-o endurecer até se transformar num biquinho ereto.

– Você não pode... Você não pode...

– Eu não posso? – Ele sorriu maliciosamente, fazendo os seus truques no outro lado. – Acho que posso. Acho que acabo de conseguir.

– Não. – Ela arfou. – Você não pode dizer que eu sou mais do que perfeita. Isso é impossível.

Então ele ficou imóvel. Mas seus olhos ainda ardiam e, enquanto a examinavam de cima a baixo, ela o *sentiu*. Era algo inexplicável.

– Foi o que achei – cochichou ele. – A perfeição é absoluta, não é? Ninguém pode ser ligeiramente único ou mais do que perfeito. Porém, de alguma forma, você é.

– Ligeiramente única?

O sorriso se espalhou aos poucos pelo rosto dele.

– Mais do que perfeita.

Ela lhe tocou a face, então alisou uma mecha dele e a ajeitou por trás da orelha. O luar se refletia nos fios, deixando-os ainda mais dourados do que o normal.

Hyacinth não sabia o que dizer, o que fazer. Só sabia que amava aquele homem.

Quando isso acontecera? Não fora como a decisão que tomara de se casar com ele, súbita e clara. Esse... esse amor se irradiara por ela, fluindo como um rio, ganhando impulso até que, um dia, estava lá.

E sabia que sempre estaria com ela.

Agora, deitada em sua cama, na quietude secreta da noite, desejou se entregar a ele. Queria amá-lo de todas as formas que uma mulher pode amar um homem, queria que ele tomasse tudo o que ela tivesse para dar. Não importava que não fossem casados; logo, logo seriam.

Naquela noite ela não podia esperar.

– Me beije – sussurrou Hyacinth.

Ele sorriu, e era um sorriso que estava em seus olhos ainda mais do que nos lábios.

– Pensei que não fosse pedir nunca.

Ele baixou a cabeça, mas apenas roçou os lábios por menos de um segundo. Eles seguiram adiante, para baixo, ardendo na sua pele até encontrarem o seio. Então ele...

– Ohhhh! – gemeu ela.

Ele não podia fazer aquilo. Podia?

Podia. E fez.

Hyacinth foi tomada pelo prazer, cada canto do seu corpo comichando. Ela o agarrou pela cabeça, enterrando as mãos nos cabelos grossos e lisos. Achava que não aguentaria mais; no entanto, não queria que ele parasse.

– Gareth – arfou. – Eu... Você...

As mãos dele pareciam estar por todos os lados, tocando-a, acariciando-a, puxando-lhe o vestido cada vez mais para baixo... até estar recolhido ao redor dos seus quadris, a centímetros de revelar a própria essência de sua feminilidade.

O pânico começou a se avolumar no peito de Hyacinth. Ela queria aquilo. Sabia que queria, porém ficara subitamente apavorada.

– Não sei o que fazer.

– Não tem problema. – Ele se endireitou e arrancou a própria camisa com força, mas incrivelmente nenhum botão saiu voando. – Eu sei o que fazer.

– Eu sei, mas...

Ele tocou os lábios dela com o dedo.

– Shhh. Deixe que eu mostro. – Gareth sorriu, os olhos dançando com uma expressão travessa. – Será que eu ouso? Será que eu... Bem... talvez...

Ele tirou o dedo de sua boca.

– Mas eu tenho medo de...

Ele colocou o dedo de volta.

– Eu sabia que isso ia acontecer.

Ela o fuzilou com os olhos. Ou, melhor, tentou. Gareth tinha uma capacidade impressionante de fazê-la rir de si mesma. Hyacinth conseguia sentir os lábios se repuxarem até mesmo enquanto ele os forçava a permanecerem fechados.

– Vai ficar quieta? – perguntou Gareth, sorrindo.

Ela fez que sim. Ele fingiu pensar a respeito.

– Não acredito em você.

Hyacinth plantou as mãos no quadril, numa pose ridícula, pois estava nua da cintura para cima.

– Muito bem, mas as únicas palavras que eu permitirei que saiam da sua boca serão: "Oh, Gareth" e "Sim, Gareth".

Ele retirou o dedo.

– E que tal "Mais, Gareth"?

Ele quase conseguiu se manter sério.

– Isso será aceitável.

Ela se sentiu rir por dentro. Não chegou a emitir nenhum som, só teve aquela sensação boba e eufórica que formiga e dança na barriga. E ficou maravilhada. Estava tão nervosa... ou melhor, tinha estado.

Ele levara o nervosismo embora.

E, de alguma forma, Hyacinth soube que tudo ficaria bem. Talvez ele já tivesse feito aquilo uma centena de vezes com mulheres cem vezes mais bonitas.

Isso não importava. Ele era o primeiro dela, e ela era a sua última.

Gareth se deitou ao lado dela, puxando-a para um beijo. As mãos dele afundaram em seus cabelos, libertando-os dos cachos até despencarem em ondas sedosas pelas costas. Ela se sentiu livre, indomada.

Ousada.

Pressionou a mão no peito dele, explorando a sua pele, testando os contornos dos músculos. Nunca o havia tocado. Não daquela forma. Deixou os dedos deslizarem pela lateral do corpo dele até chegarem ao quadril, traçando o cós das calças.

E sentiu a sua reação. Os músculos saltaram e, quando passou à sua barriga, ao local entre o umbigo e o que restava de suas roupas, ele inspirou fundo.

Ela sorriu, sentindo-se poderosa e muito, muito feminina.

Arranhou a pele dele de leve, só o bastante para fazer cócegas e para atiçá-lo. O abdômen era plano, com uma linha tênue de pelos que desaparecia por baixo das calças.

– Você gosta disso? – sussurrou ela, fazendo um círculo ao redor de seu umbigo.

– Aham. – A voz era serena, mas a respiração se tornara irregular.

– E disso? – Ela percorreu lentamente a fileira de pelos.

Ele não disse nada, mas os olhos responderam que sim.

– E que tal...

– Desabotoe – grunhiu ele.

Hyacinth se deteve.

– Eu?

De alguma forma, não lhe ocorrera que ela pudesse ajudá-lo a se despir. Pareceu-lhe ser uma tarefa do sedutor.

Gareth tomou a mão dela, conduzindo-a até os botões.

Com os dedos trêmulos, Hyacinth foi libertando cada disco, mas sem afastar o tecido. Isso era algo que ainda não estava preparada para fazer.

Gareth pareceu compreender a sua relutância e saltou da cama só para se livrar do resto das roupas. Hyacinth desviou os olhos... de início.

– Minha nos...

– Não se preocupe – disse ele, voltando a ficar ao seu lado, e puxou o vestido até o chão. – Nunca – beijou-lhe a barriga –, nunca – beijou-lhe o quadril – se preocupe.

Hyacinth quis dizer que não iria se preocupar, que confiava nele, mas bem naquele instante ele deslizou os dedos para o meio das suas pernas e ela teve dificuldade para respirar.

– Shhhh – cantarolou ele, persuadindo-a a abrir as pernas. – Relaxe.

– Eu estou relaxada.

– Não. – Ele sorriu. – Não está, não.

– Estou, sim.

Gareth deu um beijo indulgente em seu nariz.

– Confie em mim – sussurrou ele. – Só por enquanto, confie em mim.

Ela tentou relaxar, mas era quase impossível, já que

ele incitava seu corpo a se transformar num flamejante inferno. Gareth abriu-a ao meio e começou a tocá-la onde jamais havia sido tocada.

– Oh, minha... Oh!

Seus quadris arquearam e ela não sabia o que fazer. Não sabia o que dizer.

Não sabia o que sentir.

– Você é perfeita – disse ele, encostando os lábios em sua orelha. – Perfeita.

– Gareth, o que é que você...

– Estou fazendo amor com você. Estou fazendo amor com você.

O coração dela saltou dentro do peito. Não era exatamente *Eu te amo*, mas chegava bem perto.

Naquele último momento em que o cérebro dela ainda funcionava, Gareth deslizou um dos dedos para dentro dela.

– Gareth!

Ela agarrou os seus ombros. Com força.

– Shhhh. Os empregados.

– Não me importo.

Ele a olhou com a mais divertida das expressões, então... o que quer que ele tivesse feito... voltou a fazer.

– Eu acho que se importa, sim.

– Não, eu não me importo. Não me importo. Eu...

Ele fez outra coisa, algo por fora, e o corpo dela todo sentiu.

– Você está tão pronta... Não posso nem acreditar.

Gareth se posicionou acima dela. Os dedos ainda

administravam aquela tortura, mas Hyacinth pôde se perder nas profundezas do azul límpido dos olhos dele.

– Gareth – sussurrou, mesmo sem ter a menor ideia do que queria dizer com aquilo.

Não era uma pergunta, um apelo ou, de fato, qualquer coisa além do nome dele. Mas precisava ser dito porque era ele.

E era sagrado.

Ele ficou entre as coxas dela e Hyacinth o sentiu em sua fenda, imenso e exigente. Os dedos dele continuavam em sua brecha, preparando-a para o membro.

– Por favor – gemeu ela e, dessa vez, foi um apelo. Ela queria aquilo. Precisava dele. – Por favor.

Lentamente, Gareth a penetrou e Hyacinth sorveu o ar, perplexa com o tamanho e a sensação.

– Relaxe – pediu ele, mas sem soar relaxado.

Ela o encarou. Gareth lhe pareceu tenso e sua respiração estava acelerada, rasa.

Ele ficou imóvel, dando-lhe tempo para se ajustar, então foi adiante, só um pouco, mas o bastante para fazê-la ofegar.

– Relaxe.

– Estou *tentando* – retrucou ela entre os dentes.

Gareth quase sorriu. Aquela frase era bem o estilo de Hyacinth, muito tranquilizadora. Até mesmo agora, naquela que era uma das mais surpreendentes e estranhas experiências de sua vida, ela era... a mesma.

Era ela mesma.

Isso não era tão comum assim.

Empurrou um pouco mais e pôde senti-la ceder, estendendo-se para cabê-lo. A última coisa que queria era machucá-la. Tinha a sensação de que não conseguiria eliminar a dor por completo, mas, por Deus, tornaria aquilo o mais perfeito possível. Se isso quisesse dizer quase se matar para ir com calma, ele o faria.

Hyacinth estava rija, rangendo os dentes, na expectativa da invasão. Gareth quase gemeu; ele a tivera tão próxima, tão pronta e, agora, ela se achava tão relaxada quanto uma cerca de ferro batido.

Gareth passou a mão pela perna dela. Rígida como uma vara.

– Hyacinth – murmurou em seu ouvido, tentando não trair o divertimento –, acho que, um minuto atrás, você estava gostando um pouco mais.

Após um minuto, ela disse:

– Isso talvez seja verdade.

Ele mordeu o lábio para não rir.

– Acha que consegue encontrar o caminho de volta à diversão?

Ela franziu os lábios naquela sua típica expressão – a que fazia quando sabia que estava sendo alvo de troça e desejava retribuir na mesma moeda.

– Acho que sim.

Gareth a admirava: era rara a mulher que conseguia manter a compostura em tal situação.

Ele passou a língua por trás de sua orelha, distraindo-a, enquanto a mão encontrava o caminho por entre as suas pernas.

– Talvez eu consiga ajudá-la.

– Com o quê? – arquejou ela.

O quadril dela saltou e ele soube que Hyacinth estava mais uma vez a caminho do completo atordoamento.

– Ora, com aquela sensação – respondeu ele, acariciando-a enquanto a penetrava ainda mais profundamente. – Com aquela sensação de *Oh, Gareth, Sim, Gareth, Mais, Gareth*.

– Oh – ela soltou um gemido agudo quando os dedos dele começaram a se movimentar em delicados círculos. – Essa sensação.

– É uma ótima sensação.

– Você está quase... Oh! – Ela trincou os dentes e gemeu com as sensações que ele lhe provocava.

– Quase o quê? – perguntou Gareth, agora quase penetrando-a por completo.

Ia ganhar uma medalha por aquilo, com certeza. Nenhum homem jamais exercitara tanto autocontrole.

– Me colocando em apuros.

– Espero que sim – comentou ele antes de avançar ainda mais, rompendo a última barreira, agora completamente envolto por ela.

Gareth estremeceu ao senti-la sacudir-se por inteiro. Cada músculo do corpo dele gritava, exigindo ação, mas ele se manteve imóvel. Era o necessário. Se não lhe desse tempo para se ajustar, acabaria machucando-a. Não queria de jeito nenhum que sua noiva recordasse o primeiro ato de intimidade com dor.

Meu Deus, aquilo poderia lhe deixar marcas para a vida inteira.

Mas, se Hyacinth estava sentindo dor, nem mesmo ela sabia, pois o quadril começara a se movimentar, pressionando para cima, em movimentos circulares. Quando ele olhou para o seu rosto, nada viu além de paixão.

E os últimos resquícios de autocontrole se foram.

Ele começou a se mexer, o corpo entrando no ritmo da própria necessidade. O desejo se intensificou e Gareth teve quase certeza de que não aguentaria mais. Então ela fez um único barulhinho, nada além de um gemido, e ele a desejou ainda mais.

Aquilo lhe pareceu impossível.

Mágico.

Agarrou os ombros dela com uma força exagerada, mas se viu incapaz de suavizá-la. Foi dominado por um desejo sobrepujante de fazê-la sua, de marcá-la de alguma maneira como sua.

– Gareth – gemeu ela. – Oh, Gareth.

E aquele som foi demais. Tudo era demais: a imagem, o cheiro dela... Sentiu-se estremecer em direção ao prazer completo.

Rangeu os dentes. Ainda não. Não quando ela estava tão perto.

– Gareth!

Mais uma vez, ele deslizou a mão entre os corpos dos dois. Encontrou-a intumescida e molhada e pressionou, provavelmente com menos sutileza do que deveria, mas com o máximo possível.

E jamais desviou os olhos do rosto dela. Seus olhos pareceram escurecer, a cor quase azul-marinho. Os lábios se entreabriram, desesperados em busca de ar, enquanto o corpo arqueava, pressionava, empurrava.

– Oh! – gritou ela, e Gareth a beijou rapidamente para abafar o som.

Hyacinth se enrijeceu, se sacudiu e, logo, se desfazia em espasmos. As mãos agarravam os ombros dele, o pescoço, os dedos, mordiscando-lhe a pele.

Mas ele não se importou. Nem conseguiu sentir. Nada havia além da deliciosa pressão no seu membro, agarrando-o, sugando-o para dentro até ele, literalmente, explodir.

Precisou beijá-la outra vez, só que agora para calar os próprios gritos de paixão.

Nunca fora assim. Ele não soubera que podia ser assim.

– Minha nossa – suspirou Hyacinth, uma vez que ele deslizara de cima dela e se deitara de barriga para cima.

Gareth assentiu, exausto demais para falar. Tomou a mão dela. Ainda queria tocá-la. Precisava do contato.

– Eu não sabia – disse ela.

– Nem eu – ele conseguiu dizer.

– É sempre...

Gareth apertou a mão dela e, quando a ouviu se virar em direção a ele, balançou a cabeça.

– Oh. – Fez-se um momento de silêncio. – Bem, ainda bem que vamos nos casar.

Gareth começou a rir, sacolejando.

– O que foi? – quis saber ela.

Ele não conseguia falar. Continuou deitado, sacudindo a cama toda.

– Qual é a graça?

Gareth recuperou o fôlego e rolou até estar sobre ela outra vez, nariz com nariz.

– Você.

Ela franziu a testa, mas logo abriu um sorriso.

Um sorriso lascivo.

Meu Deus, como ele ia gostar de ser marido daquela mulher.

– Talvez tenhamos que apressar a data do casamento – opinou Hyacinth.

– Eu estou disposto a arrastá-la até a Escócia amanhã mesmo.

Ele estava falando sério.

– Eu não posso – replicou ela, embora parecesse querer.

– Seria uma aventura – disse ele, deslizando uma das mãos pelo quadril dela para tornar a ideia ainda mais atraente.

– Vou falar com a minha mãe. Se eu for irritante o suficiente, poderemos reduzir o noivado pela metade.

— Isso me faz pensar... na condição de seu futuro marido, devo me preocupar com "se eu for irritante o suficiente"?

— Não se ceder a todos os meus desejos.

— Uma frase que me preocupa ainda mais.

Ela sorriu.

Então, quando Gareth começava a se sentir confortável, ela deixou escapar um "Oh!" e foi se remexendo até sair de baixo dele.

— O que foi? — indagou Gareth, a pergunta abafada pela deselegante aterrissagem sobre os travesseiros.

— As joias — disse ela, segurando o lençol de encontro ao peito enquanto se sentava na cama. — Me esqueci completamente delas. Minha nossa, que horas são? Temos que ir.

— Você consegue se *mexer*?

Ela pestanejou.

— Você não consegue?

— Se eu não tivesse que desocupar esta cama antes do amanhecer, eu ficaria bastante satisfeito em roncar até o meio-dia.

— Mas as joias! Os nossos planos!

Ele fechou os olhos.

— Podemos ir amanhã.

— Não — replicou ela, batendo no ombro dele com a palma da mão —, não podemos, não.

— Por que não?

— Por que eu já tenho compromissos para amanhã, e a minha mãe vai desconfiar se eu continuar alegando dor de cabeça. Além do mais, você combinou de ir esta noite.

Ele abriu um dos olhos.

– Até parece que tem alguém à nossa espera.

– Bem, eu vou – afirmou ela, envolvendo-se com o lençol e se levantando da cama.

As sobrancelhas de Gareth se ergueram e ele olhou para Hyacinth com um sorriso masculino que se espalhou ainda mais quando ela ruborizou e se virou.

– Eu... ahn... só preciso me lavar – murmurou Hyacinth, indo para o quarto de vestir.

Com uma enorme demonstração de relutância – embora Hyacinth estivesse de costas para ele –, Gareth começou a se vestir. Não conseguia acreditar que ela até mesmo pensasse em sair aquela noite. Não era para as virgens ficarem rijas e doloridas depois da primeira vez?

Hyacinth enfiou a cabeça pela porta.

– Comprei sapatos mais apropriados – informou ela, cochichando como se falasse das coxias de um teatro –, caso precisemos correr.

Ele balançou a cabeça. Ela não era uma virgem comum.

– Tem certeza de que quer fazer isso esta noite? – perguntou Gareth, tão logo ela ressurgiu com suas vestes pretas masculinas.

– Absoluta. – Hyacinth fez um rabo de cavalo perto da nuca. Ela ergueu a vista, os olhos brilhando de emoção. – Você não tem?

– Estou exausto.

– Sério? – Ela o olhou com franca curiosidade. – Eu me sinto exatamente ao contrário. Energizada.

– Você ainda vai acabar comigo.

Ela abriu um largo sorriso.

– Melhor eu do que outra.

Gareth suspirou e se dirigiu à janela.

– Quer que eu o espere lá embaixo – indagou ela, polidamente – ou prefere descer pelas escadas dos fundos comigo?

Gareth se deteve com um dos pés no peitoril da janela.

– Ah, as escadas dos fundos são perfeitamente aceitáveis.

Ele a seguiu para fora da casa.

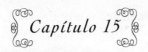

# Capítulo 15

*No interior da biblioteca da Casa Clair. Não há por que narrar a jornada por Mayfair, a não ser para destacar a energia e o entusiasmo de Hyacinth e a completa ausência deles em Gareth.*

— Está vendo alguma coisa? — sussurrou Hyacinth.

— Apenas livros.

Ela o fuzilou com os olhos, mas decidiu não zombar da sua falta de entusiasmo. Uma discussão só os distrairia da tarefa que tinham a fazer.

— Você está vendo — começou ela, com toda a paciência possível — alguma seção que pareça ser composta de títulos científicos? — Olhou para a prateleira à sua frente, contendo três romances, duas obras de filosofia, três volumes da história da Grécia, além de *Como tratar e alimentar suínos*. — Ou será que estão em algum tipo de ordem?

— Mais ou menos — veio a resposta, de cima. Gareth estava de pé num banquinho, investigando as prateleiras superiores. — Na verdade, não.

— O que está vendo?

— Um tanto sobre os primórdios da Grã-Bretanha. Mas olhe só o que encontrei, enfiado lá no canto.

Ele tirou um livrinho da prateleira e o atirou para baixo.

Hyacinth o pegou com facilidade, então virou o livro para ler o título.

– Não é possível!

– Difícil de acreditar, não é mesmo?

Bem ali, em letras douradas, estava escrito "A Srta. Davenport e o marquês sombrio".

– Não acredito.

– Talvez você deva levá-lo para a minha avó. Ninguém vai sentir falta dele aqui.

Hyacinth abriu na folha de rosto.

– Foi escrito pela mesma autora de A *Srta. Butterworth*.

– Só podia ser – comentou Gareth, dobrando os joelhos para inspecionar melhor a prateleira abaixo.

– Não conhecíamos esse. Já lemos A *Srta. Sainsbury e o coronel misterioso*, é claro.

– Um romance militar?

– Passado em Portugal. – Hyacinth reiniciou a inspeção da prateleira à sua frente. – Mas não me pareceu nada autêntico. Não que eu já tenha ido a Portugal.

Ele assentiu, então desceu do banquinho e o levou até o grupo seguinte de prateleiras. Hyacinth observou-o subir outra vez e recomeçar a tarefa, agora na prateleira mais alta.

– O que é mesmo que estamos procurando?

Hyacinth tirou o bilhete todo dobrado de dentro do bolso.

– *Discorso intorno alle cose che stanno in su l'acqua.*
Ele a olhou por um instante.
– Que quer dizer...?
– Discussão de dentro de coisas que estão na água?
Não fora a sua intenção dizer aquilo em tom de pergunta.
Ele se mostrou desconfiado.
– De dentro de coisas?
– Que estão na água. Ou que se movem – acrescentou ela. – *O che in quella si muovono.* Essa é a última parte.
– E por que alguém iria ler isso?
– Não faço a menor ideia – respondeu ela, balançando a cabeça. – Foi você quem estudou em Cambridge.
Ele pigarreou.
– Sim, bem, nunca fui muito afeito às ciências.
Hyacinth decidiu não tecer comentários e se voltou à prateleira diante de si, que continha uma coleção em sete volumes sobre botânica inglesa, duas obras de Shakespeare e um livro bem grosso intitulado *Flores silvestres*.
– Acho – começou ela, mordendo o lábio por um instante enquanto fitava tudo o que já havia analisado – que esses livros já estiveram em ordem em algum momento. Parece, sim, haver alguma organização. Se olhar bem – ela fez sinal para uma das prateleiras que inspecionara –, esta é quase toda

composta de obras de poesia. Mas então, bem no meio, encontra-se algo escrito por Platão e, no fim, *História ilustrada da Dinamarca*.

– Certo – disse Gareth, parecendo sentir dor. – Certo.

– Certo? – repetiu ela, olhando para cima.

– Certo. – Agora ele soava envergonhado. – Isso talvez tenha sido minha culpa.

Ela piscou, aturdida.

– Como assim?

– Foi um dos meus momentos mais imaturos. Estava com raiva.

– Você estava... com raiva?

– Eu baguncei as prateleiras.

– Você fez... *o quê*?

Ela quis gritar e, francamente, sentiu-se muito orgulhosa de ter se contido. Gareth deu de ombros, envergonhado.

– Na época, achei que seria bastante furtivo.

Hyacinth ficou olhando a prateleira à sua frente sem enxergá-la de verdade.

– Quem iria imaginar que isso voltaria para assombrá-lo um dia?

– Quem...

Ele passou a outra prateleira, inclinando a cabeça enquanto lia os títulos nas lombadas.

– O pior é que foi um pouco furtivo *demais*. Não incomodou o meu pai em nada.

– Teria me levado à loucura.

– Sim, mas você lê. Meu pai nem ao menos notou que algo estava errado.

– Mas alguém deve ter estado aqui desde o seu *esforço* de reorganização. – Hyacinth olhou para o livro que se encontrava ao seu lado. – Não acho que *Srta. Davenport* foi publicado há tanto tempo.

– Talvez alguém o tenha deixado aqui. Pode ter sido a esposa do meu irmão. Imagino que um dos empregados o tenha enfiado na primeira prateleira que tivesse espaço.

Hyacinth suspirou fundo, tentando descobrir a melhor maneira de proceder.

– Consegue se lembrar de qualquer coisa relacionada à organização dos títulos? Qualquer coisa? Sabe se eram agrupados por autor? Por assunto?

– Eu estava com um pouco de pressa. Fui agarrando livros a esmo e trocando-os de lugar. – Ele parou, soltando o ar, enquanto plantava as mãos no quadril e estudava o aposento. – Lembro que parecia haver bastante coisa sobre cães. E ali havia...

As palavras se esvaíram. Hyacinth ergueu os olhos com urgência e viu que ele fitava uma prateleira próxima à porta.

– O que foi? – perguntou, colocando-se de pé.

– Uma seção em italiano – respondeu ele, indo até o outro extremo do aposento.

– Devem ter sido os livros da sua avó.

– E os últimos que qualquer St. Clair pensaria em abrir.

– Consegue vê-los?

Gareth balançou a cabeça enquanto passava o dedo pelas lombadas, buscando livros em italiano.

– Suponho que não tenha lhe passado pela cabeça deixar esse grupo intacto – murmurou Hyacinth, agachando-se para inspecionar as prateleiras inferiores.

– Não me recordo. Mas com certeza a maioria ainda vai estar onde deveria. Fiquei cansado demais da brincadeira para fazer um bom trabalho. Deixei a maioria no lugar. Na verdade... – Ele se empertigou de repente. – Aqui estão.

Hyacinth se levantou imediatamente.

– São muitos?

– Apenas duas prateleiras. Imagino que fosse bastante caro importar livros da Itália.

Os livros estavam bem na altura do rosto de Hyacinth, então ela lhe pediu que segurasse a vela enquanto examinava os títulos em busca de algo que soasse como o que Isabella escrevera no bilhete. Vários não tinham o título inteiro impresso na lombada e ela precisou puxá-los para ler as palavras na capa. Cada vez que o fazia, ouvia Gareth respirar fundo e, em seguida, soltar o ar, desapontado, quando o volume era devolvido.

Ela chegou ao fim da prateleira inferior e ficou nas pontas dos pés para investigar a superior. Gareth vinha logo atrás, e estava tão próximo que ela podia sentir o seu corpo irradiando calor.

– Está vendo alguma coisa? – perguntou ele, as palavras graves e mornas de encontro ao ouvido dela.

Hyacinth não achava que ele quisesse inquietá-la com a proximidade, mas foi o que aconteceu.

– Ainda não.

A maioria dos livros de Isabella era de poesia. Alguns pareciam ser de poetas ingleses, traduzidos para o italiano. Quando Hyacinth chegou à metade da prateleira, no entanto, passaram a ser volumes de não ficção. História, filosofia, história, história...

Hyacinth prendeu a respiração.

– O que foi? – quis saber Gareth.

Com as mãos trêmulas, ela puxou um volume delgado e o virou para que Gareth também visse a capa.

*Discorso intorno alle cose che stanno in su l'acqua,*
*O che in quella si muovono*

*Galileu Galilei*

– Exatamente o que ela escreveu na pista – sussurrou Hyacinth, acrescentando, apressada: – Exceto o Sr. Galilei. Teria sido bem mais fácil encontrar o livro se soubéssemos quem era o autor.

Gareth desconsiderou a desculpa e gesticulou para o volume.

Lenta e cuidadosamente, Hyacinth abriu o livro para procurar a tira de papel. Não havia nada ali dentro, então ela virou uma página, depois outra, depois outra... Até Gareth arrancar a obra das suas mãos.

– Quer ficar aqui até a semana que vem? – cochichou ele impacientemente.

Sem a menor delicadeza, segurou o livro pelas capas, com a lombada virada para cima.

– Gareth, você...

– Shhh.

Ele sacudiu o livro, espiou lá dentro, então o sacudiu outra vez, com mais força. Como esperado, uma tira de papel se soltou e caiu sobre o tapete.

– Agora me dê isso – exigiu Hyacinth, depois de Gareth pegá-la. – Você não vai conseguir ler de qualquer forma.

Convencido pela lógica, ele lhe entregou a pista, mas permaneceu próximo, inclinando-se sobre o ombro de Hyacinth, empunhando a vela, enquanto ela desdobrava o papel.

– O que diz? – perguntou ele.

– Não sei.

– Com assim, você não...

– Não sei – vociferou ela, *odiando* ter que admitir sua derrota. – Não consigo entender nada. Nem sei se isso é italiano. Sabe se ela falava outra língua?

– Não faço ideia.

Hyacinth cerrou os dentes, desanimada com a mudança no rumo dos acontecimentos. Não achava que encontrariam as joias naquela noite, mas nunca lhe ocorrera que a pista seguinte poderia levá-los a um beco sem saída.

– Posso ver? – pediu Gareth.

Ela lhe deu o bilhete.

– Não sei o que é, mas não é italiano.

– Nem nada parecido – completou Hyacinth.

Gareth praguejou baixinho, mas Hyacinth conseguiu ouvir os palavrões.

– Com a sua permissão – disse ela, com aquele tom de voz sereno que sempre utilizava ao lidar com um homem truculento –, poderia mostrar ao meu irmão, Colin. Ele já viajou muito e talvez reconheça a língua, mesmo se não for capaz de fazer a tradução.

Gareth pareceu hesitar, então ela acrescentou:

– Podemos confiar nele. Eu prometo.

Ele assentiu.

– É melhor irmos. Não podemos fazer mais nada esta noite.

Havia pouca coisa para colocar no lugar; tinham posto os livros de volta nas prateleiras tão logo os removiam. Hyacinth encostou um banco de volta na parede e Gareth fez o mesmo com uma cadeira. Dessa vez, as cortinas haviam permanecido no lugar; de qualquer forma, o luar era muito fraco e não os ajudaria a enxergar.

– Está pronta? – perguntou ele.

Ela pegou A *Srta. Davenport e o marquês sombrio*.

– Tem certeza de que ninguém vai sentir falta disto?

Ele enfiou a pista de Isabella nas páginas para guardá-la.

– Absoluta.

Gareth encostou o ouvido na porta. Ninguém andava pela casa quando entraram, pé ante pé, meia hora antes, mas o mordomo nunca se recolhia antes do barão. Logo, com o barão ainda fora, havia um homem acordado e, talvez, perambulando pela casa, e outro que poderia retornar a qualquer momento.

Gareth levou um dos dedos aos lábios e fez sinal para que ela o seguisse enquanto girava cautelosamente a maçaneta. Abriu uma frestinha, apenas o bastante para espiar e se certificar de que era seguro prosseguirem. Juntos, entraram no corredor, passando às escadas que levavam ao primeiro andar. Estava escuro, mas os olhos de Hyacinth já haviam se acostumado e ela podia ver aonde ia. Em menos de um minuto, se viram de volta à sala de estar – a tal com o trinco de janela quebrado.

Como na vez anterior, Gareth saiu primeiro, então fez um apoio com as mãos para que Hyacinth se equilibrasse enquanto se esticava para fechar a janela. Ajudou-a a voltar para o chão, deu um beijo em seu nariz e disse:

– Você precisa ir para casa.

Ela não pôde deixar de sorrir.

– Mas eu já estou desesperançosamente comprometida.

– Sim, mas sou o único que sabe disso.

Hyacinth achou encantador que ele estivesse tão preocupado com a sua reputação. Afinal, não importava, de fato, se alguém os apanhasse; ela se deitara com ele e agora precisavam se casar. Uma mulher da sua origem não podia fazer menos do que isso. Minha nossa, podia haver um bebê a caminho e, mesmo se não houvesse, ela já não era virgem.

Mas soubera o que estava fazendo ao se entregar a ele. Estivera ciente dos desdobramentos.

Juntos, percorreram sorrateiramente o beco em direção à Dover Street. Era crucial que fossem rápidos. O baile Mottram sempre ia até altas horas da madrugada, mas os dois tinham demorado a começar a busca e, em breve, todos estariam indo para casa. Haveria carruagens pelas ruas de Mayfair, logo ela e Gareth precisavam ficar invisíveis.

Apesar do gracejo, Hyacinth não desejava ser pega na rua, no meio da noite. O casamento dos dois era, sim, inevitável, mas não ficaria especialmente satisfeita em se ver assunto de mexericos.

— Espere aqui — disse Gareth, impedindo-a, com o braço, de ir em frente.

Hyacinth permaneceu nas sombras enquanto ele tomava a Dover Street. Aproximou-se da esquina o máximo que ousava, certificando-se de que não havia ninguém por perto. Depois de alguns segundos, viu a mão de Gareth estendida para trás, gesticulando "venha comigo".

Saiu para a Dover Street, mas permaneceu ali menos de um segundo antes de ouvir a respiração entrecortada de Gareth e ser jogada de volta nas sombras.

Espremendo-se de encontro à parede dos fundos

do prédio de esquina, ela agarrou *Srta. Davenport* – e, dentro dele, a pista de Isabella – junto ao peito enquanto esperava que Gareth surgisse ao seu lado.

Então ela a ouviu.

Uma única palavra, na voz do pai dele.

– Você.

Gareth teve menos de um segundo para reagir. Não sabia como tinha acontecido, não sabia de onde o barão surgira, mas de alguma forma conseguiu empurrar Hyacinth para o beco no exato segundo antes de ser pego.

– Saudações – disse, no seu tom mais divertido, dando um passo à frente para se afastar do beco.

O pai já se aproximava, o rosto visivelmente zangado até mesmo ao tênue luar.

– O que faz aqui?

Gareth deu de ombros, do jeito que enfurecera o pai tantas vezes. Mas, dessa vez, não estava tentando provocá-lo: apenas procurava manter a atenção do barão concentrada só nele.

– Só estou indo para casa – respondeu Gareth, com deliberada indiferença.

O pai lhe lançou um olhar desconfiado.

– Está um pouco longe de casa.

– Gosto de parar para inspecionar a minha herança de vez em quando – comentou Gareth, com um sorriso terrivelmente inócuo. – Só para me certificar de que você não incendiou o lugar.

– Não pense que nunca considerei isso.

– Ah, sei que sim.

O barão ficou em silêncio por um momento.

– Você não estava no baile desta noite.

Gareth não sabia como responder, então se limitou a erguer as sobrancelhas ligeiramente e a manter a expressão serena.

– A Srta. Bridgerton tampouco estava.

– Não? – perguntou Gareth, baixinho, esperando que a dama em questão tivesse autocontrole o bastante para não saltar do beco gritando: "Estava, sim!"

– Apenas no início – admitiu o barão. – Saiu bastante cedo.

Gareth deu de ombros.

– É a prerrogativa de uma dama.

– Mudar de ideia? – Os lábios do barão se curvaram milimetricamente e os olhos se tornaram zombeteiros. – Você deve torcer para que ela não seja muito instável.

Gareth o olhou com frieza. De alguma forma, ainda sentia a situação sob controle. Ou, pelo menos, como o adulto que gostava de achar que era. Não sentiu nenhum desejo infantil de agredir ou de dizer algo com o simples propósito de enfurecê-lo. Passara metade da vida tentando impressionar aquele homem, e a outra tentando irritá-lo. Mas, agora... enfim, a única coisa que queria era se livrar dele.

Não chegou a sentir a indiferença que desejara sentir, mas chegou muito perto. Talvez fosse porque encontrara alguém para preencher o vazio.

– Sem dúvida você não perdeu tempo com ela – disse o barão, sarcástico.

– Um cavalheiro precisa se casar – comentou Gareth.

Não queria dizer isso diante de Hyacinth, mas era muito mais importante manter a farsa do que fazer um discurso romântico.

– Sim – murmurou o barão –, um *cavalheiro* precisa, sim.

A pele de Gareth começou a se eriçar. Ele sabia o que o pai estava sugerindo e, embora já tivesse comprometido Hyacinth, preferiria que ela só soubesse da verdade a respeito de seu nascimento depois do casamento. Seria mais fácil assim e, quem sabe...

Bem, quem sabe ela jamais soubesse a verdade. Era algo improvável, considerando o veneno do pai e o diário de Isabella, porém situações mais estranhas já haviam ocorrido.

Precisava partir. Imediatamente.

– Tenho que ir agora – disse ele de súbito.

A boca do barão se curvou num sorriso desagradável.

– Sim, sim. Vai precisar se arrumar antes de ir lamber os pés da Srta. Bridgerton amanhã.

– Saia da minha frente – replicou entre os dentes.

Mas o barão ainda não tinha terminado:

– O que eu me pergunto é... como conseguiu que ela dissesse sim?

Gareth já estava com sangue nos olhos.

– Eu disse...

– Você a seduziu? Certificou-se de que ela não pudesse dizer "não" até mesmo...

Gareth queria manter a calma, e seria bem-sucedido se o barão tivesse mantido os insultos restritos a ele. Mas, ao mencionar Hyacinth...

A fúria tomou conta dele e, antes que se desse conta, tinha o pai imprensado na parede.

– Não ouse falar dela comigo outra vez – avisou, mal reconhecendo a própria voz.

– Você cometeria o erro de me matar aqui, numa rua pública?

O barão arquejava, mas manteve um impressionante tom de ódio.

– É tentador.

– Ah, mas você perderia o título. E, então, como ficaria? Ah, sim – continuou ele, praticamente engasgando nas palavras –, enforcado.

Gareth diminuiu a força. Não devido às palavras do pai, mas porque enfim começava a recuperar o controle sobre as emoções. Hyacinth estava escutando tudo, conseguiu se lembrar. Estava bem ali, na esquina. Gareth não podia fazer algo de que se arrependeria mais tarde.

– Eu sabia que você faria isso – disse o pai, logo que o bastardo o soltou e se virou para ir embora.

Maldição, ele sempre sabia o que dizer e como manipulá-lo para impedir que Gareth tomasse a atitude correta.

– Faria o quê? – indagou Gareth, estacando.

– Pediria a Srta. Bridgerton em casamento.

Ele se virou lentamente. O pai sorria, satisfeito consigo mesmo. Aquela visão fez o sangue de Gareth gelar.

– Você é tão previsível... – disse o barão, entortando a cabeça só alguns centímetros.

Era um gesto que Gareth já vira uma centena de vezes, talvez mil: condescendente e desdenhoso, sempre fazia Gareth se sentir outra vez como um menino, esforçando-se muito pela aprovação do pai.

E fracassando toda vez.

– Uma palavra minha – provocou o barão, rindo para si mesmo. – Só uma palavra minha.

Gareth escolheu as palavras cuidadosamente. Precisava lembrar que tinha uma plateia. Portanto, apenas falou:

– Não tenho a menor ideia do que você quer dizer.

O pai irrompeu em gargalhadas. Atirou a cabeça para trás e rugiu, demonstrando um grau de alegria que reduziu Gareth a um silêncio chocado.

– Ora, vamos – continuou ele, enxugando os olhos. – Eu lhe disse que não conseguiria conquistá-la, e olhe só o que você fez.

Gareth sentiu um aperto no peito. O pai *queria* que ele se casasse com Hyacinth?

– Você logo a pediu em casamento. Quanto tempo levou? Um dia? Dois? Não mais que uma semana, tenho certeza.

– Meu pedido à Srta. Bridgerton não teve nada a ver com você – retrucou Gareth friamente.

– Ora, por favor – disse o barão com completo desdém. – Tudo o que você faz é por minha causa. Ainda não percebeu isso até hoje?

Gareth o fitou, horrorizado. Seria verdade?

– Bem, está na hora de ir para a cama – prosseguiu o barão, com um suspiro afetado. – Isso foi... divertido, não acha?

Gareth não sabia o que pensar.

– Ah, e antes de se casar com a Srta. Bridgerton – concluiu o pai, enquanto colocava o pé no primeiro degrau que levava à porta da frente da Casa Clair –, seria bom resolver a questão do seu outro noivado.

– O *quê*?

O barão abriu um sorriso afável.

– Não sabia? Você continua noivo da pobrezinha da Mary Winthrop. Ela não se casou com mais ninguém.

– Isso não pode ser legal.

– Ora, mas eu lhe garanto que é. – O barão se inclinou um pouco para a frente. – Eu me certifiquei disso.

Gareth se limitou a ficar de queixo caído, com os braços pendentes, sem vida, completamente atordoado.

– Vejo você no casamento! – gritou o barão. – Ora, que tolo eu sou. Em qual casamento? – Ele riu, dando mais alguns passos em direção à porta. – Por favor, mande me avisar assim que resolver tudo.

Fez um pequeno aceno, satisfeito, e entrou na casa.
– Meu Deus – disse Gareth para si mesmo, então mais uma vez, já que nunca na vida uma situação demandara tanto desespero: – Meu Deus.

Em que tipo de confusão ele havia se metido? Um homem não podia pedir mais de uma mulher em casamento ao mesmo tempo. Embora ele não tivesse proposto nada a Mary Winthrop, o pai o fizera em seu nome e assinara documentos. Gareth não fazia ideia de como isso interferia nos seus planos com Hyacinth, mas não podia ser nada bom.

Ora, maldição... Hyacinth.

Meu Deus. Ela ouvira cada palavra.

Gareth se pôs a correr em direção à esquina, então se deteve, erguendo os olhos para se certificar de que o pai não o estava espiando de casa. As janelas continuavam às escuras, o que não queria dizer nada...

Ora, que importância tinha isso?

Dobrou a esquina em disparada, derrapando bem na frente do beco onde a deixara.

Ela se fora.

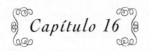

## Capítulo 16

*Ainda no beco, Gareth olha fixamente para o local onde Hyacinth deveria estar.*

*Nunca mais quer se sentir daquela forma.*

O coração de Gareth parou.

Onde diabos estaria Hyacinth?

Será que corria perigo? Já estava tarde e, embora se encontrassem numa das regiões mais caras e exclusivas de Londres, ladrões e assassinos poderiam estar à espreita e...

Não, não poderia ter acontecido nada com ela. Não ali perto. Gareth teria ouvido alguma coisa. Um confronto. Um grito. Hyacinth jamais teria sido levada sem luta. Uma luta muito ruidosa.

Isso significava que ela ouvira o pai falar sobre Mary Winthrop e que fugira correndo. Maldita mulher. Devia ter mais bom senso.

Gareth deixou escapar um grunhido irritado enquanto punha as mãos no quadril e perscrutava os arredores. Ela podia ter corrido para casa por oito rotas diferentes – provavelmente mais se contasse todos os becos e vielas, mas Gareth esperava que ela fosse sensata o bastante para evitá-los.

Decidiu tentar a rota mais direta. Ela teria dobrado

à direita na Berkeley Street, por onde deviam passar carruagens vindo do baile Mottram, mas Hyacinth provavelmente estaria tão furiosa que o seu principal objetivo seria chegar em casa o mais rápido possível.

Para Gareth, isso seria ótimo. Ele preferia que ela fosse vista por um mexeriqueiro na via principal do que por um ladrão numa rua secundária.

Gareth saiu correndo em direção à Berkeley Square, diminuindo o ritmo a cada esquina para olhar as ruas transversais.

Nada.

Aonde ela teria ido? Sabia que era atipicamente atlética para uma mulher, mas, por Deus, será que corria tão rápido assim?

Ele passou direto pela Charles Street e foi dar na praça. Uma carruagem o ultrapassou, mas Gareth não lhe deu a menor atenção. Os mexericos do dia seguinte provavelmente discorreriam sobre a sua corrida enlouquecida no meio da noite pelas ruas de Mayfair, mas a sua reputação resistiria sem problemas.

Correu ao redor da praça, então, por fim, chegou à Bruton Street, passando pelo número dezesseis, doze, sete...

Lá estava ela, correndo como o vento, dobrando a esquina para entrar na casa pelos fundos.

Gareth sentiu o corpo impulsionado por uma energia furiosa. Os braços se moviam ritmicamente, as pernas queimavam e a camisa permaneceria para sempre empapada de suor, mas ele não se importava.

Ia pegar a maldita mulher antes que ela entrasse em casa e, quando o fizesse...

Não sabia o que faria com ela, mas não ia ser nada bonito.

Hyacinth derrapou ao dobrar a última esquina, diminuindo o passo apenas o bastante para olhar por cima do ombro. Ela ficou de boca aberta ao vê-lo, mas, com o corpo rijo de determinação, disparou até a entrada dos empregados, nos fundos.

Os olhos de Gareth se estreitaram com satisfação. Ela iria se atrapalhar à procura da chave. Nunca conseguiria entrar. Diminuiu o ritmo um pouco, só o bastante para recuperar o fôlego, então passou a caminhar normalmente.

Agora estava enrascada.

Mas, em vez de pegar a chave por trás de um tijolo, Hyacinth apenas abriu a porta.

Que inferno, não haviam trancado a porta ao saírem. Gareth voltou a correr e quase conseguiu alcançá-la.

Quase.

Chegou à porta bem no instante em que ela a bateu na sua cara.

A mão dele pousou na maçaneta bem a tempo de ouvir o trinco encaixar com um clique.

Gareth cerrou o punho, morrendo de vontade de esmurrar a porta. Mais do que tudo, queria berrar o nome dela, e para o diabo com o decoro. Os dois seriam obrigados a casar ainda mais cedo, o que era o seu objetivo, de qualquer forma.

Porém certas coisas ficavam muito enraizadas num homem e ele era, ao que parecia, cavalheiro demais para destruir a reputação dela em público.

– Toda a destruição será estritamente particular – murmurou para si mesmo, retornando à frente da casa.

Plantou as mãos no quadril e olhou de cara feia para a janela do quarto dela. Já entrara ali uma vez; podia repetir a dose.

Deu uma olhada rápida para os dois lados da rua e viu que ninguém estava vindo. Então escalou o muro, e a subida foi muito mais fácil dessa vez, já que sabia exatamente onde colocar as mãos e os pés. A janela continuava um pouco aberta, como a deixara – claro que não achara que precisaria entrar por ali outra vez.

Ele se encolheu para passar, tropeçou e aterrissou sobre o tapete com um baque surdo no mesmo instante em que Hyacinth passou pela porta.

– Você tem muito o que explicar – rosnou ele, pondo-se de pé como um gato.

– Eu? Eu? Tenho dificuldade em... – Ela ficou parada com os lábios entreabertos, analisando a situação com certo atraso. – Saia do meu quarto!

Ele arqueou uma das sobrancelhas.

– Quer que eu desça pelas escadas da frente?

– Vai sair pela janela, seu verme infeliz.

Gareth se deu conta de que nunca vira Hyacinth com raiva. Irritada, sim; aborrecida, sem dúvida. Mas aquilo... era completamente diferente.

– Como você pôde fazer isso?! – enfureceu-se ela. – Como *pôde*? – Antes mesmo que ele pudesse começar a responder, Hyacinth se atirou para a frente e o empurrou com as duas mãos. – Saia! Agora!

– Não até você me prometer que nunca mais fará nada tão insensato quanto o que fez esta noite – retrucou ele, pontuando as palavras com o dedo em riste apontado para ela.

– Argh! – ela deixou escapar um barulho engasgado, do tipo que se faz quando não se consegue exprimir nem mesmo uma sílaba inteligível.

Então, por fim, depois de mais alguns arquejos de fúria, ela disse, a voz perigosamente baixa:

– Você não está em posição de exigir o que quer que seja de mim.

– Não? – Ele ergueu uma das sobrancelhas e a encarou com um arrogante meio sorriso. – Como seu futuro marido...

– Nem mencione isso neste momento.

Gareth sentiu um aperto no coração.

– Pretende desistir?

– Não – ela o olhou com uma expressão de ira –, mas você cuidou disso esta noite, não foi? Qual era o seu objetivo? Me tornar inadequada para qualquer outro homem?

Como esse fora exatamente o objetivo dele, Gareth nada disse. Nem uma palavra.

– Você vai se arrepender disso – sibilou Hyacinth. – Vai, sim. Pode acreditar.

– Ah, é mesmo?

– Como sua futura esposa – começou ela, os olhos faiscando –, posso transformar a sua vida num inferno.

Gareth não tinha a menor dúvida disso, mas decidiu lidar com o problema quando chegasse o momento.

– Esta situação não tem nada a ver com o que aconteceu entre nós mais cedo e com o que você talvez tenha ouvido o barão dizer. Ela tem a ver com...

– Ora, pelo amor de Deus... Quem você pensa que é?

Ele aproximou o rosto do dela, parando a centímetros.

– O homem que vai se casar com você. E você, Hyacinth Bridgerton prestes a se tornar St. Clair, nunca, *nunca* vai perambular pelas ruas de Londres sem um acompanhante, a qualquer hora do dia.

Por um instante, ela não disse nada e Gareth já estava convencido de que Hyacinth se comovera com a preocupação dele. Então ela deu um passo atrás e falou:

– Mas que momento conveniente para se desenvolver algum decoro.

Ele mal resistiu ao incontrolável desejo de agarrá-la pelos ombros e chacoalhá-la.

– Tem alguma ideia de como eu me senti quando dobrei a esquina e você tinha desaparecido? Parou para pensar no que poderia acontecer com você antes de sair correndo sozinha?

Uma das sobrancelhas dela se ergueu num arco de perfeita arrogância.

– Nada pior do que o ocorrido aqui.

Esse dardo foi disparado com precisão e Gareth quase se retraiu. Mas conseguiu manter a calma e retrucou, com uma voz serena:

– Você não quis dizer isso. Talvez ache que sim, mas não quis, e eu a perdoo por isso.

Hyacinth ficou perfeitamente imóvel, exceto pelo peito, que subia e descia. Seus punhos estavam cerrados ao lado do corpo e o rosto se avermelhava cada vez mais.

– Nunca – disse ela, por fim, a voz grave e terrivelmente controlada – fale comigo nesse tom outra vez. E jamais tenha a pretensão de achar que sabe o que se passa na minha cabeça.

– Não se preocupe, essa é uma afirmação que eu provavelmente não farei com frequência.

Hyacinth engoliu em seco – o único sinal de nervosismo que demonstrou antes de dizer:

– Quero que você vá embora.

– Não antes de ter a sua promessa.

– Eu não lhe devo nada, Sr. St. Clair. E o senhor não se encontra em posição de fazer exigências.

– Sua promessa – insistiu ele.

Hyacinth se limitou a fitá-lo. Como ele ousava entrar ali e reverter a situação? Ela era a parte lesada. Era ele quem... Ele... Meu Deus, ela não conseguia nem mesmo *pensar* em frases completas.

- Quero que você vá embora.

Ele emendou no mesmo segundo:

- E eu quero a sua promessa.

Hyacinth rangeu os dentes. Teria sido uma promessa fácil de fazer; sem dúvida não planejava fazer mais nenhum passeio no meio da noite. Mas uma promessa teria sido algo próximo de um pedido de desculpas e ela não lhe daria essa satisfação.

Talvez fosse tola, juvenil, mas não ia dizer nada. Não depois do que ele lhe fizera.

- Meu Deus - murmurou ele -, como você é teimosa.

Ela lhe lançou um sorriso doentio.

- Vai ser uma alegria estar casado comigo.

- Hyacinth - disse ele, meio que suspirando. - Em nome de tudo o que é... - Ele passou a mão pelos cabelos e pareceu esquadrinhar o quarto todo antes de se virar para ela outra vez. - Compreendo que esteja zangada...

- Não fale comigo como se eu fosse uma criança.

- Eu não falei.

Ela o encarou com frieza.

- Falou, sim.

- O que o meu pai disse a respeito de Mary Winthrop...

Ela ficou boquiaberta.

- Você acha que estou irritada com *isso*?

Ele a fitou, piscando duas vezes antes de perguntar:

- E não está?

– É claro que não. Minha nossa, você acha que sou tola?

– Eu... ahn... não?

– Sei muito bem que você não pediria duas mulheres em casamento. Pelo menos, não de propósito.

– Certo – disse ele, mostrando-se um pouco confuso. – Então o que...

– Você sabe por que me pediu em casamento?

– De que diabos você está falando?

– Sabe ou não sabe?

Ela lhe fizera essa pergunta na casa de Lady Danbury e ele não havia respondido.

– É claro que sei. Foi porque... – Ele se deteve, sem saber o que dizer.

Ela balançou a cabeça, piscando para conter as lágrimas.

– Não quero vê-lo neste momento.

– O que há de *errado* com você?

– Não há nada de errado comigo – vociferou ela, o mais alto que ousava. – Eu, pelo menos, sei por que aceitei a sua proposta. Mas você... você não tem a menor ideia do motivo.

– Então me diga – explodiu ele. – Me diga o que você parece achar tão importante. Você sempre parece saber o que é melhor para tudo e para todos e, agora, claramente, também sabe o que se passa na cabeça de todo mundo. Me diga, Hyacinth...

Ela se encolheu diante do veneno que havia na voz dele.

– ... me diga.

Hyacinth engoliu em seco. Não iria ceder. Mesmo tremendo, mesmo à beira das lágrimas como nunca estivera na vida, não iria ceder.

– Você me pediu em casamento... – começou ela, falando baixo para controlar os tremores – por causa *dele*.

Gareth apenas fitou-a, fazendo um gesto de cabeça que queria dizer "por favor, explique melhor".

– Do seu pai. – Ela teria gritado se já não estivesse tão tarde.

– Ora, pelo amor de Deus... Você acredita mesmo nisso? O pedido não tem nada a ver com ele.

Hyacinth o olhou com compaixão.

– Nada que faço é por causa dele – sibilou Gareth, furioso por até mesmo ela sugerir isso. – Ele não significa nada para mim.

Hyacinth balançou a cabeça.

– Está se iludindo, Gareth. Tudo o que você faz é por causa dele. Eu não tinha me dado conta disso até ele dizer, mas é verdade.

– Você dá mais crédito à palavra dele do que à minha?

– Isso não tem nada a ver com a *palavra* de uma pessoa – replicou ela, soando cansada, frustrada e, talvez, só um pouco triste. – As coisas são assim, e ponto. E você... você me pediu em casamento porque queria mostrar a ele que podia. O motivo não tem nenhuma relação comigo.

Gareth ficou estático.

– Isso não é verdade.

– Não? – Ela sorriu, mas seu rosto se mostrou triste, quase resignado. – Eu sei que você não me pediria em casamento se acreditasse estar prometido a outra mulher, mas eu também sei que faria qualquer coisa para esfregar na cara do seu pai. Até mesmo se casar comigo.

– Você está completamente enganada – retrucou ele, mas, por dentro, sua certeza começava a se esvair.

Gareth havia pensado mais de uma vez – com uma alegria inadequada – que o pai devia estar lívido diante do seu sucesso. E se deleitara com aquilo, sabendo que, no jogo de xadrez que era o relacionamento com lorde St. Clair, finalmente executara a jogada mortal. Xeque-mate.

A sensação fora especial.

Mas essa não fora a razão do pedido. Ele a pedira porque... Bem, havia uma centena de razões. Era complicado.

Gareth gostava dela. Isso não era importante? Até mesmo gostava da sua família. E ela gostava de sua avó. Nunca se casaria com uma mulher que não conseguisse lidar bem com Lady Danbury.

E ele a desejara. Ele a desejara com uma intensidade que o deixara sem fôlego.

Fizera sentido se casar com Hyacinth. Ainda fazia.

Era o que precisava expressar. Apenas deveria lhe

explicar. E ela compreenderia. Não era nenhuma tola. Era Hyacinth.

Por isso gostava tanto dela.

Gareth abriu a boca, gesticulando antes que qualquer palavra saísse. Tinha que dizer aquilo da maneira certa. Ou, pelo menos, não da forma mais errada.

– Se você encarar a questão de forma sensata...

– Eu a estou encarando de forma sensata – interrompeu ela. – Meu Deus, se eu não fosse tão *sensata*, teria voltado atrás.

Sua mandíbula estava tensa e ela engoliu em seco.

Gareth pensou: *Meu Deus, ela vai chorar.*

– Eu sabia o que estava fazendo mais cedo – começou ela, a voz dolorosamente baixa. – Sabia o que significava e que era irreversível. – O lábio inferior tremeu e ela desviou o olhar. – Só não esperava me arrepender.

Foi como um soco no estômago. Ele a magoara. Não fora a sua intenção e não sabia se ela estava exagerando na reação, mas ele a magoara.

Ficou perplexo ao constatar quanto isso o magoava.

Por um instante, ficaram parados, um observando o outro cautelosamente.

Gareth queria dizer alguma coisa, mas não tinha a menor ideia do quê. As palavras simplesmente lhe faltavam.

– Você imagina o que é se sentir como o peão do jogo de outra pessoa? – perguntou Hyacinth.

– Imagino – sussurrou ele.

Os cantos da boca de Hyacinth se enrijeceram. Ela não parecia zangada, apenas... triste.

– Então compreende por que estou lhe pedindo que vá.

Havia algo de primitivo dentro dele gritando para que ficasse, algo que o impelia a agarrá-la e fazê-la entender. Ele podia usar as palavras ou o corpo. Não importava, na verdade.

Mas havia outra sensação dentro dele, triste e solitária. De alguma forma, soube que, se ficasse, se a forçasse a entender, não teria sucesso – não naquela noite. Soube que a perderia.

– Discutiremos isso mais tarde – disse, então.

Ela permaneceu em silêncio.

Gareth foi até a janela. Pareceu-lhe um pouco ridículo e anticlimático sair por ali, mas quem diabos se importava com isso?

– Com relação a essa tal de Mary – falou Hyacinth às suas costas –, qualquer que seja o problema relacionado a ela, estou certa de que pode ser resolvido. Minha família pagará à dela, se necessário.

Hyacinth tentava recuperar o controle, sufocar a dor se concentrando em praticidades. Gareth reconhecia a tática; ele próprio a utilizara inúmeras vezes.

Virou-se, olhando-a diretamente nos olhos.

– É a filha do conde de Wrotham.

– Oh. – Ela fez uma pausa. – Bem, isso muda a situação, mas estou certa de que, se foi há muito tempo...

– Foi.

Ela engoliu em seco.

– Essa foi a causa do rompimento com o seu pai? O noivado?

– Você não exigiu que eu partisse? Agora está fazendo perguntas?

– Vou me casar com você. Vou acabar sabendo em algum momento.

– Sim, vai. Mas não esta noite.

Com isso, ele se lançou pela janela.

Ao chegar ao chão, olhou para cima, desesperado por um último vislumbre dela. Qualquer coisa teria servido, uma silhueta, quem sabe, ou mesmo a sombra de seu corpo se deslocando por trás das cortinas.

Mas não houve nada.

Ela se fora.

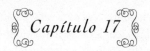

## Capítulo 17

*Hora do chá no Número Cinco. Hyacinth está sozinha na sala de estar com a mãe, sempre uma situação perigosa quando está de posse de um segredo.*

– O Sr. St. Clair está viajando?

Hyacinth ergueu a vista do bordado um tanto desleixado apenas tempo o bastante para dizer:

– Creio que não. Por quê?

A mãe franziu os lábios.

– Há vários dias que ele não vem nos visitar.

– Creio que esteja ocupado com alguma coisa relacionada à propriedade em Wiltshire – falou Hyacinth, mantendo uma expressão neutra.

Era mentira, é claro. Hyacinth não achava que ele possuísse propriedade alguma, quer fosse em Wiltshire ou em qualquer outro lugar. Mas, com alguma sorte, a mãe se distrairia com outro assunto antes de se lembrar de perguntar sobre as propriedades inexistentes de Gareth.

– Compreendo – murmurou Violet.

Hyacinth enfiou a agulha no tecido, talvez com um pouco mais de vigor do que o necessário, então olhou para a sua obra com um pequeno rosnado. Era uma péssima bordadeira. Nunca tivera paciência ou olho para os detalhes exigidos pela atividade, mas sempre mantinha um bastidor com algum trabalho na sala de estar. Não dava para saber quando precisaria de um para se abster de uma conversa.

O estratagema funcionara muito bem durante anos. Mas, agora, Hyacinth era a única das Bridgertons que morava em casa e, com frequência, na hora do chá só estavam ela e a mãe. Infelizmente, os bordados que a haviam mantido afastada de conversas com tanta elegância já não pareciam funcionar bem com apenas duas pessoas.

– Há algo errado? – indagou Violet.

– É claro que não.

Hyacinth não queria erguer os olhos, mas, se evitasse contato visual, deixaria a mãe desconfiada. Então baixou a agulha e ergueu o queixo. Como precisava dizer uma mentira, que pelo menos fosse convincente.

– Ele anda ocupado, só isso. Eu bem o admiro. Não quer que eu me case com um vagabundo, não é mesmo?

– Não, é claro que não – murmurou Violet –, mas me parece estranho. Vocês ficaram noivos há tão pouco tempo...

Em qualquer outro dia, Hyacinth simplesmente teria se virado para a mãe e dito: "Se tiver alguma pergunta para fazer, apenas faça."

Só que a mãe, então, perguntaria alguma coisa.

E Hyacinth não desejava responder.

Haviam se passado três dias desde que soubera a verdade a respeito de Gareth. A frase soava tão dramática, até mesmo melodramática: "desde que soubera a verdade". Parecia que tinha descoberto algum segredo terrível, que revelara um segredo repulsivo da família St. Clair.

Mas não havia segredo. Nada de sombrio, perigoso ou, até mesmo, ligeiramente vergonhoso. Apenas uma simples verdade que a vinha encarando desde sempre.

E ela fora cega demais para perceber. O amor fazia isso com uma mulher, supunha.

E Hyacinth certamente se apaixonara por ele. Isso estava claro. Em algum momento entre a aceitação do pedido e a noite em que haviam feito amor, ela se apaixonara.

Mas não o conhecia. Será que podia, de fato, dizer que o conhecia, que realmente sabia do que era capaz quando nem ao menos compreendera o elemento mais básico de seu caráter?

Ele a usara.

Fora isso. Ele a usara para vencer a interminável batalha contra o pai.

E isso doía muito mais do que ela poderia ter imaginado.

Ficava repetindo para si mesma que estava sendo tola, que estava exagerando. Será que não contava nada o fato de ele gostar dela, de achá-la inteligente e engraçada e, até mesmo, ocasionalmente sábia? Não importava o fato de que ele a protegeria, a honraria e, apesar do passado um tanto manchado, seria um marido bom e fiel?

Por que fazer caso do motivo do pedido? O importante é que ele pedira.

Mas não era algo insignificante. Ela se sentia usada, sem importância, como se fosse apenas uma peça num tabuleiro de xadrez muito maior.

E a pior parte era que nem mesmo compreendia o jogo.

– Esse foi um suspiro bastante sentido.

Hyacinth piscou e se concentrou na imagem da mãe. Minha nossa, havia quanto tempo estava ali sentada, olhando para o nada?

– Você quer me contar alguma coisa? – perguntou Violet com cuidado.

Hyacinth fez que não com a cabeça. Como é que uma pessoa compartilhava uma coisa daquelas com a mãe?

*"Caso lhe interesse, eu soube recentemente que meu noivo me pediu em casamento porque desejava enfurecer o pai. Ah, e será que mencionei que não sou mais virgem? Não tenho mais como não me casar!"*

Não, isso não daria certo.

– Suspeito – começou Violet, tomando um gole do chá – que vocês tenham tido sua primeira briga de amantes.

Hyacinth se esforçou para não ruborizar. Amantes, de fato.

– Não é nada de que precise se envergonhar – comentou Violet.

– Não estou envergonhada – replicou Hyacinth às pressas.

Violet ergueu as sobrancelhas e Hyacinth se odiou por ter caído tão facilmente na armadilha da mãe.

– Não foi nada – sussurrou ela, espetando o bordado até a flor amarela na qual estivera trabalhando se parecer com um pintinho eriçado.

Hyacinth deu de ombros e sacou a linha laranja: iria lhe dar pés e bico.

– Sei que é considerado inconveniente demonstrar os próprios sentimentos – começou Violet –, e eu nunca sugeriria que você fizesse qualquer coisa que pudesse ser considerada teatral, mas às vezes ajuda dizer a alguém como você se sente.

Hyacinth ergueu os olhos, enfrentando o olhar da mãe.

– Eu raramente tenho dificuldade em dizer às pessoas como me sinto.

– Bem, isso é verdade – concordou Violet, mostrando-se desgostosa por sua teoria ter sido destroçada.

Hyacinth voltou ao bordado, franzindo a testa ao se dar conta de que colocara o bico alto demais. Ora, seria um pintinho usando um chapéu de festa.

– Talvez – insistiu a mãe – o Sr. St. Clair é que tenha dificuldade em...

– Eu sei como ele se sente.

– Ah. – Violet franziu os lábios e soltou o ar lentamente pelo nariz. – Talvez ele não saiba como proceder. Como deve abordá-la.

– Ele sabe onde eu moro.

Violet deixou escapar um suspiro audível.

– Você não está facilitando as coisas para mim.

– Eu estou *tentando* bordar.

Hyacinth exibiu a sua obra de arte como prova.

– Você está é tentando evitar... – A mãe se deteve, piscando. – Ora, por que é que essa flor tem orelha?

– Não é uma orelha. – Hyacinth baixou a vista. – E não é uma flor.

– Não era uma flor ontem?

– Tenho uma mente muito criativa – disse Hyacinth de má vontade, dando à maldita flor outra orelha.

– Isso jamais esteve em questão.

Hyacinth fitou a desordem que criara no tecido.

– É um gato malhado. Eu só preciso lhe dar um rabo.

Violet permaneceu em silêncio por um instante, então disse:

– Você às vezes pode ser muito dura com as pessoas.

Hyacinth ergueu a cabeça de súbito.

– Eu sou sua filha!

– É claro que é – concordou Violet, mostrando-se ligeiramente chocada com a agressividade de Hyacinth. – Mas...

– Por que é que você parte do princípio de que os erros só podem ter sido meus?

– Eu não falei isso!

— Falou, sim. — Hyacinth pensou nas incontáveis disputas entre os irmãos Bridgertons. — Você sempre acha isso.

Violet reagiu com um arquejo horrorizado.

— Isso não é verdade, Hyacinth. É só que eu a conheço melhor do que conheço o Sr. St. Clair e...

— Portanto, conhece todos os meus defeitos?

— Bem, conheço, sim. — Violet se mostrou surpresa com a própria resposta e se apressou em acrescentar: — Isso não significa que o Sr. St. Clair não tenha as suas próprias fraquezas e defeitos. É só que... Bem, eu não os conheço.

— São gigantescos — afirmou Hyacinth com amargor — e, muito provavelmente, intransponíveis.

— Ah, Hyacinth... — começou a mãe, e havia tanta preocupação em sua voz que ela chegou muito perto de cair em prantos naquele instante. — O que está acontecendo?

Hyacinth desviou os olhos. Não devia ter dito nada. Agora a mãe ficaria indócil e ela teria que ficar sentada ali, sentindo-se péssima, querendo desesperadamente atirar-se em seus braços e voltar a ser criança.

Na infância, convencera-se de que a mãe era capaz de resolver qualquer problema, de melhorar tudo com uma palavra suave e um beijo na testa.

Mas ela já não era criança e aquelas não eram questões infantis.

Não podia compartilhá-las com a mãe.

— Você quer desistir do casamento? — perguntou Violet, baixinho e com cautela.

Hyacinth balançou a cabeça. Não podia desistir do casamento. Mas...

Surpreendeu-se com os rumos dos próprios pensamentos. Será que *queria* voltar atrás? Se não tivesse se entregado a Gareth, se não tivessem feito amor e não houvesse nada que a forçasse a permanecer noiva... o que ela faria?

Passara os últimos três dias pensando obsessivamente naquela noite, naquele terrível momento em que ouvira o pai de Gareth zombando por tê-lo manipulado.

Havia repassado cada frase em sua mente, cada palavra que conseguia recordar e, no entanto, só agora se fazia aquela que devia ser a pergunta mais importante. A única que importava, de fato. E ela se deu conta de que...

Manteria o compromisso.

Repetiu isso em sua mente, necessitando de tempo para absorver as palavras.

Continuaria noiva.

Ela o amava. Seria tão simples assim?

— Não quero desistir do casamento — afirmou, apesar de já ter balançado a cabeça. Algumas coisas precisavam ser ditas em voz alta.

— Então você precisará ajudá-lo — disse Violet. — Com o que o está afligindo.

Hyacinth assentiu lentamente, tão imersa em

pensamentos que não conseguia reagir de forma mais significativa. Será que podia ajudá-lo? Seria possível? Mal o conhecia, havia apenas um mês; ele, no entanto, tivera toda uma vida para construir o ódio pelo pai.

Talvez Gareth não quisesse ajuda ou, quem sabe, o mais provável, talvez nem soubesse que precisava de ajuda. Os homens nunca sabiam.

– Acho que ele gosta de você – disse a mãe. – Realmente acho.

– Eu sei que gosta – concordou Hyacinth, triste.

Mas ele não gostava dela tanto quanto odiava o pai.

E, quando se abaixara sobre um dos joelhos e lhe pedira para passar o resto da vida ao seu lado, para ostentar o seu sobrenome e lhe dar filhos, não fora por causa *dela*.

O que isso dizia sobre *ele*?

Ela suspirou, sentindo-se muito cansada.

– Você não costuma ser assim – observou a mãe.

Hyacinth ergueu a vista.

– Tão quieta, esperando – esclareceu Violet.

– Esperando?

– Por ele. Imagino que seja isso que você está fazendo, esperando que ele venha vê-la e que implore o seu perdão.

– Eu...

Ela se deteve. Era o que vinha fazendo mesmo. Nem se dera conta. E, provavelmente, esse era o motivo para se sentir tão infeliz. Colocara o seu destino e a sua felicidade nas mãos de outra pessoa, e odiava ter feito isso.

– Por que não lhe manda uma carta? – sugeriu Violet. – Peça a ele que venha visitá-la. Ele é um cavalheiro e seu noivo. Nunca se recusaria a vir.

– Não, ele não se recusaria. Mas... – seus olhos imploravam por um conselho – o que eu diria?

Era uma pergunta boba. Violet nem mesmo sabia qual era o problema, então como saberia a solução? No entanto, conseguiu dizer o certo.

– Diga o que estiver no seu coração – respondeu Violet. Os lábios se retorceram com ironia e ela acrescentou: – Se isso não funcionar, sugiro que leve um livro e que o golpeie na cabeça.

Hyacinth piscou, aturdida.

– O quê?

– Eu não disse nada.

Hyacinth sorriu.

– Tenho bastante certeza de que disse, sim.

– Você acha? – sussurrou Violet, ocultando o próprio sorriso com a xícara.

– Um livro grande ou pequeno?

– Grande, creio eu, não concorda?

Hyacinth fez que sim.

– Por acaso temos A *obra completa de Shakespeare* na biblioteca?

– Acredito que sim.

Hyacinth sentiu algo fervilhar no peito, que parecia impeli-la ao riso. Foi bom sentir isso outra vez.

– Eu te amo, mamãe – disse ela, subitamente necessitada de dizer aquilo em voz alta. – Quero que saiba disso.

– Eu sei, minha querida – falou Violet, com os olhos brilhantes. – Eu também te amo.

Hyacinth assentiu. Nunca parara para pensar como era precioso o amor de um pai ou de uma mãe. Gareth nunca o tivera. Só Deus sabia como fora a sua infância. Ele nunca falara a respeito e Hyacinth sentiu vergonha de nunca ter demonstrado interesse.

Nem ao menos percebera que o assunto nunca fora mencionado.

Talvez, quem sabe, ele merecesse um pouco de compreensão.

Gareth ainda teria que implorar o seu perdão; ela também não era *tão* gentil e caridosa para dispensar isso.

Mas podia tentar compreendê-lo, podia amá-lo e, talvez, se ela desse o seu melhor, poderia preencher o vazio que havia dentro dele.

Quem sabe ela podia lhe proporcionar aquilo de que precisava.

E talvez isso fosse tudo o que importava.

Mas, nesse meio-tempo, Hyacinth precisaria gastar um pouco de energia para que o final feliz ocorresse. E tinha a sensação de que um bilhete não seria suficiente.

Era o momento de ser descarada, de ser ousada.

De enfrentar o leão na sua toca, de...

- Hyacinth, você está bem?
- Estou perfeitamente bem - respondeu ela, embora balançasse a cabeça. - Pensando como uma tola, só isso.

Uma tola apaixonada.

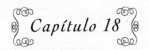

# Capítulo 18

*Naquela mesma tarde, no pequeno escritório do minúsculo apartamento de Gareth, nosso herói resolve que precisa agir.*

*Mal sabe ele que Hyacinth está prestes a ser mais rápida.*

Um gesto grandioso. Era disso que ele precisava. As mulheres adoravam. Embora Hyacinth fosse bem diferente de qualquer mulher, ainda assim ficaria balançada, ao menos um pouco, diante de um gesto grandioso.

Certo?

Bem, era melhor que sim, pensou Gareth, mal-humorado, pois não sabia mais o que fazer.

O problema era que os gestos mais grandiosos custavam dinheiro, algo que Gareth não tinha muito. Os menos dispendiosos envolviam constrangimentos públicos: recitar poesias, entoar baladas ou fazer declarações açucaradas diante de oitocentas pessoas.

Nada que ele se dispusesse a fazer.

Mas Hyacinth era, como ele observara com frequência, um tipo incomum de mulher, logo, quem sabe, um tipo incomum de gesto surtisse efeito.

Tudo precisava terminar bem.

— Sr. St. Clair, temos visita.

Ele ergueu a vista. Estava sentado havia tanto tempo à escrivaninha que bem poderia já ter criado raízes. Seu lacaio postava-se no vão da porta do escritório. Como Gareth não pudesse ter um mordomo — quem precisava de um se havia apenas quatro cômodos para cuidar? —, Phelps também assumia tais tarefas.

— Mande-o entrar — disse Gareth, sem prestar muita atenção, deslizando alguns livros por cima dos papéis que já se encontravam sobre a escrivaninha.

— É...

*Coff, coff. Coff, coff, coff.*

Gareth ergueu os olhos.

— Algum problema?

— Bem... não...

O criado parecia aflito. Gareth tentou se apiedar dele. Ao ser entrevistado para o cargo, o pobre Sr. Phelps não entendera direito que às vezes serviria como mordomo e, claramente, jamais aprendera a mordomesca habilidade de manter a expressão desprovida de qualquer emoção.

— Sr. Phelps? — indagou Gareth.

— Ele é ela, Sr. St. Clair.

— Um hermafrodita, Sr. Phelps? — perguntou Gareth, só para ver o pobre homem ruborizar.

Contudo, o criado apenas retesou o maxilar.

— É a Srta. Bridgerton.

Gareth colocou-se de pé com tanta rapidez que colidiu com a escrivaninha.

– Aqui? Agora?

Phelps fez que sim, demonstrando-se só um pouco satisfeito com o desnorteamento do patrão.

– Ela me deu o próprio cartão. Foi muito educada, como se não houvesse nada de incomum.

As engrenagens na cabeça de Gareth giravam, tentando compreender por que diabos Hyacinth faria algo tão imprudente quanto ir até a sua casa no meio do dia. Não que o meio da noite tivesse sido melhor, porém qualquer pessoa intrometida poderia tê-la visto entrar no prédio.

– Ah, mande-a entrar.

Não podia mandá-la embora. Nas atuais circunstâncias, ele teria que levá-la em casa pessoalmente. Imaginava que não tivesse vindo com um acompanhante adequado. Talvez tivesse trazido aquela dama de companhia devoradora de balas de hortelã que não servia de proteção nenhuma nas ruas de Londres.

Aguardou de braços cruzados. O apartamento era um quadrado e dava para chegar ao escritório tanto pela sala de jantar quanto pelo quarto. Infelizmente, a faxineira escolhera justo aquele dia para fazer na sala o enceramento bianual que – ela jurava sobre a sepultura da querida mãe, em alto e bom som – mantinha o chão limpo e evitava doenças. Portanto, a mesa bloqueava a porta do escritório, e a única forma de entrar era pelo quarto dele.

Gareth gemeu e balançou a cabeça. A última coisa de que precisava era imaginar Hyacinth em seu quarto.

Esperava que ela se sentisse desconfortável ao passar por lá. Era o mínimo que merecia, indo até ali sozinha.

– Gareth – disse ela, surgindo no vão da porta.

Então ele jogou pela janela todas as boas intenções.

– Que diabos está fazendo aqui?

– É ótimo vê-lo também – replicou ela, com tanta serenidade que ele se sentiu um tolo.

Mas Gareth foi em frente mesmo assim.

– Qualquer pessoa pode ter visto você. Não liga para a sua reputação?

Ela deu de ombros de leve, tirando as luvas.

– Eu estou noiva. Você não pode desistir e eu não pretendo fazê-lo, então duvido que ficarei arruinada para sempre se alguém me flagrar.

Gareth tentou ignorar a onda de alívio provocada por aquelas palavras. Ele havia feito de tudo para que ela não desistisse de se casar e Hyacinth já garantira que não voltaria atrás, mas era surpreendentemente bom ouvir aquilo.

– Muito bem – começou ele devagar, escolhendo as palavras com enorme cuidado. – Por que, então, está aqui?

– Não estou aqui para discutir sobre o seu pai – disse ela asperamente –, se é isso que o preocupa.

– Não estou preocupado – retrucou ele, irritado.

Ela ergueu uma das sobrancelhas. Diabos, *por que* escolhera a única mulher do mundo que conseguia fazer aquilo? Ou, pelo menos, a única que conhecia.

– Não estou – repetiu ele, impaciente.

Hyacinth permaneceu em silêncio, mas o encarou com uma expressão incrédula.

– Eu vim discutir sobre as joias.

– As joias – repetiu ele.

– Sim – respondeu ela, ainda com aquela voz afetada e objetiva. – Espero que não tenha se esquecido delas.

– E como poderia?

Hyacinth estava começando a irritá-lo. Ou melhor, a atitude dela. Gareth ainda tinha um turbilhão por dentro, ficava tenso só de olhá-la, e ela estava impassível, quase sobrenaturalmente serena.

– Espero que ainda pretenda procurá-las – continuou ela. – Já chegamos longe demais para desistir agora.

– Tem alguma ideia de por onde deveríamos começar? – perguntou ele, mantendo a voz tranquila. – Se me lembro bem, chegamos a um beco sem saída.

Hyacinth enfiou a mão na bolsa e sacou a última pista deixada por Isabella, que permanecera com ela desde que haviam se separado, alguns dias antes. Com cuidado, desdobrou o papel e o alisou até se abrir por completo sobre a mesa.

– Tomei a liberdade de levar isto até o meu irmão, Colin. Você havia me dado permissão.

Gareth assentiu.

– Como falei – prosseguiu ela –, ele viajou por todo o continente. Colin acha que foi escrito numa língua eslava. Após consultar um mapa, ele acredita que seja o esloveno.

Diante de sua expressão de incompreensão, ela acrescentou:

– É a língua que falam na Eslovênia.

Gareth piscou, surpreso.

– Isso é um país?

Pela primeira vez na conversa, Hyacinth sorriu.

– É. Devo confessar que também não sabia de sua existência. Na realidade, trata-se mais de uma região. Ao norte e a leste da Itália.

– Faz parte da Áustria-Hungria, então?

– E fazia parte do Sacro Império Romano-Germânico. Sua avó era do norte da Itália?

Gareth percebeu que não fazia a menor ideia. Vovó Isabella adorava lhe contar histórias sobre a infância passada na Itália, mas tudo se resumia a comida e festas – o tipo de coisa que um menino muito pequeno pudesse achar interessante. Ela poderia até ter mencionado a cidade onde nascera, mas ele era pequeno demais para prestar atenção.

– Não sei – confessou ele, sentindo-se bastante tolo por sua ignorância; achava até que faltara consideração de sua parte. – Talvez. Não era muito morena. Na verdade, sua cor de pele era muito parecida com a minha.

Hyacinth assentiu.

– Eu já tinha pensado nisso... Nem você nem seu pai têm um aspecto muito mediterrâneo.

Gareth sorriu, tenso. Havia um ótimo motivo para *ele* não parecer ter nem um pingo de sangue italiano.

– Bem... – continuou Hyacinth, fitando o pedaço de papel. – Se ela era do nordeste, poderia ter vivido próximo à fronteira eslovena e, assim, estar familiarizada com a língua. Ao menos para escrever duas frases no idioma.

– Ela deve ter pensado que ninguém aqui na Inglaterra seria capaz de traduzi-la.

– Exatamente – concordou Hyacinth, assentindo, animada.

Ao ver que Gareth não compreendera, acrescentou:

– Se você quisesse tornar uma pista particularmente difícil, não a escreveria na língua mais obscura possível?

– É uma pena que eu não fale chinês.

Ela o encarou, com impaciência ou irritação, então foi em frente:

– Estou convencida de que esta é a pista final. Qualquer um que chegasse até aqui seria forçado a gastar um tanto de energia e, provavelmente, de recursos para obter uma tradução. Ela não faria ninguém ter trabalho duas vezes.

Gareth mordeu o lábio, fitando as palavras estranhas.

– Não concorda? – insistiu Hyacinth.

Ele ergueu os olhos, dando de ombros.

– Bem, *você* se disporia a ter esse trabalho.

Ela ficou boquiaberta.

– O que quer dizer com isso? Não... – Hyacinth se deteve, refletindo. – Tudo bem, eu me disporia. Mas podemos concordar que, para o bem ou para o mal, eu sou um pouco mais diabólica do que uma mulher comum... e um homem comum, pensando bem.

Gareth sorriu, perguntando-se se deveria ficar ainda mais nervoso com aquela expressão: "para o bem ou para o mal".

– Acha que sua avó teria a mente tão tortuosa quanto... ahn... – ela pigarreou – eu?

Gareth viu em seus olhos que ela não estava tão controlada quanto gostaria que ele pensasse.

– Não sei – respondeu ele com franqueza. – Ela faleceu quando eu era ainda muito pequeno. Minhas lembranças e percepções são dos meus 7 anos.

– Bem – disse ela, tamborilando sobre a escrivaninha num revelador gesto de nervosismo. – Podemos começar a nossa busca por um falante de esloveno. – Ela revirou os olhos enquanto acrescentava, um tanto seca: – Em alguma parte de Londres deve haver.

– Deve haver – murmurou ele.

Não devia provocá-la, é claro; àquela altura isso já estava mais do que claro, porém era... divertido ver Hyacinth tão decidida.

E, como sempre, ela não o desapontou.

– Nesse meio-tempo, devemos retornar à Casa Clair.

– E revirá-la? – indagou ele, com o máximo de polidez, indicando que a achava louca.

– É claro que não – disse ela, fechando a cara.

Gareth quase sorriu. Essa atitude fazia bem mais o tipo de Hyacinth.

– Mas me parece – continuou ela – que as joias estão escondidas no quarto dela.

– Por quê?

– Onde mais ela as colocaria?

– No quarto de vestir – sugeriu ele, inclinando a cabeça para o lado –, na sala de estar, no sótão, no armário do mordomo, no quarto de hóspedes, no *outro* quarto de hóspedes...

– Mas onde faria mais sentido? – ela o interrompeu, mostrando-se um tanto contrariada com o sarcasmo. – Até aqui, ela manteve tudo restrito às áreas menos visitadas pelo seu avô. Que lugar seria melhor do que o quarto particular?

Ele a olhou pensativo por um tempo, fazendo-a ruborizar.

– Sabemos que ele a visitou lá pelo menos duas vezes.

– Duas vezes?

– Meu pai e o irmão mais novo. Ele morreu em Trafalgar – explicou Gareth.

– Ah. – Isso pareceu tirar um pouco do ímpeto que ela vinha exibindo. Pelo menos momentaneamente. – Sinto muito.

Gareth deu de ombros.

– Já faz muito tempo, mas obrigado.

Ela assentiu, parecendo não saber o que dizer a seguir.

– Certo. Bem....

– Certo.

– Bem...

– Bem... – disse ele, baixinho.

– Ora, para o diabo com tudo isso! – explodiu ela. – Não aguento mais. Não fui *feita* para ficar sentada sem fazer nada e varrer as coisas para debaixo do tapete.

Gareth abriu a boca para falar, ainda que não fizesse ideia do quê, mas Hyacinth não terminara:

– Eu sei que devia ficar quieta e deixar tudo como está, mas não consigo. Simplesmente não consigo. – Ela parecia querer sacudi-lo. – Você compreende?

– Nem uma palavra sequer – admitiu ele.

– Eu preciso saber! Preciso saber por que você me pediu em casamento.

Aquele era um tópico que ele não desejava revisitar.

– Pensei que você não tivesse vindo aqui discutir sobre o meu pai.

– Eu menti. Você não acreditou de verdade, certo?

– Não. Suponho que não.

– É que... Eu não posso...

Ela torcia as mãos, mostrando-se mais atormentada do que nunca. Algumas mechas do cabelo tinham se soltado e seu rosto estava avermelhado.

Mas eram os olhos que traíam a maior mudança: havia um desespero, um estranho desconforto que não lhes pertencia.

Então percebeu que essa era a característica marcante de Hyacinth, que a distinguia do resto da humanidade. Estava sempre à vontade na própria pele: sabia quem era, gostava de ser quem era. Gareth imaginava que esse fosse o principal motivo para apreciar tanto a sua companhia.

Hyacinth tinha muitas coisas que ele sempre desejara.

Ela conhecia o seu lugar no mundo.

E ele queria o mesmo. Queria com uma intensidade que lhe dilacerava a alma. Era uma inveja estranha e quase indescritível, mas lá estava ela. E o queimava por dentro.

– Se você sente qualquer coisa por mim, então compreende como isso é difícil. Pelo amor de Deus, Gareth, você podia dizer *alguma coisa, por favor*?

– Eu...

As palavras pareciam estrangulá-lo. Por que ele a pedira em casamento? Havia cem, mil razões. Tentou lembrar o que tinha colocado a ideia em sua cabeça. Fora algo súbito, mas não recordava exatamente o motivo. Só lhe parecera o certo a fazer.

Não por ser o esperado, não por ser o adequado, mas apenas por ser o certo.

Sim, pensara que seria a vitória definitiva no jogo eterno com o pai, mas esse não fora o motivo.

Ele a pedira em casamento porque precisava fazer isso.

Porque não podia imaginar não pedir.

Porque a amava.

Sentiu-se desmoronar e, felizmente, a mesa estava bem atrás, senão teria acabado no chão.

Como aquilo teria acontecido? Estava apaixonado por Hyacinth Bridgerton.

Com certeza alguém estaria rindo dele agora.

– Eu vou embora – anunciou ela, com a voz embargada, já perto da porta.

Ele devia ter passado um minuto inteiro em silêncio!

– Não! – gritou ele, com a voz rouca. – Espere! Por favor.

Ela se virou e fechou a porta.

Gareth teria que lhe contar. Não que a amava – isso ele ainda não estava exatamente pronto para revelar. Mas a verdade sobre o seu nascimento. Não podia mais esconder isso.

– Hyacinth, eu...

As palavras ficaram entaladas. Nunca havia contado a ninguém. Nem mesmo à avó. Ninguém sabia da verdade, a não ser ele e o barão.

Durante dez anos, Gareth guardara aquilo em seu íntimo, permitira que crescesse e que o preenchesse. Às vezes, tinha a sensação de que era tudo o que era. Nada além de um segredo. Nada além de uma mentira.

– Preciso lhe contar uma coisa – disse, hesitante.

Hyacinth percebeu que era algo extraordinário, pois ficou muito quieta, o que raramente acontecia.

– Eu... Meu pai...

Era estranho dizer aquilo, pois nunca ensaiara as palavras. Não sabia juntá-las, não sabia qual frase escolher.

– Ele não é meu pai – disse por fim, de forma atabalhoada.

Hyacinth pestanejou.

– Não sei quem é o meu verdadeiro pai.

Ela continuou em silêncio.

– Imagino que eu nunca vá saber.

Ele a observou, aguardou algum tipo de reação. Ela estava inexpressiva, petrificada; não parecia mesmo a Hyacinth de sempre. Então, quando Gareth teve certeza de que a perdera de vez, Hyacinth comprimiu os lábios e declarou:

– Bem, isso é um alívio.

– Como disse?

– Eu não estava animada com a perspectiva de os meus filhos carregarem o sangue de lorde St. Clair. – Ela deu de ombros, erguendo as sobrancelhas numa expressão especialmente hyacinthiana. – Fico feliz por terem o título dele... é uma coisa útil... mas o sangue dele já é outra história. St. Clair tem um mau humor notável, sabia?

Gareth concordou, sentindo a euforia crescer dentro de si.

– Eu já havia percebido.

– Imagino que tenhamos de manter isso em segredo – disse ela, como se não estivesse falando de nada além de um mexerico. – Quem mais sabe?

Ele estava ainda um pouco atordoado com a praticidade com que Hyacinth abordava o problema.

– Apenas o barão e eu, que eu saiba.

– E o seu verdadeiro pai.

– Espero que não – falou Gareth. Nunca havia parado para pensar nisso.

– É possível que ele nem tenha sabido – disse Hyacinth, baixinho. – Ou achou que você estaria melhor com os St. Clairs, como filho da nobreza.

– Sim, mas isso não me faz sentir melhor – replicou Gareth com amargura.

– Talvez a sua avó saiba mais.

Ele a encarou.

– Isabella. Em seu diário.

– Ela não era minha avó de fato.

– Alguma vez ela agiu dessa forma? Como se você não fosse neto dela?

– Não – respondeu ele, perdendo-se nas lembranças. – Ela me amava. Não sei por quê, mas me amava.

– Talvez porque você seja um pouquinho amável – comentou Hyacinth, a voz estranhamente falhando.

O coração de Gareth deu um salto.

– Então você não quer terminar o noivado? – perguntou ele, um tanto cauteloso.

– Você quer?

Ele balançou a cabeça.

– Por que eu iria querer? – indagou ela, abrindo o mais discreto dos sorrisos.

– Sua família poderia fazer objeções.

– Pffft. Nós não somos tão arrogantes assim. A esposa do meu irmão é filha ilegítima do duque de Penwood com uma atriz de quem só Deus sabe a origem, e qualquer um de nós daria a vida por ela. – Hyacinth estreitou os olhos, pensativa. – Mas você não é ilegítimo.

– Para o eterno desespero de meu pai.

– Ora, então eu não vejo problema. Meu irmão e Sophie gostam de viver no campo, em parte devido ao passado dela, mas nós não seremos forçados a fazer o mesmo. A não ser, é claro, que você deseje.

– O barão poderia fazer um escândalo.

Ela sorriu.

– Está tentando me convencer a não me casar com você?

– Só quero que você compreenda...

– Porque espero que, a esta altura, você já tenha percebido que tentar me dissuadir é uma tarefa muito cansativa.

Gareth não teve como não sorrir.

– Seu pai não dirá uma palavra sequer – assegurou ela. – Qual seria a finalidade? Você nasceu durante o casamento, logo ele não pode lhe tirar o título. E a revelação de que você é bastardo só o exporia como um marido traído. Nenhum homem quer isso – afirmou, gesticulando com grande autoridade.

Os lábios dele se curvaram e Gareth sentiu algo se alterar por dentro, como se estivesse ficando mais leve, mais livre.

– Você pode falar por todos os homens? – murmurou ele, deslocando-se lentamente na sua direção.

– Você gostaria de ter fama de marido traído?

Ele fez que não com a cabeça.

– Mas eu não preciso me preocupar com isso.

Ela pareceu perder um pouco da firmeza – embora tenha ficado excitada – quando ele começou a se aproximar.

– Não se você me mantiver feliz.

– Ora, Hyacinth Bridgerton, isso é uma ameaça?

Ela assumiu uma expressão coquete.

– Talvez.

Gareth só estava a um passo de distância agora.

– Pelo visto, vou ter muito trabalho pela frente.

Ela empinou o queixo e sua respiração se acelerou.

– Não sou uma mulher particularmente fácil.

Ele lhe tomou a mão.

– Gosto de um desafio.

– Que bom que você...

Gareth enfiou um dos dedos dela na boca e Hyacinth arquejou.

– ... vai se casar comigo – ela conseguiu terminar.

Ele passou a outro dedo.

– Aham.

– Eu... Ah... Eu... Ah...

– Você gosta mesmo de falar – comentou ele, com uma risadinha.

– O que você... Oh!

Ele sorriu para si mesmo enquanto passava à parte interna de seu punho.

– ... quer dizer com isso? – concluiu ela, com a voz fraca.

Hyacinth já estava com o corpo todo mole e ele se sentiu o rei do mundo.

– Ora, nada de mais – murmurou Gareth, puxando-a para si e roçando os lábios no seu pescoço. – É só que estou ansioso por me casar, assim você vai poder fazer quanto barulho quiser.

Ele não conseguia ver o seu rosto – estava ocupado demais com o decote do vestido, que, claramente, precisava ser baixado –, mas sabia que ela havia ruborizado. Sentiu o calor emanar do corpo.

– Gareth... – disse ela, num débil protesto. – Deveríamos parar com isso.

– Essa não é a sua vontade – retrucou ele, deslizando a mão por debaixo da bainha da saia dela, pois ficou claro que o corpete não queria ceder.

– Não – ela suspirou –, não mesmo.

Ele sorriu.

– Que bom.

Hyacinth deixou escapar um gemido enquanto os dedos dele subiam por suas pernas, fazendo cócegas. Agarrando-se a um último fiapo de sanidade, ela disse:

– Mas não podemos... Oh.

– Não, não podemos – concordou ele.

A escrivaninha não seria confortável, não havia lugar no chão e só Deus sabia se Phelps fechara a porta exterior do seu quarto. Ele se afastou e lhe deu um sorriso endiabrado.

– Mas podemos fazer outras coisas.

Os olhos dela se arregalaram.

– Que outras coisas? – indagou Hyacinth, soando deliciosamente desconfiada.

Ele entrelaçou os dedos nos dela e, em seguida, ergueu-lhe as mãos acima da cabeça.

– Você confia em mim?

– Não, mas não me importo com isso.

Ainda segurando as mãos dela no alto, ele a encostou na porta e se aproximou para beijá-la. Tinha sabor de chá e de...

Dela mesma.

Podia contar em uma das mãos o número de vezes que a beijara e, no entanto, sabia que aquela era a sua essência. Era única em seus braços, durante os beijos, e ele compreendeu que ninguém mais lhe bastaria.

Soltou uma das mãos, percorrendo com carícias o caminho do antebraço ao ombro... ao pescoço... ao rosto. Então libertou-a de vez e voltou à bainha do vestido.

Ela gemeu o nome dele, arfando à medida que os seus dedos subiam-lhe pela perna.

– Relaxe – instruiu ele, os lábios quentes de encontro ao seu ouvido.

– Não consigo.

– Consegue, sim.

– Não – disse ela, agarrando-lhe o rosto e forçando-o a olhá-la. – Eu não consigo.

Gareth riu alto; Hyacinth realmente gostava de dominar.

– Muito bem, então não relaxe.

Antes que ela tivesse chance de responder, ele deslizou o dedo pela beirada de suas roupas íntimas e a tocou.

– Oh!

– Agora não vai mais relaxar – falou ele com uma risadinha.

– Gareth.

– Oh, Gareth, Não, Gareth ou Mais, Gareth?

– Mais – ela gemeu. – Por favor.

– Adoro uma mulher que sabe quando implorar.

Ela o encarou.

– Você vai pagar por isso.

Ele arqueou a sobrancelha.

– Vou?

– Mas não agora.

Ele riu baixinho.

– Muito justo.

Gareth a massageou suavemente, excitando-a. Hyacinth respirava com dificuldade, os lábios entreabertos e os olhos vidrados. Ele adorava as suas feições, amava cada curvinha, o modo como os malares refletiam a luz, o formato da mandíbula.

Mas havia algo no seu rosto, agora que ela estava mergulhada na paixão, que lhe tirou o fôlego. Era linda – não de fazer um homem trocar os pés pelas mãos, mas de uma forma mais discreta.

Sua beleza pertencia a ele, e a ele apenas.

Diante disso, Gareth se sentiu humilde.

Inclinou a cabeça para beijá-la carinhosamente, com todo o amor que sentia. Queria absorver o seu arquejo quando ela atingisse o orgasmo, queria sentir o seu hálito e o seu gemido. Os dedos dele faziam cócegas, provocavam, e Hyacinth ficou rija, o corpo preso entre ele e a parede.

– Gareth – arfou ela, libertando-se do beijo apenas tempo o bastante para dizer o nome dele.

– Em breve – prometeu ele e sorriu. – Talvez agora.

Então, enquanto a beijava, deslizou um dedo para dentro dela, ainda acariciando com outro. Sentiu-a se contrair à sua volta, o corpo praticamente levitar com a força da sua paixão.

Nesse momento é que ele se deu conta da verdadeira intensidade do seu desejo. Estava duro, quente e desesperado por Hyacinth, mas estivera tão concentrado nela que não havia notado.

Até agora.

Gareth a encarou. Ela estava mole, sem ar, mais próxima de perder os sentidos do que nunca.

Estava tudo bem, disse para si mesmo, não muito convencido. Tinham toda a vida à sua frente. Um encontro com uma banheira de água gelada não iria matá-lo.

– Feliz? – murmurou ele, olhando-a com indulgência.

Ela assentiu, mas foi só.

Gareth lhe deu um beijo no nariz, então lembrou-se dos papéis que deixara sobre a escrivaninha. Não estava exatamente finalizado, mas lhe pareceu um bom momento para mostrar a ela.

– Tenho um presente para você.

Os olhos dela se iluminaram.

– Tem?

Ele fez que sim.

– Mas lembre-se de que o que vale é a intenção.

Ela sorriu, seguindo-o até a escrivaninha e sentando-se na cadeira à sua frente.

Gareth colocou alguns livros de lado e, cuidadosamente, ergueu uma folha de papel.

– Não está concluído.

– Não me importo – disse ela, baixinho.

Ainda assim, Gareth não lhe mostrou.

– Acho que já ficou bastante óbvio que não vamos achar as joias.

– Não! – protestou ela. – Nós podemos...

– Shhh. Deixe-me terminar.

Contendo todos os seus impulsos, ela conseguiu ficar calada.

– Eu não tenho muito dinheiro – continuou ele.

– Isso não importa.

– Fico feliz que se sinta dessa maneira, pois, mesmo que jamais nos falte qualquer coisa, nós não viveremos como os seus irmãos e irmãs.

– Não preciso disso tudo – disse ela rapidamente.

E não precisava mesmo. Ou, pelo menos, esperava que não. Mas sabia, com toda a sua alma, que não precisava de nada tanto quanto precisava dele.

Gareth se mostrou grato e, talvez, só um pouco desconfortável.

– É provável que a situação fique ainda pior, pois vou herdar o título – acrescentou ele. – Acho que o barão está preparando tudo para me reduzir à mendicância.

– Está tentando me convencer outra vez a não me casar com você?

– Ah, não. Agora você está definitivamente presa a mim. Mas você precisa saber que, se pudesse, eu lhe daria o mundo. – Ele estendeu o papel em sua direção. – A começar por isto.

Ela pegou a folha. Gareth a desenhara ali.

Ela arregalou os olhos.

– Você é que fez?

Ele aquiesceu.

– Não tenho o treinamento adequado, mas consigo...

– Está muito bom – interrompeu ela.

Gareth jamais entraria para a história como um artista famoso, mas a semelhança era grande. Ele havia capturado algo de seu olhar que não vira em nenhum dos retratos dela encomendados pela família.

– Eu tenho pensado em Isabella – revelou ele, apoiando-se na beirada da mesa. – E me lembrei de uma história que ela me contou quando eu era pequeno. Havia uma princesa e um príncipe malvado e... – ele sorriu com algum pesar – uma pulseira de diamantes.

Hyacinth estivera observando o seu rosto, hipnotizada pelo ardor em seus olhos, mas, ao ouvir isso, voltou a fitar o desenho. Ali, em seu punho, havia uma pulseira de diamantes.

– Estou certo de que não se parece em nada com a que ela escondeu – continuou Gareth –, mas é como eu me lembro de ela a descrever para mim e é o que eu lhe daria se pudesse.

– Gareth, eu... – As lágrimas encheram os seus olhos, ameaçando escorrer por suas faces. – É o presente mais precioso que já recebi.

Ele a olhou... não como se não acreditasse nela, mas como se não soubesse ao certo se devia.

– Você não precisa dizer...

– Mas é – insistiu ela, pondo-se de pé.

Gareth pegou outra folha de papel da mesa.

– Desenhei aqui também, só que maior, para você poder ver melhor.

Hyacinth viu que ali estava apenas a pulseira, como se suspensa no ar.

– É linda – comentou ela, tocando o desenho.

Ele abriu um sorriso autodepreciativo.

– Se não existe, deveria existir.

Ela assentiu, ainda examinando a imagem. A pulseira era linda, delicada e extravagante, cada elo num formato parecido ao de uma folha. Hyacinth sentiu um enorme desejo de usá-la.

Mas jamais poderia estimá-la tanto quanto estimava aqueles dois desenhos. Nunca.

– Eu...

Ela ergueu os olhos, os lábios se entreabrindo em surpresa. Quase disse "Eu te amo".

– ... amei os desenhos – completou, mas imaginou que a verdade estivesse em seus olhos.

Ela sorriu e colocou a mão por cima da dele. Queria dizer "Eu te amo", mas não estava exatamente pronta. Não sabia por quê. Talvez temesse ser a primeira a dizê-lo. Ela não tinha medo de quase nada, porém não era corajosa o bastante para pronunciar três palavrinhas.

Impressionante.

Assustador.

Então decidiu mudar de ânimo.

– Ainda quero procurar as joias – afirmou, pigarreando, até que sua voz pudesse soar bem clara.

Ele gemeu.

– Por que você não desiste?

– Porque eu... Bem, porque não posso. – Hyacinth franziu a boca. – Não quero que o seu pai fique com elas. Oh. É assim que devo me referir a ele?

Gareth deu de ombros.

– Eu ainda o chamo assim. É difícil acabar com o hábito.

– Não me importa que Isabella não fosse sua avó de verdade. Você merece a pulseira.

Ele abriu um sorriso divertido.

— E por que acha isso?

Ela ficou confusa por um instante.

— Porque merece. Porque alguém tem que ficar com ela e eu não quero que seja ele. Porque... — Ela olhou, desejosa, para o desenho que se encontrava em suas mãos. — Porque é *maravilhosa*.

— Não podemos esperar encontrar o nosso tradutor de esloveno?

Ela fez que não, apontando para o bilhete, ainda sobre a mesa.

— E se não for esloveno?

— Achei que você tivesse dito que era — replicou ele, claramente exasperado.

— Eu disse que meu irmão *achava* que fosse. Você sabe quantas línguas existem na Europa Central?

Ele praguejou baixinho.

— Eu sei que é muito frustrante — concordou ela.

Gareth a encarou, incrédulo.

— Não foi por isso que praguejei.

— Então por que...

— Porque você vai acabar comigo.

Hyacinth sorriu, enfiando o indicador no peito dele.

— Agora você sabe por que a minha família estava louca para se livrar de mim.

— Que Deus me ajude... sei mesmo.

Ela entortou a cabeça.

— Podemos ir amanhã?

— Não!

— No dia seguinte?

– Não!

– Por favor? – insistiu ela.

Gareth girou-a até que ela estivesse de frente para a porta.

– Vou levá-la para casa.

Ela virou a cabeça, tentando falar por cima do ombro.

– Por...

– Não!

Hyacinth foi arrastando os pés, permitindo a Gareth empurrá-la em direção à porta. Quando já não podia mais evitar a expulsão, agarrou a maçaneta, mas, antes de girá-la, se virou uma última vez, abriu a boca e...

– NÃO! – gritou Gareth.

– Eu não...

– Muito bem – gemeu ele, com vontade de atirar os braços para cima em exasperação. – Você venceu.

– Oh, obri...

– Mas não vai junto.

Ela ficou imóvel, a boca ainda aberta.

– Como disse?

– Eu vou – respondeu ele, com uma careta, como se preferisse ter todos os dentes extraídos a fazer aquilo. – Mas você não vai.

Ela o fitou, tentando encontrar alguma forma de dizer "Isso não é justo" sem soar como uma adolescente. Impossível. Quis perguntar como poderia ter certeza de que ele iria sem dar a entender que não confiava nele.

Droga, outra causa perdida.

Assim, simplesmente cruzou os braços e o fuzilou com os olhos. Em vão.

– Não – repetiu Gareth.

Hyacinth abriu a boca uma última vez, então desistiu, suspirando.

– Bem, imagino que, se conseguisse manipulá-lo sempre, não valeria a pena me casar com você.

Ele gargalhou.

– Você vai ser uma ótima esposa, Hyacinth Bridgerton – disse, empurrando-a para fora da sala.

– Humpf.

Ele grunhiu.

– Mas não se você se transformar na minha avó.

– É o meu maior sonho – replicou ela, travessa.

– Que pena – murmurou ele, puxando-lhe o braço para que não entrasse na sala de estar.

Ela se virou com um olhar interrogativo.

Gareth curvou os lábios, com um ar de completa inocência.

– Ora, eu não posso fazer *isto* com a minha avó.

– Oh!

Como ele conseguira enfiar a mão *ali*?

– Ou *isto*.

– Gareth!

– *Gareth, sim* ou *Gareth, não*?

Ela sorriu. Não dava para se conter.

– Gareth, *mais*.

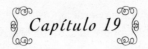

# Capítulo 19

*Terça-feira seguinte.*

*Tudo de importante acontece às terças-feiras, não é mesmo?*

— Olhe só o que eu trouxe!

De pé à porta da sala de estar de Lady Danbury, Hyacinth sorriu, erguendo o exemplar de *A Srta. Davenport e o marquês sombrio*.

— Um livro novo? — perguntou Lady D, na outra extremidade da sala.

Estava sentada em sua poltrona favorita, mas, pela postura, mais parecia estar num trono.

— Não é um livro qualquer — respondeu Hyacinth com um sorriso maroto, estendendo-o em sua direção. — Olhe só.

Lady Danbury pegou o livro e ficou exultante.

— Ainda não lemos este. — Ela olhou para Hyacinth. — Espero que seja tão ruim quanto os demais.

— Ora, vamos, Lady Danbury — disse Hyacinth, sentando-se ao seu lado —, a senhora não devia chamá-los de ruins.

— Eu não falei que não eram divertidos — replicou a condessa, folheando as páginas ansiosamente. —

Quantos capítulos ainda temos com a querida Srta. Butterworth?

Hyacinth pegou o livro em questão de uma mesa vizinha e o abriu no local marcado na terça-feira anterior.

– Três.

– Humpf. Eu me pergunto de quantos penhascos Priscilla conseguirá se pendurar nesse tempo.

– De pelo menos dois, imagino – murmurou Hyacinth. – Contanto que não seja apanhada pela peste.

Lady Danbury tentou espiar o livro por cima de seu ombro.

– Acha isso possível? Um bocado de bubônica faria maravilhas pela prosa.

Hyacinth riu.

– Talvez esse devesse ser o subtítulo. A *Srta. Butterworth e o barão louco ou* – ela baixou a voz de maneira dramática – *Um bocado de bubônica.*

– Prefiro *Bicada até a morte pelos pombos.*

– Talvez devêssemos escrever um livro – disse Hyacinth com um sorriso, preparando-se para começar o capítulo dezoito.

Lady Danbury fez uma careta, como se quisesse golpear a cabeça de Hyacinth.

– Já venho dizendo isso há algum tempo.

Hyacinth franziu o nariz enquanto balançava a cabeça.

– Não, não seria tão divertido. Acha que alguém compraria uma coleção de títulos de livros divertidos?

– Comprariam se tivesse o meu nome na capa – respondeu Lady D com grande autoridade. – Por falar nisso, como anda a tradução do diário da outra avó de meu neto?

Hyacinth meneou a cabeça ligeiramente na tentativa de seguir a complicada estrutura da frase da condessa.

– Perdoe-me, mas o que isso tem a ver com as pessoas se sentirem compelidas a comprar um livro com o seu nome na capa?

Lady Danbury gesticulou com vigor, como se o comentário de Hyacinth fosse um objeto que ela pudesse afastar.

– Você não me contou nada – insistiu.

– Só passei um pouco da metade. Não me lembro tanto de italiano quanto imaginava e estou achando a tarefa muito difícil.

Lady D assentiu.

– Ela era uma mulher encantadora.

Hyacinth piscou, surpresa.

– A senhora a conheceu? Isabella?

– Mas é claro que sim. O filho dela se casou com a minha filha.

– Ah, sim – murmurou Hyacinth.

Não sabia por que isso não lhe ocorrera antes. Será que Lady Danbury sabia algo sobre as circunstâncias do nascimento de Gareth? Ele dissera que não ou que, pelo menos, nunca havia conversado com ela a respeito. Mas talvez cada um estivesse mantendo silêncio supondo que o outro não soubesse.

Hyacinth abriu a boca, então a fechou com determinação. Não cabia a ela dizer nada. *Não cabia*.

Mas...

Não. Ela trincou os dentes com força, como se isso pudesse impedi-la de falar o que não devia. Não podia revelar o segredo de Gareth. *Não, não, não, não*.

– Comeu algo azedo? – indagou Lady D sem a menor delicadeza. – Está com uma expressão um tanto adoentada.

– Estou perfeitamente bem – respondeu Hyacinth, grudando no rosto um sorriso cristalino. – Só estava pensando no diário. Na verdade, eu o trouxe comigo. Para ler na carruagem.

Vinha trabalhando incansavelmente na tradução desde que descobrira o segredo de Gareth naquela semana. Não sabia se descobririam a identidade do verdadeiro pai de Gareth, mas o diário de Isabella lhe parecia ser o melhor ponto de partida para a busca.

– É mesmo? – Lady Danbury se recostou na poltrona e fechou os olhos. – Por que não lê para mim?

– A senhora não entende italiano.

– Eu sei, mas é uma língua encantadora, tão melodiosa e suave... E eu preciso tirar um cochilo.

– Tem certeza? – perguntou Hyacinth, enfiando a mão na pequena bolsa para pegar o diário.

– De que preciso de um cochilo? Sim, lamentavelmente. Há dois anos não consigo mais existir sem tirar um todas as tardes.

– Na verdade, estava me referindo à leitura do diário. Se deseja adormecer, há métodos mais eficazes do que ouvir italiano.

– Ora, Hyacinth, está se oferecendo para cantar músicas de ninar para mim?

Hyacinth revirou os olhos.

– A senhora é tão cruel quanto uma criança.

– Todos nós já fomos crianças um dia, minha querida Srta. Bridgerton. Todos nós já fomos.

Hyacinth balançou a cabeça e encontrou o ponto onde havia parado: primavera de 1793, quatro anos antes do nascimento de Gareth. Segundo o que lera na carruagem, a mãe de Gareth estava grávida daquele que Hyacinth presumia ser o irmão mais velho, George. Anteriormente, já sofrera dois abortos espontâneos, mas isso não aumentara em nada a afeição do marido por ela.

O mais interessante na história era o desapontamento de Isabella com o filho. Sim, ela o amava, mas se arrependia de ter deixado o marido moldá-lo. Assim, o filho era exatamente como o pai. Tratava a mãe com desdém, e a esposa não recebia melhor tratamento.

No geral, a narrativa era bastante triste. Hyacinth gostava de Isabella. Apesar de não conseguir traduzir palavra por palavra, a inteligência e o humor da italiana se sobressaíam na escrita. Hyacinth acreditava que, se tivessem a mesma idade, vivendo na mesma época, teriam sido amigas. Entristecia-se ao constatar quanto Isabella fora sufocada pelo marido, tornando-se infeliz.

E isso reforçou sua crença de que realmente importava com quem uma pessoa se casava. Não por riqueza ou posição social, embora Hyacinth não fosse idealista a ponto de fingir que ambos não tinham importância nenhuma.

Mas só se tinha uma vida e, com a graça de Deus, um marido. E que alegria era *gostar* do homem com quem vai se casar. Isabella não fora espancada ou maltratada, mas havia sido ignorada e ninguém dera ouvidos aos seus pensamentos e opiniões.

O marido a enviara para uma casa de campo num local remoto e ensinara os filhos por meio do exemplo. O pai de Gareth tratou a mulher exatamente da mesma forma.

Hyacinth imaginava que o tio de Gareth se portaria da mesma forma se tivesse vivido o bastante para se casar.

– Vai ler para mim ou não vai? – questionou Lady D num tom um tanto estridente.

Hyacinth fitou a condessa, que nem ao menos se dera ao trabalho de abrir os olhos para fazer o pedido.

– Desculpe – disse ela. – Só preciso de um momento para... Ah, aqui estamos.

Hyacinth pigarreou e se pôs a ler em italiano:

– *Si avvicina il giorno in cui nascerà il mio primo nipote. Prego che sia un maschio...*

Traduzia na cabeça enquanto continuava a ler em voz alta em italiano:

> *Aproxima-se o dia em que nascerá o meu primeiro neto. Rezo para que seja um menino. Eu adoraria que fosse uma menininha – provavelmente permitiriam que eu a visse e cuidasse mais dela, mas será melhor para todos nós se for um menino. Temo pensar em como Anne será forçada a aturar as atenções de meu filho se tiver uma menina.*
>
> *Eu deveria amar mais o meu próprio filho, mas me preocupo mesmo é com a minha nora.*

Hyacinth fez uma pausa para fitar Lady Danbury, buscando sinais de que ela compreendia alguma coisa de italiano. Afinal, o texto era sobre a sua filha. Perguntou-se se a condessa teria alguma ideia da infelicidade daquela união. Mas, para sua surpresa, Lady D havia começado a roncar.

Nunca imaginara que Lady Danbury conseguisse adormecer tão depressa. Permaneceu em silêncio por alguns minutos, esperando que a condessa abrisse os olhos de repente e gritasse para continuar a ler.

Após um minuto, no entanto, Hyacinth teve certeza de que Lady D adormecera. Assim, continuou lendo para si mesma, traduzindo cada frase na cabeça. O registro seguinte era de alguns meses mais tarde; Isabella expressava alívio por Anne ter dado à luz um menino, batizado de George. O barão estava esfuziante de orgulho e até mesmo dera à esposa um bracelete de ouro de presente.

Hyacinth folheou o diário, tentando ver quantas páginas faltavam para 1797, ano do nascimento de Gareth. Uma, duas, três... Sete, oito, nove... Ah, 1796. Gareth nascera em março. Então, se Isabella escrevera a respeito da sua concepção, o texto apareceria ali, não em 1797.

Um intervalo de dez páginas.

Então lhe ocorreu: por que não saltar adiante? Nenhuma lei exigia que ela lesse o diário em perfeita ordem cronológica. Podia só olhar adiante, para 1796 e 1797, e ver se havia algo relacionado a Gareth e sua ascendência. Se não houvesse, voltaria diretamente para o ponto onde parara e recomeçaria a leitura.

Lady Danbury não dissera que a paciência não era uma virtude?

Hyacinth olhou pesarosamente para 1793 e então, segurando as cinco folhas como uma única, passou a 1796.

Segurou firme o diário; agora estava determinada a *não voltar* atrás.

– "24 de junho de 1796" – leu em voz baixa. – "Cheguei à Casa Clair para uma visita de verão e me informaram que meu filho já partira para Londres."

Hyacinth subtraiu os meses rapidamente na cabeça. Gareth nascera em março de 1797. Três meses a levaram de volta a dezembro de 1796 e outros seis a... junho.

E o pai de Gareth estava viajando.

Mal conseguindo respirar, Hyacinth foi em frente:

> *Anne parece satisfeita por ele estar fora, e o pequeno George é um verdadeiro tesouro. Será que é terrível admitir que fico mais feliz quando Richard não está? É uma alegria tão grande ter todas as pessoas que amo por perto...*

Hyacinth franziu a testa ao concluir o registro. Não havia nada de extraordinário ali. Nada sobre um estranho misterioso ou um amigo inadequado.

Ergueu a vista para Lady Danbury, cuja cabeça, agora, encontrava-se atirada para trás. Sua boca estava um pouco aberta.

Hyacinth retornou, decidida, ao diário, indo para o registro seguinte, de três meses depois.

Ela ofegou.

> *Anne está grávida. E todos sabemos que não pode ser de Richard. Ele está fora há dois meses. Dois meses. Temo por ela. Meu filho está furioso. Mas ela não quer revelar a verdade.*

— Revele — suplicou Hyacinth. — Revele.
— Hein?

Hyacinth fechou o diário com violência e ergueu os olhos. Lady Danbury se agitou no assento.

– Por que parou de ler? – perguntou Lady D, grogue.

– Eu não parei – mentiu Hyacinth, segurando o diário com tanta força que se surpreendeu de não abrir buracos na encadernação. – A senhora adormeceu.

– Foi mesmo? Devo estar ficando velha.

Hyacinth sorriu sem ânimo.

– Muito bem – disse Lady D, com um aceno. Ela se remexeu um pouco, movendo-se primeiro para a esquerda, depois para a direita e mais uma vez para a esquerda. – Agora estou acordada. Voltemos à Srta. Butterworth.

Hyacinth ficou pasma.

– *Agora*?

– E seria quando?

Hyacinth não tinha uma boa resposta.

– Muito bem – aceitou, com o máximo de paciência.

Forçou-se a pousar o diário ao seu lado e sacou A *Srta. Butterworth e o barão louco*.

– Ram-ram – pigarreou ela, abrindo na primeira página do capítulo dezoito. – Ram-ram.

– A garganta a está incomodando? – perguntou Lady Danbury. – Ainda tenho um pouco de chá no bule.

– Não é nada – respondeu Hyacinth. Soltou o ar, olhou para baixo e leu com muito menos animação do que o normal: – "*O barão tinha um segredo. Priscilla estava bastante certa disso. A única pergunta era: A verdade seria revelada algum dia?*" Também quero saber – murmurou Hyacinth.

— Hein?

— Acho que alguma coisa importante está prestes a acontecer — comentou Hyacinth com um suspiro.

— Alguma coisa importante está sempre prestes a acontecer, minha querida menina. E, se não estiver, é uma boa ideia agir como se estivesse. Dessa forma, você aproveitará melhor a vida.

Hyacinth fez uma pausa, ponderando aquele comentário filosófico, algo nada típico de Lady Danbury.

— Não tenho a menor paciência com a moda atual do *ennui* — continuou Lady Danbury, batendo a bengala no chão. — Rá. Quando foi que se tornou crime demonstrar interesse pelas coisas?

— Como disse?

— Apenas leia o livro. Acho que estamos chegando a uma parte boa. Finalmente.

Hyacinth assentiu. O problema era que ela estava chegando à parte boa do *outro* livro. Inspirou fundo, tentando voltar sua atenção para a Srta. Butterworth, mas as palavras se embaralhavam diante de seus olhos.

Por fim, ergueu os olhos para Lady Danbury e perguntou:

— Sinto muito, mas a senhora se importaria muito se eu encurtasse a minha visita? Não estou me sentindo bem.

Lady Danbury a fitou como se ela tivesse acabado de anunciar que carregava no ventre o filho ilegítimo de Napoleão.

– Ficarei satisfeita em compensar amanhã – acrescentou Hyacinth rapidamente.

– Mas hoje é *terça-feira*.

– Eu sei. Eu... – Hyacinth suspirou. – A senhora é mesmo uma criatura de hábitos, não é?

– A marca da civilização é a rotina.

– Sim, compreendo, mas...

– Mas o sinal de uma mente verdadeiramente avançada é a capacidade de se adaptar a circunstâncias cambiantes.

O queixo de Hyacinth caiu. Nunca, nem mesmo nos seus sonhos mais loucos, imaginaria Lady Danbury dizendo aquilo.

– Vá, menina querida – disse Lady D, enxotando-a em direção à porta. – Vá resolver o que quer que a esteja deixando tão intrigada.

Por um instante, Hyacinth apenas a fitou. Então, sentindo-se amada e acolhida, juntou os pertences, ficou de pé e se aproximou de Lady Danbury.

– A senhora vai ser minha avó – falou ela, se abaixando e lhe dando um beijo na face. Jamais fizera um gesto de tanta intimidade, mas, de alguma forma, agora lhe parecia certo.

– Sua criança tola – disse Lady Danbury, secando os olhos enquanto Hyacinth se encaminhava para a porta. – No meu coração, sou sua avó há anos. Só estava esperando que se tornasse oficial.

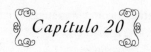

# Capítulo 20

*Mais tarde, à noite... Bem mais tarde, na verdade. A tradução teve que ser postergada devido a um longo jantar de família seguido de um interminável jogo de mímica.*

*Por fim, às onze e meia, ela encontrou a informação que buscava.*

*A excitação se mostrou mais forte do que a cautela...*

Mais dez minutos e Gareth não teria estado ali para ouvir a batida. Vestira o suéter, uma coisa áspera, de lã, que a avó teria considerado pavorosamente incivilizada, mas que tinha a vantagem de ser negra como a noite. Estava sentado no sofá, calçando botas de solado mais silencioso, quando a ouviu.

Uma batida suave, mas firme.

Olhou de relance para o relógio e viu que era quase meia-noite. Phelps já fora se deitar havia muito tempo, então o próprio Gareth foi até a porta.

– Sim? – disse, posicionando-se junto à pesada madeira.

– Sou eu – veio a resposta instantaneamente.

O quê? Não, não podia ser...

Ele abriu a porta com um puxão.

– O que está fazendo aqui? – sibilou, puxando Hyacinth para dentro do apartamento.

Ela se chocou contra uma cadeira quando ele a soltou para espiar para fora.

– Não trouxe ninguém com você?

– Não tive tempo de...

– Você enlouqueceu? – sussurrou ele, furioso. – Está completamente louca?

Achava que não poderia ficar mais irritado do que quando ela correra por Londres sozinha de madrugada. Mas, pelo menos, Hyacinth tivera algum tipo de desculpa, pois fora surpreendida pelo pai dele.

Mas dessa vez... *dessa vez*... ele mal conseguia se controlar.

– Vou ter que trancafiar você – disse ele, mais para si mesmo. – É isso. É a única solução. Vou ter que prendê-la e...

– Se você puder escu...

– Entre já – vociferou ele, agarrando-a pelo braço e puxando-a para dentro do próprio quarto.

Era o local mais distante do pequeno aposento de Phelps, localizado à saída da sala de estar. O criado costumava ter sono pesado, mas, como Gareth não tinha lá muita sorte, Phelps escolheria justamente aquela noite para acordar e fazer um lanche à meia-noite.

– Gareth – sussurrou Hyacinth, seguindo-o com passos rápidos –, eu preciso lhe contar...

Ele se virou para ela com um olhar furioso.

- Não tenho que ouvir nada vindo de você que não comece com "Eu sou uma completa tola."

Ela cruzou os braços.

- Bem, eu *não* vou dizer isso.

Ele ficou flexionando os dedos, num movimento cuidadoso que o impedia de saltar sobre ela. O mundo começava a tomar um perigoso tom de vermelho. Tudo em que conseguia pensar era em Hyacinth atravessando Mayfair em disparada, sozinha, prestes a ser atacada, violentada...

- Eu vou matar você.

Ora, se era para alguém atacá-la, que pelo menos fosse ele.

Mas ela apenas balançou a cabeça, não lhe dando ouvidos.

- Gareth, eu tenho que...

- Não - interrompeu ele energicamente. - Nem uma palavra. Não diga uma palavra sequer. Apenas fique aí, sentada... - Ele piscou, dando-se conta de que ela estava de pé, então apontou para a cama. - Sente-se aí, *quieta*, até eu descobrir que diabos fazer com você.

Ela obedeceu e, uma vez na vida, não pareceu que abriria a boca. Na verdade, até se mostrou um tanto presunçosa, deixando-o desconfiado.

Não sabia como ela descobrira que aquela era a noite da última busca pelas joias. Devia ter deixado alguma informação escapar, ter feito alusão à ida durante uma de suas conversas recentes. Achava que tomara todas as precauções, porém Hyacinth era diabolicamente esperta e poderia ter deduzido as intenções dele.

Na opinião de Gareth, era uma tarefa tola. Não fazia ideia da localização dos diamantes e só havia a teoria de Hyacinth sobre o quarto de dormir da baronesa. Mas ele lhe prometera que iria. Devia ter um senso de honra muito elevado, pois lá estava ele, indo à Casa Clair pela terceira vez naquele mês.

Gareth a olhou de cara feia. Ela sorriu com serenidade, enfurecendo-o ainda mais. Já passara dos limites.

– Muito bem – disse ele, a voz tão baixa, quase trêmula. – Vamos estabelecer algumas regras.

Ela se empertigou.

– Como disse?

– Quando nos casarmos, você não poderá deixar a casa sem a minha permissão...

– *Nunca?*

– Até você provar ser uma adulta responsável – concluiu ele, mal se reconhecendo nas próprias palavras. Mas não havia outra forma de manter a maldita tolinha segura.

Ela deixou escapar um suspiro impaciente.

– Quando foi que você ficou tão pomposo?

– Quando me apaixonei por você! – ele praticamente rugiu. Só não rugiu de verdade porque estava num edifício repleto de apartamentos, todos habitados por homens solteiros que ficavam acordados até tarde e gostavam de falar da vida alheia.

– Você... Você... Você, o quê?

A boca de Hyacinth se abriu num cativante e pequeno oval, mas Gareth estava bravo demais para apreciar o efeito.

– Eu amo você, sua boboca – respondeu ele, agitando os braços como um louco.

Era impressionante como ela o reduzira àquilo. Não conseguia se lembrar da última vez que perdera a paciência daquela forma, da última vez que alguém o deixara com tanta raiva que ele mal conseguia falar.

Sem contar Hyacinth, é claro.

Ele rangeu os dentes.

– Você é a mais enlouquecedora, a mais frustrante...

– Mas...

– E *nunca* sabe quando parar de falar, mas, que Deus me ajude, eu amo você...

– Mas, Gareth...

– E se eu tiver que amarrá-la à cama só para mantê-la a salvo, Deus é minha testemunha, eu o farei.

– Mas, Gareth...

– Nem uma palavra. Nem uma mísera palavra – interrompeu ele, agitando o dedo para ela num gesto extremamente indelicado.

Por fim, Gareth pareceu congelar com o indicador em riste e, após alguns poucos movimentos espasmódicos, conseguiu se acalmar e plantar as mãos nos quadris.

Hyacinth o fitava com os olhos azuis imensos e cheios de espanto. Gareth não conseguiu desviar o olhar enquanto ela se levantava lentamente e se aproximava.

– Você me ama? – sussurrou ela.

– Isso vai acabar comigo, mas amo você. – Ele suspirou, exausto diante da simples perspectiva do futuro. – Não dá para evitar.

– Oh. – Seus lábios tremeram e ela abriu um sorriso. – Que bom.

– "Que bom"? É só isso que você tem a dizer?

Ela deu um passo à frente e tocou a face dele.

– Eu também amo você. De todo o coração, com tudo o que sou e tudo...

Ele jamais saberia o que ela ia dizer, pois se perdeu em meio ao beijo.

– Gareth – ofegou Hyacinth no breve momento em que parou para respirar.

– Agora não – pediu ele, tomando sua boca outra vez.

Não conseguia parar de beijá-la. Ele lhe dissera que a amava e, agora, precisava lhe mostrar.

– Mas, Gareth...

– Shhh...

Ele lhe tomou o rosto nas mãos e a beijou, e a beijou... até cometer o erro de libertar a sua boca para lhe atacar o pescoço.

– Gareth, eu preciso lhe contar...

– Agora não – murmurou ele. Tinha outras coisas em mente.

– Mas é muito importante e...

Ele se arrastou para longe dela.

– Meu Deus, mulher – rosnou. – O *que é*?

– Você precisa me escutar – pediu ela, ofegante, e Gareth se sentiu satisfeito. – Eu sei que foi loucura vir até aqui tarde assim.

– Sozinha – ele achou por bem acrescentar.

– Sozinha – concedeu ela, os lábios retorcidos em irritação. – Mas juro que não teria feito algo tão tolo se não precisasse falar com você imediatamente.

– Um bilhete não teria bastado?

Hyacinth balançou a cabeça.

– Gareth – começou ela, o rosto tão sério que ele prendeu a respiração –, eu sei quem é o seu pai.

Ele ficou sem chão. Sem conseguir desviar os olhos dela, agarrou-lhe os ombros, enterrando os dedos com força. Se alguém lhe perguntasse depois sobre aquele momento, Gareth diria que, se não fosse por Hyacinth, não teria se mantido em pé.

– Quem é? – indagou ele, quase apavorado com a resposta dela.

Passara a vida adulta inteira querendo saber e, agora que chegara a hora, estava morrendo de medo.

– O irmão do seu pai – sussurrou Hyacinth.

Gareth ficou sem ar, como se algo tivesse colidido com o seu peito.

– O tio Edward?

– Isso – confirmou Hyacinth, perscrutando o rosto dele num misto de amor e preocupação. – Estava no diário da sua avó. Ela não sabia, de início. Ninguém sabia. Só sabiam que não podia ser o seu pa... ahn... o barão. Ele esteve em Londres a primavera e o verão todos. E a sua mãe... não.

– Como foi que a minha avó descobriu? E ela estava certa disso?

– Isabella juntou as peças depois que você nasceu – disse Hyacinth, baixinho. – Ela escreveu que você era parecido demais com um St. Clair para ser bastardo e que Edward estivera morando na Casa Clair enquanto o seu pai estava fora.

Gareth sacudiu a cabeça, tentando desesperadamente compreender aquilo.

– Ele sabia?
– O seu pai? Ou o seu tio?
– O meu... – ele lhe deu as costas e um som engasgado escapou de sua garganta. – Eu não sei como chamar nenhum dos dois.

– O seu pai... Lorde St. Clair – ela se corrigiu – não sabia. Ou, pelo menos, Isabella não achava que soubesse. Para ele, Edward nem estivera na Casa Clair naquele verão. O irmão acabara de deixar Oxford e... bem, não sei o que aconteceu, mas era para ele ter ido à Escócia com alguns amigos. Mas acabou não indo. Então, foi para a Casa Clair. Sua avó disse... – Hyacinth se deteve, arregalando os olhos. – Sua avó... Ela era *realmente* sua avó.

Ele sentiu a mão dela no ombro, implorando-lhe que se virasse, mas de alguma forma não conseguia encará-la naquele momento. Tudo aquilo era demais.

– Gareth, Isabella era sua avó.

Ele fechou os olhos, tentando se recordar do rosto de Isabella. Era uma tarefa difícil, pois a lembrança era muito antiga.

Mas ela o amara, disso tinha certeza. Ela o amara.

E sabia da verdade.

Se o tivesse visto adulto, se tivesse conhecido o homem no qual se tornara, será que lhe contaria a verdade?

Ele jamais poderia saber, mas talvez... Se a avó tivesse presenciado o tratamento que o barão lhe dispensava... aquilo em que os dois haviam se transformado... Gostava de acreditar que sim, ela contaria.

– Seu tio... – veio a voz de Hyacinth.

– Ele sabia – completou Gareth, a voz grave e firme.

– Como você sabe? Ele disse alguma coisa?

Gareth balançou a cabeça. Não conseguia explicar. Mas ele vira o tio pela última vez aos 8 anos. Crescido o bastante para se lembrar das coisas. Crescido o bastante para se dar conta do que era importante.

Edward o amara de uma maneira que o barão nunca tinha amado. Fora ele que lhe ensinara a cavalgar e que lhe dera um cachorrinho de presente no aniversário de 7 anos.

Edward conhecera a família o suficiente para saber que a verdade os destruiria. Richard já não perdoava Anne por dar à luz um filho que não era seu, mas se soubesse que seu amante era o próprio *irmão*...

Gareth se escorou na parede; precisava de algum apoio além das próprias pernas. Talvez fosse uma bênção a verdade ter demorado tanto tempo para ser revelada.

– Gareth? – sussurrou Hyacinth, aproximando-se.

Ela lhe tomou a mão com uma suavidade e uma delicadeza que lhe provocaram um aperto no coração.

Ele não sabia o que pensar. Não sabia se sentia raiva ou alívio. Era, de fato, um St. Clair, mas depois de tantos anos pensando em si mesmo como um impostor, era difícil aceitar isso. E, levando em conta o comportamento do barão, deveria se orgulhar da sua condição?

Passara tanto tempo se perguntando quem era, de onde viera e...

– Gareth.

A voz dela outra vez, suave, sussurrante.

Apertou a mão dele.

Então, subitamente...

Ele soube.

Não que aquilo tudo não importasse, mas percebeu que não importava tanto quanto ela, que o passado não era tão relevante quanto o futuro e que a família que perdera não lhe era tão cara quanto a que iria construir.

– Eu te amo – disse ele, a voz enfim mais alta que um suspiro. Ele se virou, o coração, *a própria alma* nos olhos. – Eu te amo.

Ela ficou confusa com a súbita mudança de comportamento, mas então sorriu. Parecia estar prestes a gargalhar. Sua felicidade transbordava.

Gareth queria ver aquela expressão no rosto de Hyacinth todos os dias. A toda hora. A todo minuto.

— Eu também te amo – disse ela.

Ele tomou o seu rosto nas mãos e a beijou uma vez, profundamente, na boca.

— Quero dizer, eu *realmente* te amo.

Hyacinth arqueou uma sobrancelha.

— Isto é uma competição?

— É o que você quiser que seja.

Ela abriu aquele sorriso perfeito e encantador, tão típico dela.

— Sinto que devo avisar, então – começou ela, inclinando a cabeça para o lado. – Quando se trata de competições e jogos, eu sempre ganho.

— Sempre?

Os olhos dela se encheram de malícia.

— Sempre que importa.

Ele sorriu, sentindo a alma ficar leve e as preocupações se esvaírem.

— E o que exatamente isso quer dizer?

— Quer dizer – ela ergueu as mãos para desabotoar o casaco – que eu realmente te amo *de verdade*.

Ele deu um passo atrás, cruzando os braços, enquanto a avaliava com os olhos.

— Conte-me mais.

O casaco dela caiu no chão.

— É o suficiente?

– Ah, nem de perto.

Hyacinth tentou afetar descaramento, mas as faces começavam a ficar rosadas.

– Vou precisar de ajuda com o resto – disse ela, pestanejando teatralmente.

Num instante, ele estava ao seu lado.

– Eu vivo para servi-la.

– É mesmo? – perguntou ela, intrigada.

Gareth percebeu o perigo daquela afirmação e se sentiu forçado a acrescentar:

– Na cama.

Os dedos encontraram as fitas duplas das alças no seu ombro e as puxaram, afrouxando o corpete.

– Precisa de mais auxílio, milady?

Ela fez que sim.

– Talvez... – começou ele, passando os dedos pelo decote, preparando-se para descê-lo.

Porém Hyacinth pousou uma das mãos sobre a dele. Gareth ergueu a vista. Ela balançou a cabeça.

– Não. Agora é a sua vez.

Levou um minuto para ele compreender, então um sorriso lento se espalhou pelo seu rosto.

– Mas é claro, milady – falou ele, tirando o suéter. – Qualquer coisa que desejar.

– Qualquer coisa?

– Neste instante, qualquer coisa – disse em tom sedutor.

Ela sorriu.

– Os botões.

– Como queira.

Num instante, a camisa estava no chão, deixando-o nu da cintura para cima.

Lançou-lhe um olhar sexy. Hyacinth estava com os olhos arregalados, a boca entreaberta. Ele podia ouvir o som rouco de sua respiração, em sincronia perfeita com o subir e descer do peito.

Estava excitada. Gloriosamente excitada. Precisou de todo o autocontrole para não arrastá-la para a cama naquele instante.

– Mais alguma coisa?

Os lábios dela apenas se moveram, os olhos relancearam para a calça. Ela era tímida, percebeu, delicado, ainda inocente demais para lhe dar a ordem de despi-la.

– Isto? – perguntou, enfiando o polegar no cós.

Ela assentiu.

Ele a tirou sem desviar os olhos do seu rosto. E ele sorriu ao ver seus olhos se esbugalharem.

Queria se mostrar blasé, mas não era. Não ainda.

– Você está vestida demais – disse ele suavemente, aproximando o rosto a meros centímetros do dela.

Ergueu o queixo de Hyacinth com dois dedos e se inclinou para beijá-la enquanto puxava o seu vestido para baixo.

Agora ela estava despida e ele podia passar a mão pela pele cálida das suas costas, apertando-a de encontro ao próprio corpo até os seios se achatarem contra o peito dele. Os dedos traçaram sua coluna, detendo-se na base, bem onde o vestido repousava, quase solto, em torno dos quadris.

– Eu te amo – declarou-se ele, encostando o nariz no dela.

– Eu também te amo.

– Fico tão contente... – Ele sorriu. – Porque, se você não amasse, isso tudo seria muito desconfortável.

Ela riu, embora não tão livremente.

– Está querendo dizer que todas as suas outras mulheres o amavam?

Gareth recuou, tomando o rosto dela nas mãos.

– Eu nunca as amei – afirmou ele, certificando-se de que Hyacinth olhava em seus olhos – E, como amo tanto você, não sei se aguentaria não ter esse amor retribuído.

Hyacinth observou o rosto dele, perdendo-se no azul profundo de seus olhos. Tocou-lhe a testa, em seguida os cabelos, afastando uma mecha dourada antes de, carinhosamente, colocá-la por trás de sua orelha.

Parte dela queria ficar ali para sempre, só olhando para o rosto dele, decorando cada superfície e sombra, desde a curva cheia do lábio inferior ao arco preciso de suas sobrancelhas. Ia ter uma vida com aquele homem, ia lhe dar amor e gerar os seus filhos. Experimentava agora a mais maravilhosa expectativa, como se estivesse prestes a embarcar numa espetacular aventura.

E tudo isso começava naquele momento.

Ela ficou nas pontas dos pés e o beijou.

– Eu te amo.

– Ama mesmo, não é? – murmurou ele, tão impressionado com aquele milagre quanto ela.

– Às vezes vou levá-lo à loucura.

Ele abriu um sorriso torto e deu de ombros de forma meio desajeitada.

– É só eu ir para o clube.

– E você vai fazer o mesmo comigo – acrescentou ela.

– Você pode tomar chá com a sua mãe. – Gareth tomou a mão dela enquanto enlaçava a sua cintura; agora estavam juntos quase como se valsassem. – E vamos ter momentos maravilhosos mais tarde, nos beijando e implorando o perdão do outro.

– Gareth – disse ela, perguntando-se se aquela devia ser uma conversa mais séria.

– Ninguém disse que precisávamos passar juntos cada momento acordado, mas ao final do dia – ele beijou as suas sobrancelhas –, e na maioria do tempo durante o dia, não há ninguém que eu gostaria de ver mais, cuja voz eu preferiria ouvir, cuja mente eu preferiria explorar.

Ele a beijou, então. Uma vez, lenta e profundamente.

– Eu te amo, Hyacinth Bridgerton. E sempre amarei.

– Oh, Gareth.

Hyacinth queria dizer algo mais eloquente, mas as palavras de Gareth teriam que ser suficientes para os dois, porque, naquele momento, ela se sentia dominada pelas emoções e só conseguia suspirar.

Quando ele a carregou até a cama, apenas disse "Sim".

O vestido escorregou do corpo antes que ela fosse deitada no colchão e, logo, já estavam pele contra pele. Havia algo de emocionante em ficar por baixo dele, sentindo o seu poder, a sua força. Se quisesse, Gareth poderia dominá-la, machucá-la, até. No entanto, em seus braços, ela se transformava no mais valioso tesouro.

As mãos dele passeavam por seu corpo, deixando um rastro de fogo. Hyacinth sentia cada toque na essência do seu ser. Ele acariciou o seu braço e ela sentiu aquilo dentro do ventre; tocou o seu ombro e ela sentiu os dedos dos pés formigarem.

Ele lhe beijou os lábios e o coração dela disparou.

Fez suas pernas se abrirem e se aninhou ao lado dela. Hyacinth podia senti-lo, rijo e insistente, mas dessa vez não houve medo, não houve apreensão, apenas uma irresistível necessidade de tê-lo, de tomá-lo dentro dela, de envolvê-lo.

Ela o queria. Cada centímetro dele, cada pedaço que ele pudesse lhe dar.

- Por favor - implorou, projetando os quadris. - Por favor.

Ele permaneceu em silêncio, mas dava para ouvir sua respiração irregular, que demonstrava todo o seu desejo. Gareth chegou mais perto, posicionando-se próximo à sua fenda, e ela arqueou as costas, aproximando-se para recebê-lo.

Agarrou os ombros dele, fincando os dedos em sua pele. Havia algo selvagem dentro dela, algo novo, faminto. Precisava dele. Agora.

– Gareth – arfou, tentando desesperadamente pressionar o corpo contra o dele.

Ele se deslocou um pouco, mudando o ângulo, e começou a penetrá-la.

Era o que ela queria, o que esperara, mas o primeiro contato dele foi um choque. Hyacinth se esticou, puxou e sentiu até mesmo um pouco de dor, porém a sensação foi boa e ela desejou mais.

– Hy... Hy... Hy... – dizia ele, a respiração acelerada, enquanto impelia o corpo para a frente, cada estocada preenchendo-a ainda mais.

Então, por fim, ele estava empurrando tão profundamente para dentro dela que os seus corpos se encontraram.

– Oh, meu Deus – arquejou ela, a cabeça sendo atirada para trás pela força do ato.

Gareth se mexeu para a frente e para trás, a fricção levando-a a perder a sensibilidade. Ela o arranhou, o agarrou, fazendo qualquer coisa para se aproximar mais dele, qualquer coisa para chegar ao clímax.

Ela sabia aonde estava indo dessa vez.

– Gareth! – soltou um grito, abafado por um beijo.

Algo dentro dela se tensionou e se distendeu, até que Hyacinth teve certeza de que seu corpo ia se desfazer. Quando já não podia aguentar nem mais um segundo, atingiu o auge e algo explodiu dentro dela, impressionante e autêntico.

Enquanto o corpo ameaçava se fragmentar com o vigor de tudo daquilo, sentiu Gareth se tornar frenético e selvagem. Ele enterrou o rosto em seu pescoço e deixou escapar um grito primal, despejando-se por inteiro dentro dela.

Por um minuto, dois, talvez, só conseguiram ficar parados, respirando. Então, por fim, Gareth saiu de cima dela, ainda abraçando-a, enquanto se acomodava de lado.

– Minha nossa – disse ela, pois parecia resumir tudo o que estava sentindo. – Minha nossa.

– Quando vamos nos casar? – perguntou ele, puxando-a gentilmente até ficarem de conchinha.

– Em seis semanas.

– Duas. Não importa o que você vai ter que dizer à sua mãe. Mude para duas ou a carrego para Gretna.

Hyacinth fez que sim, aninhando-se de encontro a ele, deliciando-se com aquela leve pressão por trás.

– Duas – repetiu ela, a palavra praticamente um suspiro. – Quem sabe até mesmo uma.

– Melhor ainda.

Permaneceram deitados juntos por vários minutos, deleitando-se com o silêncio, então Hyacinth se remexeu em seus braços, esticando o pescoço para ver o rosto dele.

– Você ia à Casa Clair esta noite?

– Você não sabia?

Ela balançou a cabeça.

– Não achei que você fosse voltar lá.

– Eu prometi que iria.

– Bem, prometeu, mas achei que estivesse mentindo só para ser simpático.

Gareth praguejou baixinho.

– Você ainda vai acabar comigo. Não acredito que não quisesse, de verdade, que eu fosse.

– É claro que eu queria. Só achei que não iria.

Ela se sentou tão repentinamente que a cama chacoalhou. Então arregalou os olhos, que ganharam um perigoso ardor.

– Vamos. Esta noite.

A resposta veio fácil:

– Não.

– Ora, por favor. Por favor. Presente de casamento para mim.

– Não.

– Compreendo a sua relutância...

– Não – repetiu ele, tentando ignorar a estranha sensação na boca do estômago. A estranha sensação de que iria ceder. – Não, não compreende.

– Sério – insistiu ela, com os olhos brilhantes –, o que temos a perder? Vamos nos casar daqui a duas semanas...

Ele ergueu a sobrancelha.

– Na semana que vem – ela se corrigiu. – Na semana que vem, eu prometo.

Ele ponderou o argumento. Era, de fato, tentador.

– Por favor. Você sabe que quer.

– Por que me sinto como se estivesse de volta à universidade, na companhia do meu amigo mais degenerado, que tenta me convencer que eu preciso beber mais três copos de gim?

– E por que você iria querer ser amigo de um degenerado? – indagou ela. Então sorriu com travessa curiosidade. – Você bebeu?

Gareth pensou se seria sensato responder; não desejava que ela soubesse dos seus excessos estudantis. Mas se isso fosse desviá-la do assunto das joias e...

– Vamos – instigou ela. – *Eu* sei que você quer.

– E *eu* sei o que quero fazer – sussurrou ele, apertando-lhe o traseiro. – E não é isso.

– Você não quer as joias?

Ele se pôs a acariciá-la.

– Uhummm.

– Gareth! – exclamou ela, tentando se soltar.

– *Gareth, sim* ou *Gareth...*

– *Não* – cortou ela com firmeza, de alguma forma se desvencilhando e se contorcendo até o outro lado da cama. – Gareth, *não*. Não até irmos à Casa Clair procurar as joias.

– Meu Deus... Estou diante da Lisístrata britânica.

Ela lhe lançou um sorriso triunfante por cima do ombro enquanto se vestia.

Ele ficou de pé, sabendo que fora derrotado. Além do mais, Hyacinth tinha certa razão. Sua maior preocupação fora a reputação dela; confiava que conseguiria mantê-la em segurança, contanto que ela permanecesse ao seu lado. Se, de fato, fossem se casar dali a uma ou duas semanas, o comportamento dos dois seria ignorado com uma piscadela. Ainda assim, deveria mostrar ao menos alguma resistência.

— Você não deveria estar cansada, depois dessa brincadeira toda na cama?

— Sinto-me positivamente energizada.

Ele deixou escapar um suspiro cansado.

— Esta é a última vez — afirmou severamente.

— Prometo.

Ele se vestiu.

— Estou falando sério. Se não encontrarmos as joias esta noite, não voltaremos lá até eu herdar a casa. Aí, você poderá desmontar o lugar, pedra por pedra, se desejar.

— Não será necessário. Vamos achá-las esta noite. Tenho um pressentimento.

Gareth pensou em várias respostas, mas nenhuma era apropriada para os ouvidos dela.

Hyacinth se examinou com pesar.

— Na verdade, não estou vestida da forma adequada — falou, passando os dedos pelas pregas da saia.

O tecido era escuro, mas seria bem melhor se fosse a calça das duas expedições anteriores. Ele nem mesmo sugeriu que adiassem a caça. Não adiantaria. Não quando ela irradiava animação.

E, de fato, Hyacinth descobriu um dos pés e completou:

— Mas estou usando os meus calçados mais confortáveis e, certamente, isso é o mais importante.

— Certamente.

Ela ignorou a ironia dele.

— Está pronto?

— Nunca estive mais pronto — respondeu Gareth com um sorriso obviamente falso.

Mas a verdade era que Hyacinth plantara nele a semente da excitação e Gareth já projetava a rota. Se não quisesse ir, se duvidasse da própria capacidade de mantê-la em segurança, a teria amarrado à cama.

Tomando-lhe a mão, levou-a à boca e a beijou.

— Vamos?

Ela assentiu e saiu para o corredor, pé ante pé.

— Vamos encontrá-las — garantiu ela —, sei que vamos.

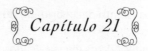

## Capítulo 21

*Meia hora mais tarde.*

— Não vamos encontrá-las.

Com as mãos plantadas nos quadris, Hyacinth examinava o quarto da baronesa. Haviam levado quinze minutos para chegar à Casa Clair, cinco entrando furtivamente pela janela defeituosa e caminhando até o quarto, e mais dez buscando cada esconderijo e cada canto.

As joias não estavam em lugar nenhum.

Não era do feitio de Hyacinth admitir a derrota. Na verdade, era algo tão atípico que a frase "Não vamos encontrá-las" fora enunciada num tom de surpresa.

Nunca lhe ocorrera que não encontrariam as pedras. Ela imaginara a cena cem vezes, pensara no esquema todo até o fim, e nem mesmo uma vez vira a si mesma de mãos abanando.

Parecia que tinha dado de cara com uma parede de tijolos.

Talvez tivesse sido tolamente otimista. Talvez tivesse sido apenas cega.

— Você vai desistir? — indagou Gareth, erguendo os olhos.

Estava agachado ao lado da cama, em busca de painéis na parede de trás da cabeceira. Ele soou... não satisfeito, exatamente, mas um tanto resignado.

Sabia que não encontrariam nada. Ou, ao menos, tivera quase certeza. E viera aquela noite apenas para agradá-la. Hyacinth decidiu que o amava ainda mais por isso.

Mas, agora, a expressão dele, o seu aspecto, a sua voz pareciam dizer somente uma coisa: *Nós tentamos e perdemos, será que podíamos seguir em frente com a nossa vida?*

Não havia sorriso de satisfação, nenhum ar de sabe-tudo, só um olhar fixo de pura praticidade e, talvez, apenas um ligeiro desapontamento, como se uma pequena parte dele esperasse queimar a língua.

– Hyacinth? – falou Gareth, já que ela não respondeu.

– Eu... Bem... – Ela não sabia o que dizer.

– Não temos muito tempo – ele a interrompeu, assumindo uma expressão decidida.

Não havia mais tempo para ela refletir. Gareth ficou de pé, esfregando as mãos para tirar a poeira. O quarto da baronesa estava fechado e não parecia ser limpo regularmente.

– Esta noite é a reunião mensal do barão com o clube de criadores de cães de caça.

– Criadores de cães de caça? Em Londres?

– Reúnem-se na última terça-feira do mês, sem falta. Fazem isso há anos. Para se manterem a par das práticas pertinentes enquanto estão em Londres.

— E as práticas pertinentes mudam com muita frequência? — indagou Hyacinth. Era exatamente o tipo de informação aleatória que sempre lhe interessava.

— Não faço a menor ideia — respondeu Gareth com rispidez. — É provável que não passe de um pretexto para se reunirem e beber. Os encontros sempre terminam às onze e, em seguida, eles passam aproximadamente duas horas conversando. O que quer dizer que o barão estará em casa... — ele sacou o relógio do bolso e praguejou — agora.

Hyacinth assentiu, soturna.

— Acho que só pronunciei essas palavras sob coação... mas *eu desisto*.

Gareth acariciou-lhe o queixo.

— Não é o fim do mundo, Hy. E, pense só, você poderá continuar a sua missão quando o barão enfim bater as botas e eu herdar a casa. Tenho algum direito, não é? — Ele balançou a cabeça. — Quem diria.

— Será que Isabella queria que alguém as encontrasse?

— Não sei. Se ela quisesse, poderia ter escolhido uma língua mais acessível para a pista final.

— Temos que ir agora — disse Hyacinth com um suspiro. — Preciso voltar para casa, de qualquer forma. Vou importunar a minha mãe agora para mudar a data do casamento, enquanto ela está sonolenta. Será mais fácil convencê-la.

Gareth a olhou por cima do ombro, já com a mão na maçaneta.

– Você é mesmo diabólica.

– Ainda tinha dúvidas?

Ele sorriu, então indicou o corredor com a cabeça quando achou seguro sair. Juntos, desceram as escadas até a sala de estar, onde ficava a janela defeituosa. Depressa, em silêncio, saltaram até o beco logo abaixo.

Gareth caminhava na frente. No fim do beco, parou e esticou o braço para trás, mantendo Hyacinth afastada, enquanto espiava a Dover Street.

– Vamos – sussurrou, fazendo um rápido movimento com a cabeça em direção à rua.

Tinham vindo num carro de aluguel – o apartamento de Gareth não ficava tão perto para irem andando –, que estava à sua espera a duas esquinas. Na verdade, não precisavam pegá-lo para chegarem à casa de Hyacinth, que ficava logo do outro lado de Mayfair, mas Gareth decidira que era melhor fazer uso do carro, já que o tinham à disposição. Ele planejara um bom local para saltarem, na esquina do Número Cinco, escondidos nas sombras, à vista apenas de poucas janelas.

– Por aqui – instruiu Gareth, puxando Hyacinth pela mão. – Vamos, nós podemos...

Ele parou, tropeçou. Hyacinth estacara.

– O que foi? – sibilou ele, virando-se para olhá-la.

Mas ela não o olhava. Hyacinth fitava alguma coisa – alguém – que se encontrava à sua direita.

O barão.

Gareth ficou paralisado. Lorde St. Clair – seu pai, seu tio ou o que quer que devesse chamá-lo – estava no topo dos degraus que levavam à porta da frente. A chave estava na mão e ele obviamente os vira na hora em que ia entrar em casa.

– Mas que interessante... – comentou o barão. Os olhos faiscavam.

Gareth estufou o peito, numa demonstração instintiva de bravata, enquanto empurrava Hyacinth parcialmente para trás do seu corpo.

– Senhor.

Sempre chamara o homem dessa forma, e era difícil acabar com alguns hábitos.

– Imagine só a minha curiosidade – murmurou o barão. – Esta é a segunda vez que o encontro aqui, no meio da noite.

Gareth ficou em silêncio.

– E, agora – lorde St. Clair gesticulou para Hyacinth –, trouxe a sua encantadora noiva. Um pouco ortodoxo, devo dizer. Por acaso a família da Srta. Bridgerton sabe que ela está correndo por aí depois da meia-noite?

– O que o senhor quer? – indagou Gareth asperamente.

O barão se limitou a rir.

– Acredito que a pergunta mais pertinente seja: o que *você* quer? Não vá me dizer que está aqui apenas pelo ar fresco da noite.

Gareth o encarou, buscando semelhanças. Estavam todas ali: o nariz, os olhos, a maneira de posicionar os ombros. Era por isso que, até aquele dia fatídico no escritório do barão, nunca imaginara ser um bastardo. Sentira-se muito confuso na infância, tratado com tanto desdém pelo pai. Quando crescera o suficiente para compreender um pouco do que acontecia entre homens e mulheres, ele devaneara – a infidelidade da mãe parecia ser uma explicação plausível para o comportamento paterno.

Mas ele rejeitara a ideia todas as vezes. Havia aquele maldito nariz St. Clair bem no meio do seu rosto. Então o barão o olhara dentro dos olhos e lhe dissera que não era seu pai, que não podia ser, que o nariz era mera coincidência.

Gareth acreditara nele. O barão era muitas coisas, mas não burro.

Nem um dos dois imaginara que o nariz fosse algo mais do que uma coincidência, que Gareth talvez fosse um St. Clair, no fim das contas.

O barão amava o irmão? Richard e Edward St. Clair tinham sido próximos? Gareth não conseguia se lembrar de um na companhia do outro, mas, também, ficara restrito ao quarto das crianças na maior parte do tempo.

– E então? – exigiu o barão. – O que tem a dizer a seu favor?

E lá estava, na ponta da língua. Gareth encarou o homem que fora, por tantos anos, a força dominante em sua vida e quase disse: *Nada de mais, tio Richard*.

Seria o melhor golpe, uma completa surpresa, projetada para desequilibrar e derrubar.

Valeria a pena ver o choque no rosto do barão.

Seria perfeito.

Só que Gareth não queria fazer isso. Não precisava. E *isso* o deixou sem fôlego.

Antes, teria tentado adivinhar como o pai se sentiria. Ficaria aliviado em saber que o baronato iria parar nas mãos de um verdadeiro St. Clair ou furioso, arrasado ao saber que fora traído pelo próprio irmão?

Antes, Gareth teria pesado as opções e seguido os seus instintos, procurando desferir o golpe mais avassalador.

Mas, agora...

Não se importava.

Ele nunca amaria aquele homem. Ora, nunca *gostaria* daquele homem. Mas, pela primeira vez na vida, simplesmente não se importava.

Ficou atordoado com a sensação. Era muito boa.

Tomou a mão de Hyacinth, entrelaçou os dedos nos dela.

— Apenas saímos para passear — respondeu ele, sereno.

Era uma afirmação obviamente ridícula, mas Gareth a proferiu com o *savoir-faire* de sempre, no mesmo tom que sempre usara com o barão.

— Venha, Srta. Bridgerton — acrescentou, virando-se para conduzi-la.

Mas Hyacinth não se mexeu. Gareth a encarou; ela parecia ter paralisado. Fitou-o com um olhar questionador, sem conseguir acreditar que ele tivesse mantido o silêncio.

Gareth olhou para lorde St. Clair, então olhou para dentro de si mesmo. E se deu conta de que, embora a guerra eterna que travava com o barão não tivesse mais importância, a verdade importava. Não por ter o poder de machucar, mas porque ela precisava ser revelada.

Aquele segredo definira a vida dos dois por tempo demais. E chegara o momento de os dois se libertarem.

— Preciso lhe dizer uma coisa — começou Gareth, olhando dentro dos olhos do barão.

Não era fácil ser direto assim. Não estava acostumado a falar com aquele homem sem malícia. Sentiu-se estranho, desnudo.

Lorde St. Clair não disse nada, mas sua expressão se alterou ligeiramente, tornando-se mais vigilante.

— Estou de posse do diário da vovó St. Clair — contou Gareth. Diante da expressão confusa do barão, acrescentou: — Caroline o encontrou entre os pertences de George com um bilhete que a instruía a me dar o diário.

— Ele não sabia que você não era neto dela — disse o barão, ríspido.

Gareth abriu a boca para responder "Mas eu sou, sim", porém conseguiu reprimir o comentário. Ia fazer aquilo da maneira certa.

Hyacinth encontrava-se ao seu lado e, subitamente, seus próprios modos raivosos lhe pareceram infantis, imaturos. Não queria que ela o visse assim. Não queria *ser* assim.

– A Srta. Bridgerton sabe um pouco de italiano – continuou Gareth, mantendo a voz serena – e me ajudou com a tradução.

O barão examinou Hyacinth com um olhar penetrante antes de se virar para Gareth.

– Isabella sabia quem era o meu pai – revelou Gareth, baixinho. – Era o tio Edward.

O barão permaneceu em silêncio. Seus lábios se entreabriram e ele ficou tão imóvel que Gareth se perguntou se estaria respirando.

Será que ele soubera? Teria desconfiado?

O barão olhou rua abaixo, detendo-se em algum ponto distante. Ao se virar de novo, estava branco como um lençol.

Pigarreou e meneou a cabeça, uma vez apenas, confirmando que compreendera.

– Você deve mesmo se casar com essa menina – disse, indicando Hyacinth –, porque com certeza vai precisar do dote.

Então subiu os degraus remanescentes, entrou em casa e fechou a porta.

– Só isso? – perguntou Hyacinth após permanecer um instante de queixo caído. – É só isso que ele vai dizer?

Gareth começou a se sacudir. Demorou um pouco para se dar conta de que estava rindo. *Rindo.*

– Ele não pode fazer isso – protestou Hyacinth, os olhos brilhando de indignação. – Você acaba de revelar o maior segredo da vida de vocês e a única coisa que ele faz é... Você está *rindo*?

Gareth balançou a cabeça, embora estivesse claro que ria.

– O que há de tão engraçado? – perguntou Hyacinth, desconfiada.

E a sua expressão se mostrou tão... *ela*. Isso só o fez rir mais ainda.

– O que há de tão engraçado? – repetiu ela, só que, dessa vez, estava quase sorrindo. – *Gareth* – persistiu, puxando a sua manga. – Me diga.

Ele deu de ombros, impotente.

– Eu estou feliz.

Ele se divertira ao longo da vida e certamente tivera muitos momentos felizes, mas havia muito tempo que não sentia aquilo: felicidade plena. Quase se esquecera da sensação.

Ela colocou a mão, abruptamente, em sua testa.

– Você está com febre?

– Estou ótimo. – Ele a tomou nos braços. – Estou mais do que ótimo.

– Gareth! – arquejou Hyacinth, tentando se esquivar, enquanto ele a agarrava para um beijo. – Você enlouqueceu? Estamos no meio da Dover Street e é...

Ele a interrompeu com um beijo.

– É o meio da noite – concluiu ela atabalhoadamente.

Gareth abriu um sorriso diabólico.

– Mas eu vou me casar com você na semana que vem, lembra?

– Lembro, mas...

– E por falar nisso...

Hyacinth ficou de boca aberta ao vê-lo se abaixar sobre um dos joelhos.

– O que é que você está fazendo? – guinchou ela, olhando freneticamente para os dois lados. Lorde St. Clair devia estar espiando-os, e só Deus sabia quem mais. – Alguém vai ver – cochichou ela.

Gareth não pareceu se importar nem um pouco.

– As pessoas vão dizer que estamos apaixonados.

– Eu...

Minha nossa, como uma mulher podia contestar algo desse tipo?

– Hyacinth Bridgerton – continuou ele, tomando-lhe a mão –, você quer se casar comigo?

Ela piscou, confusa.

– Eu já disse que sim.

– Mas, como você mesma disse, não lhe pedi em casamento pelos motivos certos. Em grande parte, eram os motivos certos, mas nem todos.

– Eu... eu... – Ela tropeçava nas palavras, engasgando com a emoção.

Ele a fitava com os olhos faiscantes sob a luz tênue dos postes.

– Eu estou lhe pedindo que se case comigo porque a amo, porque não consigo imaginar a vida sem você. Quero ver o seu rosto de manhã, depois à noite, e cem vezes ao longo do dia. Quero envelhecer com você, quero rir com você e suspirar para os meus amigos, reclamando que você é mandona, mesmo sabendo, secretamente, que sou o homem mais sortudo da cidade.

– O quê?

– Um homem precisa manter as aparências. Vou ser universalmente detestado se todos se derem conta da sua perfeição.

– Oh.

Mais uma vez, como uma mulher podia contestar algo desse tipo?

Então seu olhar se tornou sério.

– Quero que você forme comigo uma família. Quero que seja a minha esposa.

Ele a olhava com um amor e devoção tão cristalinos que ela não soube o que fazer. Aqueles sentimentos pareciam abraçá-la, pareciam fluir como poesia, música.

Ele sorriu e ela só conseguiu retribuir o sorriso; mal estava ciente das faces molhadas.

– Hyacinth. Hyacinth.

Ela assentiu. Ou, pelo menos, achou que tinha assentido.

Ele apertou a sua mão enquanto se colocava de pé.

– Nunca pensei que precisaria lhe pedir isso, mas, pelo amor de Deus, diga alguma coisa!

– Sim – respondeu ela, atirando-se em seus braços.
– Sim!

# Epílogo

Alguns momentos para nos atualizarmos...

Quatro dias após o término de nossa história, Gareth se encontrou com lorde Wrotham. O conde não considerava que o noivado comprometia St. Clair, em especial depois de saber que Lady Bridgerton prometera tutelar uma das meninas Wrotham mais novas durante a temporada seguinte.

Depois de mais quatro dias, Lady Bridgerton informou categoricamente a Gareth que a caçula não iria se casar às pressas e ele foi forçado a esperar dois meses antes de desposar Hyacinth numa cerimônia elaborada e de bom gosto, na capela de São Jorge, em Londres.

Onze meses depois disso, Hyacinth deu à luz um menino saudável, batizado de George.

Após dois anos, foram abençoados com uma menina, Isabella.

Quatro anos depois, lorde St. Clair caiu do cavalo durante uma caça à raposa e morreu instantaneamente. Gareth assumiu o título e ele e Hyacinth se mudaram para a sua nova residência na cidade, a Casa Clair.

Isso aconteceu há seis anos. Ela vem buscando as joias desde então...

– Você já não procurou neste aposento?

Hyacinth estava no chão do lavatório da baronesa e ergueu os olhos para Gareth, de pé no vão da porta, encarando-a com uma expressão indulgente.

– Não faço isto há pelo menos um mês – respondeu ela, testando as tábuas do assoalho em busca de partes soltas, como se já não as tivesse puxado e cutucado incontáveis vezes.

– Meu amor... – disse Gareth.

Só pelo tom dele, Hyacinth já sabia o que o marido estava pensando.

Ela o fuzilou com os olhos.

– Não comece.

– Meu amor...

– Não. – Ela retornou às tábuas. – Não quero saber. Eu vou encontrar essas malditas joias, nem que procure até o dia da minha morte.

– Hyacinth...

Ela o ignorou, apertando o arremate onde o rodapé encontrava o chão.

Gareth a observou por um tempo antes de falar:

– Tenho certeza de que você já fez isso antes.

Ela o olhou apenas de relance antes de se levantar para inspecionar a moldura da janela.

– Hyacinth...

Ela se virou tão subitamente que quase perdeu o equilíbrio.

– O bilhete dizia: "A limpeza está perto de Deus e o Reino dos Céus é realmente rico."

– Em esloveno – completou ele, irônico.

– Três eslovenos leram a pista e todos chegaram à mesma tradução.

Não havia sido nem um pouco fácil encontrar três eslovenos.

– Hyacinth... – disse Gareth, como se já não tivesse pronunciado o nome dela duas vezes... e incontáveis vezes antes disso, sempre com o mesmo tom ligeiramente resignado.

– Só pode estar aqui. Tem que estar.

Gareth deu de ombros.

– Muito bem. Só que Isabella traduziu um texto em italiano e gostaria que você corrigisse o trabalho dela.

Após um instante, ela suspirou. Aos 8 anos, a filha anunciara que desejava aprender a língua de sua homônima e os dois haviam contratado uma professora particular para lhe dar aulas três manhãs por semana. Em um ano, a fluência de Isabella ultrapassara a da mãe e Hyacinth fora forçada a contratar a professora para si mesma nos outros dois dias só para poder acompanhá-la.

– Por que você nunca estudou italiano? – perguntou ela, enquanto Gareth a conduzia pelo quarto e pelo corredor.

– Não tenho cabeça para línguas – respondeu ele com leveza. – Também não há nenhuma necessidade, pois tenho duas damas ao meu lado que já sabem.

Hyacinth revirou os olhos.

– Não vou lhe ensinar mais nem uma palavra maliciosa.

Ele riu.

– Então não vou mais passar nenhuma nota de 1 libra para a Signorina Orsini com instruções para ensinar as palavras maliciosas para *você*.

Hyacinth se virou para ele, horrorizada.

– Você fez isso?!

– Fiz.

Ela franziu os lábios.

– E não parece sentir o menor remorso.

– Remorso?

Ele deu uma risada sonora e se inclinou para encostar os lábios na orelha dela. Gareth sussurrou para Hyacinth todas as palavras italianas a que se dera o trabalho de memorizar.

– Gareth! – guinchou ela.

– *Gareth, sim?* Ou *Gareth, não?*

Ela suspirou. Não conseguia evitar.

– Gareth, *mais*.

Isabella St. Clair batia com o lápis na lateral da cabeça enquanto olhava para as palavras que acabara de escrever. Era um desafio traduzir. O sentido literal nunca soava muito exato, então era preciso escolher as expressões com grande cuidado. Mas aquilo – ela olhou para a página aberta do *Discorso intorno alle*

*cose che stanno in su l'acqua, o che in quella si muovono*, de Galileu – aquilo era perfeito.

Perfeito, perfeito, perfeito.

Suas três palavras preferidas.

Olhou para a porta, esperando que a mãe surgisse. Isabella adorava traduzir textos científicos porque Hyacinth sempre parecia tropeçar nas palavras técnicas e era, é claro, muito divertido observá-la fingir que sabia mais italiano do que a filha.

Não que Isabella fosse mesquinha. Ela franziu os lábios ao pensar nisso. A única pessoa que adorava mais do que a mãe era a bisavó Danbury, que, apesar de estar numa cadeira com rodas, ainda era capaz de usar a bengala com quase a mesma precisão que a língua.

Isabella sorriu. Quando crescesse, queria ser, em primeiro lugar, exatamente como a mãe e, em seguida, exatamente como a bisa.

Suspirou. Seria uma vida maravilhosa.

Mas por que ela estava demorando *tanto*? Já haviam se passado séculos desde que mandara o pai descer... – é claro que Isabella o amava com igual fervor, só que Gareth não passava de um homem e ela não podia aspirar a crescer e ser como ele um dia.

Fez uma careta. A mãe e o pai provavelmente estavam de risadinhas e cochichos, escondidos em algum canto escuro. Minha nossa, era muito vergonhoso.

Isabella se levantou, resignando-se a uma longa espera. Aproveitaria para usar o lavatório. Pousando o lápis com cuidado, olhou uma última vez em direção à porta e atravessou o quarto. Enfurnado no topo, sob os beirais da velha mansão, era o seu cômodo preferido da casa – algo um tanto inesperado. Em algum momento do passado, alguém obviamente se afeiçoara ao pequeno aposento e ele fora decorado no que ela presumia ser um estilo oriental meio festivo. Havia lindos azuis e turquesas tremeluzentes e amarelos que pareciam riscos de puro sol.

Se fosse grande o suficiente, Isabella teria arrastado uma cama lá para dentro e chamado de quarto. Achava divertido que o mais lindo cômodo da casa (na sua singela opinião) fosse o mais humilde.

O lavatório do quarto das crianças? Só mesmo a ala dos empregados tinha menos prestígio.

Isabella fez o que tinha que fazer, colocou o urinol de volta no canto e se dirigiu mais uma vez à porta. Porém, antes que chegasse até lá, algo lhe chamou a atenção.

Uma rachadura. Entre dois azulejos.

– Isso não estava aí antes – murmurou a menina.

Ela se abaixou, depois se sentou para inspecionar a rachadura que ia do chão ao topo do primeiro azulejo, com o tamanho de uns 30 centímetros. Não era o tipo de coisa que a maioria das pessoas notaria, mas Isabella fazia parte da minoria. Notava tudo.

E aquilo, de alguma forma, era novo.

Frustrada por não poder se aproximar muito, ficou de bruços, com a face encostada no chão.

— Hummm. — Cutucou o azulejo que se encontrava à direita da rachadura, então o da esquerda. — Hummm.

Por que uma rachadura se abriria na parede do seu lavatório? A Casa Clair tinha bem mais de cem anos e não havia como ter se deslocado e se acomodado recentemente. Embora Isabella tivesse ouvido falar que havia lugares distantes onde a terra se deslocava e sacudia, isso não acontecia num lugar civilizado como *Londres*.

Será que tinha chutado a parede sem se dar conta? Será que tinha deixado alguma coisa cair?

Cutucou outra vez. E outra vez.

Quando estava prestes a dar um murro, lembrou que o lavatório da mãe ficava diretamente abaixo do seu. Se fizesse barulho demais, ela subiria para saber o que a filha estava fazendo. Embora tivesse mandado o pai atrás da mãe havia milênios, podia apostar que ela continuava no lavatório.

E, quando a mãe entrava no lavatório... Bem, ou saía em um minuto ou ficava lá dentro durante uma hora. Era a coisa mais estranha.

Portanto, Isabella não queria fazer muito barulho. Os pais certamente não aprovariam que ela demolisse a casa.

Mas, talvez, um golpezinho de nada...

Cantarolou uma canção infantil para decidir qual azulejo atacar, escolheu o da esquerda e bateu nele com um pouco mais de força. Nada aconteceu.

Enfiou a unha na beirada da rachadura e a enterrou lá dentro. Um pedaço de gesso ficou preso debaixo da unha.

– Hummm.

Talvez se conseguisse aumentar a rachadura...

Perscrutou a penteadeira até avistar um pente de prata. Talvez aquilo funcionasse. Pegou-o e posicionou o último dente cautelosamente próximo à beirada. Então, com movimentos precisos, puxou-o para trás e foi batendo no gesso que corria por entre os azulejos.

A rachadura foi serpenteando para cima! Bem diante dos seus olhos!

Repetiu o processo, dessa vez acima do azulejo da esquerda. Nada. Tentou acima do da direita.

E com mais força.

Isabella sufocou um grito quando a rachadura atravessou o gesso até percorrer todo o topo do azulejo. Ela fez o mesmo procedimento mais algumas vezes até a rachadura descer pelo outro lado.

Com a respiração suspensa, a menina enfiou as unhas em cada uma das extremidades do azulejo e puxou. Remexeu para a frente e para trás, balançou e chacoalhou, forçando-o o máximo possível.

Então, com um rangido e um gemido que lhe lembrou a bisavó se movimentando quando conseguia se levantar da cadeira com rodas, o azulejo cedeu.

Isabella o baixou cuidadosamente e olhou para o que ficara no lugar. Onde não deveria haver nada além de parede, estava um pequeno compartimento de poucos centímetros. Isabella enfiou a mão, juntando os dedos de maneira a espichar a mão como uma pinça.

Sentiu algo macio. Como veludo.

Puxou aquilo para fora. Era uma bolsinha amarrada com uma corda macia e sedosa.

Isabella se empertigou rapidamente, cruzando as pernas para se sentar. Enfiou um dedo na bolsinha para afrouxá-la.

Então, com a mão direita, virou-a de cabeça para baixo, para despejar o conteúdo na mão esquerda.

– *Oh, meu...*

Isabella conteve o grito. Um verdadeiro jorro de diamantes despencou na sua mão.

Era um colar. E uma pulseira. Embora não pensasse em si mesma como o tipo de garota que perdia a cabeça por causa de adereços e de roupas, OH, MEU DEUS DO CÉU, aquelas eram as coisas mais lindas que já tinha visto.

– Isabella?

A mãe. Oh, não. Oh não oh não oh não.

– Isabella? Onde você está?

– No... – Ela se interrompeu para pigarrear, pois a voz saíra esganiçada. – Estou no lavatório, mamãe. Já estou saindo.

O que fazer? O que fazer?

Ah, muito bem, ela sabia o que devia fazer. Mas o que será que *queria* fazer?

– Isto aqui é a sua tradução, em cima da mesa?

– É... é, sim! – Ela tossiu. – É Galileu. O original está bem ao lado.

– Oh – disse a mãe num tom engraçado. Ela fez uma pausa. – Por que você... Deixa pra lá.

Isabella olhou desesperada para as joias. Precisava decidir o que fazer numa questão de segundos.

– Isabella! Você se lembrou de fazer as contas de adição hoje de manhã? Vão começar as aulas de dança esta tarde. Lembra-se?

Aulas de dança? O rosto de Isabella se contorceu, como se ela tivesse tomado lixívia.

– Monsieur Larouche estará aqui às duas. Em ponto. Logo, você precisa...

Isabella fitou os diamantes com tanta intensidade que a visão periférica ficou toda borrada e se esvaiu, e os sons à sua volta foram desaparecendo gradualmente até cessarem. Os barulhos da rua, que entravam pela janela aberta, sumiram. A voz da mãe, que falava monotonamente sobre aulas de dança e sobre a importância da pontualidade, silenciou. Tudo se foi, exceto o ruído do sangue que corria nos seus ouvidos e o som rápido e irregular da própria respiração.

Então Isabella sorriu.

E os colocou de volta onde os encontrara.

## *Agradecimentos*

A Eloisa James e a Alessandro Vettori por sua expertise em tudo o que se refere à Itália.

## CONHEÇA OS BRIDGERTONS

O duque e eu

O visconde que me amava

Um perfeito cavalheiro

Os segredos de Colin Bridgerton

Para Sir Phillip, com amor

O conde enfeitiçado

Um beijo inesquecível

A caminho do altar

E viveram felizes para sempre


Os Bridgertons, um amor de família

# CONHEÇA OUTROS LIVROS DE JULIA QUINN

### QUARTETO SMYTHE-SMITH
Simplesmente o paraíso
Uma noite como esta
A soma de todos os beijos
Os mistérios de Sir Richard

### AGENTES DA COROA
Como agarrar uma herdeira
Como se casar com um marquês

### IRMÃS LYNDON
Mais lindo que a lua
Mais forte que o sol

### OS ROKESBYS
Uma dama fora dos padrões
Um marido de faz de conta
Um cavalheiro a bordo
Uma noiva rebelde

### TRILOGIA BEVELSTOKE
História de um grande amor
O que acontece em Londres
Dez coisas que eu amo em você

### DAMAS REBELDES
Esplêndida - A história de Emma
Brilhante - A história de Belle
Indomável - A história de Henry

Os dois duques de Wyndham - O fora da lei /
O aristocrata